涞源风情

孙晓福　著

北　京
冶　金　工　业　出　版　社
2016

内 容 提 要

本书的出版，旨在使读者了解、认识涞源县原始的山水自然风光、历史边关文化和淳朴的民俗风情。

涞源县位于太行山、燕山、恒山三山交汇处，是拒马源、易水源、涞水源三源发祥地。涞源有着享之不完的淳朴、憨厚的民俗和人情世故。读者在尽享书中美景之中，能更加认识涞源，理解和懂得涞源，让涞源这朵奇异山花开放得更加艳丽。

图书在版编目(CIP)数据

涞源风情／孙晓福著．—北京：冶金工业出版社，2016.6

ISBN 978-7-5024-7254-2

Ⅰ.①涞… Ⅱ.①孙… Ⅲ.①散文集—中国—当代 Ⅳ.①I267

中国版本图书馆 CIP 数据核字(2016)第 116881 号

出 版 人 谭学余
地　　址 北京市东城区嵩祝院北巷 39 号 邮编 100009 电话 (010)64027926
网　　址 www.cnmip.com.cn 电子信箱 yjcbs@cnmip.com.cn
责任编辑 于昕蕾 美术编辑 吕欣童 版式设计 彭子赫
责任校对 禹 蕊 责任印制 李玉山
ISBN 978-7-5024-7254-2
冶金工业出版社出版发行；各地新华书店经销；三河市双峰印刷装订有限公司印刷
2016 年 6 月第 1 版，2016 年 6 月第 1 次印刷
148mm×210mm；8.875 印张；260 千字；269 页
32.00 元

冶金工业出版社 投稿电话 (010)64027932 投稿信箱 tougao@cnmip.com.cn
冶金工业出版社营销中心 电话 (010)64044283 传真 (010)64027893
冶金书店 地址 北京市东四西大街 46 号(100010) 电话 (010)65289081(兼传真)
冶金工业出版社天猫旗舰店 yjgycbs.tmall.com

前 言

我是从念小学三、四年级起，在我们村西被当做学堂的龙王庙里，在孙国柱校长启蒙下，学会读该校唯一一份报纸《中国少年报》的。从学会读报纸到学写作文、写诗歌，万没想到，一旦被我认准的事，我就会越陷越深，越深越执著，从此钻进文学创作这行当。长大成人后，社会上的磨砺坎坷，农村生活中的酸甜苦辣，使我深深爱上了生我养我的故乡和父老乡亲们。在同甘共苦、共患难的风雨磨难中，我结识了好多淳朴、善良、憨厚的大伯大婶和爷爷、奶奶们。从那时候起，我就暗下决心，要把乡亲们的音容笑貌写在笔下，变成铅字面世。再加上，20世纪50年代，上级领导不断责成省、市文联组织我们办班学习专业知识，我在河北省文学创作会上，聆听了省委领导讲话，聆听了老作家梁斌、著名诗人田间等老一辈的教诲，开始深入生活、深入基层，为时代高歌、为党和人民写作的决心更加坚定。那时候，每隔几天，便有一首我的诗在省、地报刊发表。一首诗稿费两三块钱，可够我打煤油使用小半年，我媳妇熬夜给儿女们做针线有了光亮，我尝到了油灯下写诗做文章的甜头。

1980年，我有幸回到工作岗位，在身心释放、打开精神枷锁后，我轻装上阵，像迎春的燕子凌空旷野，浑身有使不完的劲头。我黑天白日“连轴干”，在全县新闻报道中，在旅游资源调研中，在景区开发建设中，荣获许多奖牌和鼓励。

党的十一届三中全会的春风，吹拂在人们的心上和身上，使我在写作中更是意气风发。1993年秋，我创作出版了报告文学《邓百万脱贫传》和《凉城的传说》两本书，八年专业新闻报道，我在中央、省、地报刊发表文章数千篇，连连赢得保定市优秀通讯员第一名。我踏遍全县山山水水、村村庄庄，从乡亲们的嘴里调查、了解到涞源人民的风情事故等素材，总觉得涞源的蓝天、青山、绿水，处处和乡亲们一样非常可爱、可亲。可爱得不为他们著书立传，心里撂不下、舍不得。20世纪60年代，我在妻子做针线活的油灯下写诗，或白天下地干活歇晌后，趴在膝盖上铺展棒子包儿写稿，今日我住高楼在写字台上写文章。退休后，我仍是奋笔疾书赶写文章，觉得只有有了灵感就抒发才是“真”的我。

退休十七年来，翻阅采访资料，回顾涞源各项事业的发展、变化和取得的成就，我文思泉涌，在休闲时间里不断创作，写了十多万字的散文、诗歌，今从中央、省、市报刊见报的文章中，挑选百余篇，收录在本书内，与广大读者见面。

五十多年心血灌溉，五十多年挥笔似剑。我发现我20

世纪60年代诗作的读者群里，竟有不少人对我初出茅庐时写的八行短诗爱不释手，背诵如流，临到退休年龄了，仍将我的拙作视为珍宝，这该是读者们给我的多大奖赏啊！我真是感动不已。

我写书一不图名、二不图利，就为山杠子写懂涞源出一口气。今日出版这本读物，算是我向广大读者献上认识涞源、读懂涞源民俗风情、结识涞源古老边陲文化等正能量知识的一份献礼吧。愿读者从中略知涞源一二、略微对读懂涞源有所收获。愿我们为发展涞源经济共同献出自己的一份力量吧。

作　者

2016年1月

目　录

一、风景如画

白石山花美不胜收

“盛世多佳会，名山四海闻。方家千里至，佳话满涼城。”每逢我想起十多年前，北京一些文人、学者云聚涞源白石山顶，触景生情、即兴而成的这首诗时，我总觉得凉城佳话莫过于野花坡最让人流连忘返、津津乐道了。

白石山野花坡方圆两平方公里，海拔1750～2017米间。偌大的绿体，坡度仅10°～20°，坡缓平坦，实是奇花异卉陶冶人们情操的理想去处。在保定地区西北部，老辈人俗话说：青虚山庙——人多，白石山上——花多。说来此话经仔细考查，的确不假。青虚山（唐县）奶奶庙过庙会，短短三天，人山人海。白石山一年四季四色花，花色月月有花期，期期有花主。先说数九隆冬的十一、十二月，在野花坡向阳湾枯草丛中，有开似五角星形的半公分大的浅蓝色的地平花，贴地皮枯草窝窝里悄然怒放。一至二月山上仍是冰封雪盖，然而在突兀而起的斑驳苍崖向阳背风处，却有一嘟噜一嘟噜豆粒大小的粉红色花簇，竞相顶风傲寒，此花名曰“石头花”。三、四月间，山顶仍积雪皑皑、峡谷仍冰川覆盖的大地回春季节，山桃花、樱桃花被春风摇曳着枣红色的枝条，陆续盛放，盛开的粉白色、粉红色串串花苞把崖畔、山嘴打扮得粉彤彤火焰焰，煞有春之精气神儿。老远望去，花云花海漫山寨，蔚蓝映花春不败。五、六月，在上百种繁花似锦中，顶数芳香四溢扑入鼻、枝条牵挂路人衣的绣线菊、山丁香、红杜鹃、映山白等木本花卉大显身手了。七八月百花盛放，胡枝子、山丹丹、紫参、火绒花等遍地皆是，竞相争当花王。九至十月 ，自然又是各色山菊花主宰花期的世界。野花坡有多少花种、门类，很难一一说清。但是，在枝杈寸把粗、长满密刺的山棘的庇护下，含苞欲放的柠檬黄花，最引人注目。走遍太行八百里，为何独有在海拔两千米的白石山顶，才能繁衍盛长的锦鸡儿鬼见愁这种珍奇植物群落呢（据查此植物根苦、辛、花甘平，根可入药补气活血、祛风利湿、平肝温血）？真是令人费解。

观赏野花坡奇花异卉，让我深有感触：山花的色彩与人一样，她也随着季节气候的变更，在悄然换装。仔细理顺花们此开彼落的时辰次序：春季的花儿多以粉白、浅红为主；盛夏花们多以雪白、深黄、淡黄为主；秋日则以紫兰为多；冬日里多是爬在枯草地皮上淡淡蓝色的地平花了。

白石山为何山花种类繁多、长势水灵喜人，为何花朵儿色彩那般鲜艳，山庄老乡们说，皆因白石山一年72场浇花雨，恩受老天的偏袒。据笔者考查有关部门得知，白石山一年72场浇花雨，其主要来由是：白石山主脊线长达7000米，平均海拔1900米左右，而且呈北北东向走势，与季风形成垂直状态。再加上白石山南麓相对高差达1500米，因此特殊的地形造就了白石山独特的气候。从东南方向来的暖湿气流、被高大的白石山堵截在峰林巨豁间，经常形成云雾，在云盘谷的山脊线上冷暖空气突然交锋，云雾飞速升上高空，此为风云际会。在白石山众峰林大屏障阻挡下，暖气流急骤升高变冷，自然降雨量和降雨次数要多于其他地区。

白石山山高光照多，紫外线格外强烈，花儿的色彩愈加原始纯真，水灵鲜亮。再加上以野花坡为主的绿体地带，坡度较平缓，水土保持良好，花卉、草灌、乔木越是生长茂盛，腐殖质土层越是丰厚松软，形成生态平衡、良性循环，占污染、公害毫不沾边等，使白石山上的花儿美不胜收。

白石山之春

我们乘坐中巴从涞源县城出发，只半小时，便钻进了白石山森林公园大峡谷。凭窗相望，翠林绿带越来越浓郁凝重。车停北马场，环顾四周，这里满是绿色山林主宰的世界。细观之，新绿泛黄的松枝，正在扬花吐蕊，一阵阵松花清香随风扑鼻。山泉泉眼，尚有余冰未融，但在阳光下的冰凌仍在清亮的水边闪烁。似金的黑黑泥土中，钻出的绿草，争相竞吻着泉水。站在其中，仰望蓝天白云，俯首满眼翠绿，春的生机仿佛随着深呼吸注入四肢，惬意而舒畅！

春日的白石山半腰上的山杨成林成片，山杨树叶刚刚扭开红褐色的芽嘴，老远望去，犹如秋日霜重的红叶。然而，最鲜亮火爆的算是林间醒目的粉红相间的杜鹃花了，花儿有的娇艳欲滴，有的含苞待放。听介绍，这本是白石山林八怪之首：春山秋色花不败。此刻，南来北往亮歌喉的百鸟鸣啭声，溅破了山林的寂寞，让人倍感森林公园是恍若隔世的人间仙境。

我们穿越丛林的脚步声，惊炸了占山孵崽的野鸡，惊跑了求爱多情的狍、兔、狐、獾。我问：“白石山的初春，乍寒乍暖的，怎么这般多走兽飞禽？”老护林员说：“这时节是山里小灵性们相亲相爱的恋季”姑娘们咯咯笑着。我们踏上犹如沙发般松软而又富有弹性的枝叶。长满青苔的老树桩，散发着思古幽情。老护林员告诉我们，这一棵棵搂粗的柞树、白桦树桩，是五十年前日本“名将之花”阿部规秀被我八路军击毙之后，鬼子们进山扫荡留下的历史见证。不承想，逢七、八月阴雨季节，这些树桩竟有采不完的一茬茬野生黑木耳、香菇，让后人一饱口福。

顺林间小路行进，护林员把脑袋钻进一人多高的胡榛林中，采来蕨葱让我们品尝。此物性辛、甘辣，正在品味中，突然如霞似火的野杜鹃，似花云花浪般涌来。我采枝花瓣闻了闻，略带幽香。于是，我把红五星似的花朵夹在采访本里。

野森咳咳的芳容，永远留在了我的心上。观赏着古边墙下殷红如血的杜鹃花，护林员向我们追述了日本鬼子包抄“佛爷槽”，妄图活捉杨成武司令员扑空后，将两名我哨岗战士残杀山洞前的故事。八路军战士，为求得民族解放，像杜鹃花一样，将美丽而光辉的一生，抛洒在远离尘世的地方，这哪里是花瓣？分明是一腔腔热血。我的手抚摸珍存红色花瓣的采访本，更频频，愈轻轻。倏地，我明白了：作为历史丰碑的白石山，野杜鹃、刺玫瑰、山丹丹为什么都那样鲜红，鲜亮的殷红衬托得山谷才这般层峦叠翠。叠翠溢彩中，百鸟们才得以欢快地鸣啭歌喉，越发让人酷爱欢蹦乱跳在林间的小精灵。

白石山密林深丛美如画。她标榜着宁静而又欢快、葱郁、圣洁的美。这美，扫荡污泥浊垢。这美，净化而升华人的心灵。

野丁香芳菲白石山

雄踞华北太行山北端的白石山，一年 72 场浇花雨。保定老话说：青虚山庙场——人多，白石山场——花多。进入五月，正是白石山雪白山花烂漫的世界。

我们驱车前往白石山。车进到山里，刚刚盘上 97 道弯弯到山路半山腰，便有一阵阵淡淡的芳香，随风飘悠悠而来。车上行、海拔高，打开车窗，那香味渐渐由清淡变浓郁，仿佛空气都由醇厚的芳香组成，使我们陷入芬芳四溢的奔袭。车拐过百余丈高掉狼崖，左临南云海，便看见公路下面大片平坦开阔地。听丰粮沟闫老汉讲，这里是明代末年碾盘沟李家福、禄、祯、祥、瑞五兄弟，为谋求生计，几代人开发过的古炭窑。新中国成立后，封山育林，之前的光秃、荒凉早被一派茂密的草、灌、乔绿色植被所代替，森林覆盖率达到百分之七十多。在这里，我们透过古炭窑场密密匝匝的青翠叶子，衬映着的山丁香，我们寻到了扑鼻芳香的源头。我回忆起爷爷讲述日本鬼子进山扫荡，唯恐遭我武工队、游击队追截堵打，送死丧命。因此，鬼子们管白石山叫“白死山”，管雁宿崖叫“闫君崖”。后来，鬼子三进涞源山城，在雁宿崖河滩鬼子尸体堆上，插有“森军奋斗决战之地”，每字一尺见方的八个大字木桩。鬼子兵出城进山，便愈加诚惶诚恐，草木皆兵，生怕深山老林里藏龙卧虎，便几次焚烧山林，大面积森林毁于灰烬。然而，英勇神奇的白石山，威武不屈的抗日军民，恰如“离离原上草，一岁一枯荣。野火烧不尽，春风吹又生。”多半个世纪的页码翻过去，而今白石山又是“远芳接古道”。我们沉浸在雪白的山花芳菲氛围中，心旷神怡时，禁不住对雄伟、钢骨的白石山肃然起敬。访遍白石山草木，问遍白石山老人，“白石山月月有花期，期期有花主”。皆由白石山原本骨子里就姓白，春末夏初的花主自然有洁白山花主宰山野，从而形成芳菲独特的清香世界。经查：白石山野丁香均系木犀科，丁香属。她的学名叫华北紫丁香，因她适宜在海拔 1200～1600 米阳坡、半阳坡生长，向阳耐湿，枝叶茂密，花丛大，花期早，花香袭人。树干、树皮可药用，清肺平喘，镇咳祛痰，大有用场。

随坡度高上去，山丁香的浓荫也一层层深上去。一簇簇紫色花束，盛开后则是由淡紫泛雪白，亭亭如盖，花成疙瘩“雪”成块，这大概就是海拔 1000 米以上、阴阳坡兼而迂回、土壤肥沃、向阳湿润、繁衍速生的缘故吧。此刻，我用手摸摸“心”形的油绿叶子，也是那么墨绿欲滴的诱人。走在漫山坡的丁香密林里，低头看半腰中窜出一丛丛笛儿秸、绣线菊，都竞相盛放着筒筒状和星星状的簇簇白花，像是耸动着臂膀夸耀圣洁、比试芳香。我们走到石崖上喘息间，手儿不经意地又摸到崖面上匍匐地皮上的小白花，有人喊：“瞧，点地梅！”我们都俯身仔细观看，果然一片片、一串串、一朵朵小如麻粒大的白花花，恰似五个瓣的梅花形状。此刻，我们都为崇高的白石山，圣洁之神奇而折服得如痴如醉，神魂颠倒。此刻纵然谁有千种愁思、万般忧虑，也均被消融在这芬芳气势之中了。大家醉在山林，笑在花下，甜在心底，拍下了好多美好的照片，也留下许多美好的回忆。

回家来，我翻弄、端详着一张张美好定格的回忆，我找回白石山吸引游人的真谛。是啊，人们在各自的岗位奔忙，是多么需要甜馨的慰藉，多么需要在清新的芬芳中透几口空气，多么需要洁白无瑕的山花为人类编织圣洁的梦。此时，我这颗被芬芳净化了的心，又在颤颤地张开理想的翅膀，飞往那芳香的山、芳香的树、芳香的路……

如痴如醉空中草原

山里人祖祖辈辈俗称的甸子梁，因她在海拔2000米的高空，横空出世，苍苍莽莽，被历史冷落了数千年。遇上改革开放后的好时代，被开发成世人瞩目的“空中草原”，像颗璀璨闪亮的明珠，吸引各路游人来此尽享清凉。究竟草甸何等美妙？实在让人难以想象。

从涞源县城发车北行，仅用一小时，我们的中巴便被新建的张石高速公路送上涞源、蔚县交界的马蹄梁。再顺岔道岭头西行，不足半小时，车便开到空中草原天造地设的石崖景门口。大家打开车门，一下车，出乎意料的凉爽，震惊了我们团队的每一个人。随之，各色杂花和嫩草的香气扑面而至，一下子众人都沉醉在倍感清凉舒适的草甸异样风光里。此时此刻，面临绿茵清凉、杂花芬芳、白云浮游、百灵鸣唱，任你有多少烦心的事，也都会忘得一干二净。

登上斜坡，放眼望去，绿野平展展，坦荡荡，一方原野，足有二十多平方公里。她地跨河北、山西两省，位于涞源、蔚县、灵丘三县搭界处，确是过去“山高皇帝远”的一大块净土。爱骑马的小伙姑娘，早已扬鞭催马去走疆场，一阵阵欢快的马蹄哒哒声合着年轻人的欢声笑语，渐渐远去，消融在落叶松林和白桦林掩映的花草丛中。喜欢无污染的电瓶车的中老年人们，慢悠悠随车漫游于酥油草滩、万年冰洞、大小天池（俗称海子）、雪绒滩、蘑菇圈等花云花浪漫膝盖的草甸里。我左看无边绿草，右瞅花海无边，前后碧波滚滚，一泻数十里，油绿地好奇，鲜亮地人心发痒。几抹矮矮山坡犹如青蟒顺卧，绿油油的山梁上，唯见刚建好发电的风车，旋转着闪闪白光。一排排旋转的风车，让我们看到和谐大自然的美好未来。草原的花云花浪里，有大秦艽、草麻黄、防风、马卜等许多许多名贵中草药，由于景管人员们的环保宣传、管理，有马群不见马的粪便，有观花赏花拍照者，却无人任采一朵草甸之花。草原资源得保护，我仰卧草地更舒服。听着阵阵远去的马铃声、听此唱彼和的鸟叫声；看着云雾从山下升腾上来，抚地游走，真可谓“手摸白云天，脚踏花草地”；闻着扑面而来的花草清香，我体会到“天人合一”的崇高境界，人与大自然融合在一起，让我的灵魂得到净化和升华。

空中草原觅春

近些年来，随着旅游事业的发展，熟悉冀、晋两省，涞源、蔚县、灵丘三县相邻的空中草原——俗称甸子梁的夏暑清凉怡人的人群越来越多。却皆因草甸之春姗姗来迟，她的春颜缘何却鲜为人知。清明节前夕，我陪同北京几位客人前往草甸踏青，在寻寻觅觅中，领略到了大草甸早春的奇异，比起酷暑消夏的收获来，有过之而无不及。

吉普车穿过一条镌刻着过去刀光剑影和鼓角争鸣的飞狐古道，飞越过古道两侧，人欢马叫春种忙，盘上山巅，老远便瞅见草甸边沿沟豁中很厚的皑皑白雪，与眼前鸣啭在白桦林间的大灰串极不相称。突然，一股股打着呼哨的冷风袭来，人们赶忙关严车窗。驱车上行瞧见草甸眼前的零散小山庄。山庄里与黄土一色的五六十幢草坯庄院，几乎家家关门闭户。偶尔有人穿着没吊面的白羊皮袄露面，便紧走几步钻进屋去烤火。看来，这里并非春寒料峭，而是严寒未尽。

车拐过山口，向阳背风的山坡突兀而来，一大片黄澄澄的沙棘映入眼帘。密匝匝形若干枝梅挂满枝柯；一串串水灵灵地让人垂涎三尺。我们跳下车，分头采摘品尝。其色黄澄澄吸引眼球，其味酸甜甘凉可口，一丝丝吸允入肺，甭提有多么惬意了。当我向大家介绍沙棘果实是世界公认治癌、抗癌之佳品时，人们无不感慨：海拔2000多米的草甸上，竟有这般宝贵的保鲜珍品，经受了西伯利亚寒流的洗礼，让老天来犒劳远道而来的客人们。

甸子梁空旷平坦，漫无边际，没脚面的枯草覆面，看不出明显的路，却又到处都是路。人路过，惊起、四处乱飞乱窜的叫天鸡和小百灵鸟，瞬间激活了人们追逐好奇的兴趣。

我独自在空中草原中寻觅春讯。俯身拨开一片片酥油草，草拨内，早有鹅黄芽头在草丛的掩饰下，密麻麻地悄悄钻出地面。这荒凉旷野和天地难分的乱卷飞云，使我蓦然间想起古人描写的“瀚海阑干百丈冰，愁云惨淡万里凝”的诗句，在一股苍凉、慨然思古的幽情中，竟然有无数倔强小生命，在草甸深处抗争。现在我才明白，春是美好的开始，春是生命的象征，我一步步迈向春之深处。

迈过一道小小坡坎，突然在背风向阳的草滩弯弯里，意外发现三五株尺把高挂满串串红嘴花蕾的奇怪植物，我抚摸着尺把高干茎上的绒毛毛，明白了她敢顶风寒倔强向上的些许奥秘。我追上放羊老人，盘问此花缘何垂挂花蕾这么早。老人说：老辈人都叫她“光棍红”。相传宋辽交兵多年，死伤的男人太多，尤其十七八的后生战死疆场多，他们的鲜血殷红殷红浸透地面，“光棍红”便在早春窜起棵来，召唤百草复苏重生。提到“光棍红”，我不得不联想到七、八月来草甸，领略一望无际“寡妇黄”的动人情景。千年前，草甸征战死伤男人太多，附近山庄的寡妇们成群结队来草甸里寻夫悼夫，女人们的哭声感天动地，天庭派神撒下满甸指甲盖大小黄花，七、八月间盛放成花海花浪。观花滩，金灿灿恍若仙女们来到人间；闻花香，每朵小花淡香幽幽扑鼻清馨难忘……

脚踏枯叶败草，稍稍留心，扒开脚下拱开的浮土，便有一簇簇灰白色毛茸茸的乳头状物顶开地皮，我搓开几只细看，恰是白头翁的蓓蕾正在孕育花苞。我欣喜若狂，接着在草窝窝中，又发现了好多种长长毛和短绒绒的小生命，它们裹衣防寒，与料峭春冻抗争。它们有的形若毛笔，有的好似灯芯，有的貌似锋利的匕首，一个个傲头傲脑，桀骜不驯。我由衷地佩服，这是一块极其神奇而圣洁的土地啊。也只有这般神奇而又圣洁的土地，方能竞相生长出如此的奇花异卉。这神奇，太让人们痴迷忘返了。

“北方小峨嵋”登梯寺

横出天汉的危峰，峦翠竞秀，直捣云霄，从正东向西南列阵，似如来大佛收拢的五指。指间，深邃狭长的沟谷里，遍是奇花异草、鸟鸣蝶飞，使得幽谷静僻，密径通幽。在那五指收拢丰厚的掌心之中，更有依山面泉、坐北朝南的古寺院为其添上几分灵气，这就是地处涞源五峰山麓的登梯寺。

从涞源县城驱车西行 15 公里，再向南拐 2 公里，便来到仙人峪景区。钻入山泉冲刷得光滑的石灰岩峡谷中，突兀而起的巨大屏障切断去路，崖壁上，“登梯瀑布”四个大字豁然入目，方知这里是古涞源十二美景之一的所在地。仰望南崖古人开凿的两行云梯方孔石眼，听人介绍僧人背米攀援的往事，心里不由得为古僧化缘之艰危捏一把汗。幸好，现代焊接的 17 米高铁梯，栏杆扶手俱全，才有惊无险。攀援中，听瀑布水声，玩水花银朵，别有一番情趣。欣赏清代举人“天梯拾级胜扪萝，古木钩连插曲阿。三峡悬流飞瀑布，登峰造极兴偏多”的诗句，真让今人为古人的慧眼与学识赞羡不已。

上绝壁，拾级几十米，天地豁然开朗。立谷口、望古寺、闻水声、品花香，给人以“登梯深山藏古寺，拾级幽处觅仙踪”之全新感觉。说也怪，造物主就是这么偏心，将如此美景赐给了偏山僻峪，致使城里来的红男绿女，倒像陈焕生上城一般，呆痴痴地目不暇接。

在方圆数百亩的苍翠葱茏中，一座辽代古建筑出现在眼前，猫头滴水、龙头兽脊、朱楹彩檐将如来大殿装点得别有情调。殿内，经浙江泥塑名师五代传人——谢德好塑制的如来、文殊、普贤等佛身栩栩如生。大殿居中心，依山傍水，南与观音泉前的观音堂、东与半山崖柏簇拥的三义庙、三清观、玉皇宫及入口处的山神庙等遥相呼应，高低错落，参差有致，显示出辽道宗耶律洪基的佛道合一、和睦相处的主张。古松下，一座石碑林立的小院，信步浏览明、清保存完好的碑文，方知今日葫芦峪和观音泉之水，当年曾汇于石拱桥下，且“盖闻全身显幻红，藕花薇紫雾腾空”。

再听那小和尚化回铜钟，飞落西峰顶部，至今此处一毛不生的神话和山下七寡妇施银铸钟，此钟午夜自行轰鸣四十里，与广昌大寺古钟遥相回应的传说，人们无不心驰神飞。

传说是耶？非耶？没人在意。游登梯古寺，意在山水之间也。

白石山上秋云飞

今年秋天，山里雨水多，况且白石山又有一年七十二场浇花雨的小气候，游白石山，观云海的机会自然多于往常。但在诸多的云海览胜中，莫过于今年十月五日，我站在白石山顶峰，欣赏滔滔云海漫秋山的壮观景象。

清晨我们一行十人驱车盘上九十七道弯弯山路，倏地，车到半山腰，秋雨霁霁，阴云顿开天际，隔谷相望：滔滔云海把营尔岭上的曲曲长城，宛如端现于天上。此刻，是云浮？是山摇？是车晃？人们一时惊讶不已，完全忘记了车盘山转的眩晕。大家只顾争相摄像拍照。车拐过吊狼崖，突然被一溜小轿车拦住去路。我们下车定睛观望，车已开到明代崖窟遗址的山口下。脚下正是惊涛拍浪的东云海。我招呼大家尽情欣赏，摄像拍照。在人们欢跃间，我情不自禁地吟出两句信天游："东云海啊东云海，你我久违十数载。今秋相见恨太晚，江涛骇浪无遮拦。"

此时我给大家指向滔滔云海的正东方，突然冒出的黄土岭庙儿坡山尖尖，告诉大家那庙儿坡下的小砖院里，便是六十多年前侵华日军"名将之花"阿部规秀的葬身之地。人们点头称赞，在心底都深深地记下了历史的这一页。

车到停车场，瞬息万变的云海雾幔，霎时把来客们围拢起来，忽而云罩雾幔又飞往头顶，涌向山巅，聚成白浪滔滔；忽而又变成络纱，把个红、黄、白、褐、紫、绿相间的秋山，装扮得格外朦胧迷离。穿过隧道，一阵秋风吹来，让人们大开眼界；高高矗立在面前的"海豚出水"，大有刺破青天锷未残的势头。再直观前方，青黄间杂，深浅有致的大山臂膀，透过几缕阳光的照射，那偌大云幔越发显得雪白透明。瞧！那俯卧在雪浪上的"骆驼峰"，那骆驼真像昂首浩瀚荒漠，那"将军石"之将军，傲视前方，酷似指挥千军万马呐喊冲杀。

我们站在太行北巅的云都峰，静观四周，云海变幻无穷，真是——只见云头西北去，不见云尾东南来。一会儿是横空出世升腾起、高深莫测大峡谷；一会儿是云涛云浪冲霄汉，白帆点点航去远……总之白石山巅在云海的魔术般装饰下，若有若无，亦虚亦幻，永不安分的云帕，把峰林红叶抹洗得殷红殷红，红得像团火，把沙棘果枝洗得金黄金黄，串串酸醋溜溜晶莹剔透，叫人垂涎欲滴。

我站在白石顶上观秋云，渐渐地仿佛自己也化作一朵云了。我想人生应该是一朵云，它来去匆匆，但是在匆匆中，也应该给世间留下美好的印记，这印记将是人们永久的纪念。

白石金秋采山珍

国庆假日，我陪廊坊朋友饱览白石山层林尽染的秋色，让人们啧嘴称道的是：白石山的秋色是金灿灿、红艳艳，如火如荼。白石山的珍果却是晶莹莹、剔透透、香喷喷、酸溜溜，总是让人品尝不够，回味无穷。

早餐在涞源县城百泉路聚泉阁吃完小米粥和煎饼后，车子径直飞往白石山东门。车子飞快地盘上九十七道弯，停在太行老祖铜像下的停车场。我带大家顺隧道登上山巅，风景令人兴叹，大家拍照留影后，瞅见观景亭里有几家老乡摊点在摆卖新采下山来的榛子、山核桃、酸醋溜(即沙棘果)、山葡萄。老乡让众人品尝,果然山珍不一、味道有别。我向朋友们介绍山珍各自的延年益寿、祛病健身的中草药的特殊作用后,各取所需、讨价还价买个够。家里有两岁娃娃的周姐,特来买了二斤多紫溜溜带枝叶的山葡萄(学名为蘡薁),原来听介绍说是活经络、祛风湿、消肿解毒有特效,特买回家去为宝宝做备用的。白石山海拔高雨水丰,平榛、胡榛竞相争长年年丰收。胡榛含有多种维生素,蛋白质高达16.2%~23.6%,含油达50.6%~54.4%,其果实常食之,兼有止咳药效。开车师傅为他老伴买了好一大兜。

从佛光顶下山归来，我发现小个子老李总找犄角旮旯小便。我前去悄悄问他底细，一路归来，我边走边留神崖畔有无崖壶茶，夏去秋至，已错过采山茶季，我只好到停车场询问卖山货的贺大娘，贺大娘闻言喜形于色，拎出一纸包让我查看，我看果真是地道的新采崖壶茶（学名叫石韦），我把小个子老李叫来，仅花20元钱便将名贵中草药讨到手。我告诉他此中草药有治肾盂肾炎之特效，治尿频尿急尿痛更是拿手，老李听罢，喜得如获至宝。停车场小憩时，不经意间，我发现西关大嫂卖的山货中有白石山山韭菜花，我打开闻之，果真韭烈香辣喷鼻，顺手也买回家两瓶，让家人也尝尝白石山珍品之滋味。

金果红叶铸秋实

人们俗话说，春华秋实。秋，究其实到何种程度？十月中旬，我们游览了涞源白石山，才寻到秋实的真正价值。

白石山的秋，实得浑圆、晶盈、剔透。驱车盘上九十七道弯之十七的珠帘瀑布，人们被鲜亮地长在瀑布两侧的大片酸醋溜（沙棘果）所吸引。橙黄或朱红间杂的沙棘果实，一簇簇、一撮撮，疙里疙瘩缀满枝头。世界公认沙棘果含维生素 C 比常见水果高出几十甚至几百倍，它含有十八种人体必需的氨基酸、不饱和脂肪酸等。常食用，可延年益寿，尤其是防癌、抗癌、利水补肾之佳品。所以，它格外诱人，令人淌口水。大家下车蜂拥而至，伸手采食。然而，掩在玲珑剔透枝杈间的硬且锋利的长刺，让人付出一阵阵刺痛，方能食到。因此，不少人敬而远之。当地老乡瞅见，上前去巧妙地折下几枝，才让大伙一一尝鲜，鲜得大伙咂嘴咋舌。在可口酸甜的口味中，我悟到：纵然沙棘普遍生在海拔 1000 米之上，它也要学会保护自己的果实，才能自由自在地繁衍在偌大山场，才能成丛成片。

拐过吊狼崖，汽车戛然而止。原来，司机欣喜发现：崖畔上有两只松鼠正在争吃刺梨。他麻利地用数码相机抓拍下特写镜头。我们中有人又去采摘。那半面青黄、半面红晕的圆溜溜满是毛刺的果实，比杏核大，毛刺多多却不扎手，然而放在嘴里，却将口腔扎得受不了。我早年在空中草原领略过此果，便告知大家：咬吃刺梨越是怕扎越挨扎，索性猛咬一口，果汁甜中带酸，淌入嗓子眼儿。一阵爽快，刺痛亦全然无觉了。伙伴们赶忙尝试，果奏奇效。那沁人肺腑的酸甜，清筋爽骨，终生难忘。

车过香炉峰下的榛子坡。毛榛、胡榛、平榛丛挨丛、片连片，不断撞入眼帘。像板栗似的毛刺包裹着的胡榛果实当是上品：皮薄仁大，炒熟后香脆可口。听景区环保老人讲：此榛果含油量大，蛋白质、淀粉也不少，还有维生素啥的，不仅营养价值极高，还有去痰止咳的药效。难怪在食品讲营养，流行素、野、粗、杂的今天，好榛果颇受欢迎，每斤由前几年的七八元卖到现今的十多元。其实对于常在山里的人来说，山草莓、山核桃、山葡萄、五味子、刺五加、山欧梨、花山楂、文冠果、橡籽等十多种果实，均有口福吃。山里的狐、狸、獾、鼠、野兔及雉鸡、斑鸠、山鸽等禽兽，也全是依仗满山遍野的珍果生存下来、生儿育女、繁衍子子孙孙的。由此可知，白石山资源丰富开发，其前程无量。

白石山的秋，实得红彤彤遮天蔽日，实得金灿灿铺天盖地。秋实的氛围，炙烤得人心发痒，眼花缭乱。车到停车场，人们一下车，便都扑往以火红为主调的五彩缤纷世界中。他们有的凝视大红大绿相间的栎林中，有的采集红桦皮叶标本；有的奔往枫林最深处痴迷发呆，有的却被红叶衬映傲霜盛放的罩山白（一种晚秋木本花卉）所折服。相机快门声响不迭，惊呼感叹声不绝于耳。霜叶红于二月花，此时此处正当值。白石山海拔2096米，气温就比北京明显下降十多度，再加上早晚温差大白石山观红叶、尝金果，要比香山早来半个多月。

白石山一年独有的七十二场浇花雨，红叶自然是夏露、秋霜浸染而成。大红、绛红、朱红、橙红之艳丽，是受气温变化制约而演绎的。金秋佳期，不仅睹红叶饱眼福，登高远眺，天高云淡指点江山，更是别有情趣。穿过锦鸡儿丛林，攀上佛光顶，凭栏南眺，可一目望穿脚下数百里外的狼牙山、定州塔、保定西郊大烟筒。那滚滚唐河、那滔滔易水，竟像金丝玉带在冀中大平原的烟霭中闪闪发光。此刻，我凝神在八百里太行北端首峰，尽览白石山层林尽染，硕果累累，由衷感叹：金果红叶铸秋实，是秋风锤炼了万木筋骨，殷红似火的烂漫是冷露寒霜给果实们镶金包银，让白石山的秋实韵味无穷。

马跑泉轶事

常言说，一方水土一方人，一方人口敬一神。今年春节后不几天，应老友相约，驱车杨家将老令公碰碑的涞源狼牙口村，察访碰碑遗址。回来途经马跑泉村顺路去探访。

整齐、宽畅的乡村公路，没几分钟就进入马跑泉村。刚进村北口，迎面紧挨墙角处的大石碑首先映入我眼帘（前些年我曾去造访），司机停车后，我仔细摸着此石碑，青灰石质、厚半尺许、高达一米多。碑阳“傅家庄”三楷书，浑厚的大字，线刻依稀可辨。以前，我寻访一老大爷，他告知：此碑逾千年，是朝里的一位傅姓考官大人，途经此地，看见这里山茂、林丰、地沃，村人淳朴好善，便树碑写下“傅家庄”三个大字而去。后经年不久，傅家庄人靠谐音没有富起来，却因宋将杨延昭抗辽征战，兵马焦渴难忍，于此庄，延昭坐骑在山根刨出两眼泉水，兵马一场痛饮，于是此村起名叫马跑泉。

车停村街一角，我们徒步去马跑泉源，一抬头瞅见，阳光映照下的水渠，银光闪闪，节后早春乍寒，水渠水却热气腾腾，在一片说笑声中，我望见一排溜大婶大嫂们捋胳膊、挽袖子地搓洗衣服。我们用手指入水试之，泉水略有凉意。后来村干部和几位老人介绍：马跑泉水冬暖夏凉，水温常年恒温12℃左右，水从地底下冒上来，一无公害二无污染，喝来清甜甘洌、冰凉爽口。人们说喝此水不爱闹肚子，几次请专家鉴定，都说这泉水内，含有对人身体健康有益的十多种微量元素，是罕见的可食用的优质饮用水。曾有人建议可直接来生产矿泉水赚钱，干部们与群众商议通不过。好多村民说，老祖宗留下来的生命水，我们除了有理由好生保护泉，不让泉源水有丁点污染外，还要干好前人栽树，给后辈子孙们乘凉的好事呢。

我们来到村后山根，望见山坡上洋槐、翠柏满目皆绿，远处杨柳榆槐片片、段段、苍苍茫茫。高高的山脚岗子上，恰有泉水喷涌的龙泉祠堂。迎面祠堂一副对联醒人眼球：上联写“龙泉水造福人间”，下联对“马跑泉名垂千古”。三条横批是：青山碧波、流芳百代、五谷丰登。宽敞的祠堂内，中央四米见方的泉眼水，水深悠悠清澈见底，有数尾红色黑色鲤鱼安详游弋，泉水从祠内探头到渠口，流往各街各巷各户院落。我们仔细敬仰龙泉祠第四次重修的碑刻：“马跑泉处在山泉山麓村北偏西，村史云：宋将杨延昭屯兵三关，率兵部破辽之敌，经此马渴甚急，以蹄刨地，泉水涌焉，故名马跑泉。据考证，喷泉涌近千年，古有盛名。虽经沧桑，但勤喷不怠，润泽着千顷良田，造福于历代百姓。二零零六年六月十二日立”。

马跑泉成了世代人们的生命之源，笔者几次来这里下乡探访，村里人们敬泉爱泉护泉的事例众口皆碑，让人着实钦佩羡慕和感慨。最近，拜读十八大报告，中国特色社会主义事业总体布局由经济建设、政治建设、文化建设、社会建设“四位一体”，拓展成为包括生态文明建设的“五位一体”，这使我深刻体会到，把生态文明建设放在突出地位，融入政治、经济、文化、社会建设全过程，体现了尊重自然、顺应自然、保护自然的理念。为坚持走绿色发展、生态文明发展之路，注入新的活力，为实现“美丽中国”奠定了基础。因此，马跑泉村再访，由衷赞叹勾起我的忆念。

马跑泉村人们世代饮用甘泉水，人们多身强体健，尤其老年人延年益寿效果明显，全村三百户人家，年逾八十岁到九十岁的就达四五十位。年已过百岁的武奎老人五世同堂，家庭和睦、敬老孝老成为村里的美谈。村人淳朴勤劳，崇德向善，村干部年年组织大家搞敬老活动，老人们咧着无牙的嘴笑着连连夸说“世道好，世道好!”

人们尝到泉水的甜头，打小就会敬泉、爱泉、护泉，严格保护泉源水不受污染。一代代人自然传承，成了民俗好风范。尤其每年三月二十三日至二十八日是天齐庙会，商贾摊点多，买卖红火，人山人海热闹非凡。为满足赶庙人们痛饮马跑泉水，全村人自觉地不在庙会日期内浇地浇园、洗刷衣物。再说村里菜农、果农用泉水浇园浇灌果树、蔬菜果品口感好，质量上乘，拓宽了致富门路。这里的“狗蛋李”个大黑红、酸甜可口，比别村李子好吃得多，家家院里都有几棵果子树，上市便抢购而空。这村的上市蔬菜叶宽肉厚鲜嫩，吃起来口感醇香，在菜市场上同样博得口碑。深受杨家将爱国保国优秀民族传统感召和影响，马跑泉村人文素质崇尚、向善、勤朴之风，早在20世纪五六十年代已经形成。涞源白石山南气候比白石山北早两个节气，唐河边适宜种水稻和小麦，现有那时民谣为证：“北城子的稻米、南城子的麦，马跑泉一年四季吃不清的时令菜。”现在农村土地承包到户，涞源哪村吃大米白面也是家常便饭了。然而，一年四季家家户户用清泉水种得时令蔬菜，仍在该县首屈一指。所以，人均仅四分土地的马跑泉，衣食无忧，手头宽裕，日子过得殷实。

马跑泉水，为人们好生活带来了希望，带来了富裕，带来了和谐。愿这生态文明传承，永远为马跑泉村彰显“错落有致、石墙瓦房、泉水莹流、绿树成行”的山村文化形象。

千古宝刹阁院寺

阁院禅林，在县治北街，俗名大寺。东汉时创建，唐时重修。邑人王槐蔚《阁院钟声》诗：“尘心才洗涤，禅院听钟鸣。霜月白如水，悠悠万家情。”这是清《广昌县志·古迹录》中的记载。但根据寺内文殊大殿粗犷的建筑造型，坚实的斗拱结构和独具游牧民族风格的装饰、彩绘技艺，证实为辽代应历十六年重新建造。虽然时隔千载，经十多次大地震，纯土木结构，却安然无恙。文殊殿巍然屹立，古韵雄风不减当年。仔细浏览粗犷、淳朴风格的建筑技艺，着实让后人赞羡不已。面阔、进深均有三间房大的布瓦歇山顶大殿内，虽然巨幅文殊塑像和石雕狮吼及二十四罗汉，已劫难于众所周知的年代，但“破四旧”时红卫兵用白泥覆盖起来的巨幅壁画，倒起到了保护稀世之宝的作用。从裸露墙角墙端的画幅看，其线条之流畅，构图之丰实，色彩之艳丽，造型之生动，确实画艺不凡。难怪，中国国画院的大师们，来此大殿，久赏泥墙裸露之画幅，流连忘返呢！

走进阁院寺，引人瞩目的还有东禅房前钟楼内，高五尺、围一丈五、钟径五尺，重达四千斤的大铁钟。县志金石录载：此钟是辽天庆四年，由本邑进士司仲庭等人施造。据传，过去每月逢初一、十五的前一天早晚，众僧人齐心协办按“紧七慢八”节奏，撞钟十五声，钟声远播二三十里，确有“洪钟铿锵浑浑然有太古之遗规”的音律气魄。让人津津乐道的是：我国亚运会上的古钟展览，北京古钟博物馆副馆长夏明明同志，历尽千辛万苦，踏遍大江南北寻找辽代古钟没着落，后来途经河北省会石家庄，了解到涞源县阁院寺有辽代古钟的讯息后，他连夜请来高级工程师赶赴涞源，用石膏做好古钟模型，回京浇铸成功，填补了我国辽代古钟出展的空白。此钟钟面为契丹经文，首次进京展出，让广大文物爱好者们一饱眼福。

白石山上“六大怪”

俗话说，“人配服饰马配鞍”。大凡风景名胜区，除了山之形、水之势、大气之神韵外，更有多姿多彩的绿色植被和种类繁多而珍稀的生灵们，给山水以服饰，使其风光愈加雄秀娇媚。河北省涞源县凉城风景名胜区内的白石山森林公园，便是用奇装异服来装扮的奇观胜景。品评之，尤以“六大怪”让人心悦诚服，咂嘴咋舌。

五月上旬，来到海拔1400～1900米的白石山北麓，站在饮马泉，环顾四周，绿分数色染山冈。远眺，偌大绿体空间，竟有“霜叶红于二月花”之秋色，点缀翠绿中。人们不禁愕然，奇中奇的是：秋色中又时有一片片一丛丛粉红色的杜鹃花，绽放其间，春明秋暗相衬映，让人痴迷不解。经仔细盘问，方知山杨、老椴舒苞绽叶而涂就火红秋色，得持续二十余日，随着平均气温的日渐增高，气候垂直带由温变暖，使杨林、椴林的火红由叶绿素而取代，映山红、山丁香自下而上，此开彼谢，形成“春山秋色花不败”，是公园六大怪之首。

前些年，笔者在县文物保管所任职，有幸踏遍涞源境内300华里明代原始长城，290个敌楼全是顺山弦、修建于长城线上的。今日踏察相传杨六郎北牧马场，意外地发现俗称大台、二台的两个敌楼，却建在边墙外近百米两座山头上，故称“六怪”其二：“敌楼修在边墙外”。

大台、二台之间，石头花、山丁香、刺玫瑰等，丛生遍野，清淡的花香扑鼻，随风飘洒吸吮不迭。听当地乡亲们讲，起先因这一带四季花不败，山蜜蜂安居乐业于数十余米悬崖，久而久之，酿蜜溢流成溪，山庄人常来冒险攀崖采蜜，故称为蜜蜂崖。今登城仔细端详，不见千古野蜂酿蜜流，却见酷似猪八戒吃蜂蜜的巨形猪石头，抵在崖头上方，为此第三怪曰：“八戒贪蜜心无厌。”穿过胡榛林，漫步开遍淡黄花的石荆丛中，便会发现一颗两米高的“心状”石头，稳在向坡面倾斜的平面石板上。相传宋代一忠良抗辽，战死在边墙疆场，仍将忠心赤胆化石于此。四怪曰：“留丹点翠石桌歪”。

饮马场，水草丰盛，气候凉爽，无蚊叮虫咬，是历代插箭岭关城将士，消夏避暑养精蓄锐的好去处。佳话传千古，而今不仅饮马池泉水喷涌不竭，更为传奇的是：饮马泉周围地块，潮湿阴凉，竟自生繁衍连片的野党参，据测，上下有七八亩。时值盛夏，参花顺着灌木的藤蔓，缠绕向上，飘洒缕缕清香，招来各色花蛇居栖于此。进参园者，因而肯定会“打草惊蛇”。上述名曰六怪之五：“党参园里花蛇多”。

踏进植物园，饮马池南洼地参园茂密，遥遥相对的则是人们记不清何年何月繁衍成片的黄花滩了。经量，从沟掌至沟口。黄花棵连棵，片挨片，其滩长足有1000米。八月份，黄花朝开夕谢，此奇观名曰：“金珍花黄千米带”。为六怪之尾。除此之外，诸如黄花滩西北大洼的芸香，三岔山正梁上的名贵中药材佛手参、刺五加，南马场野香扑鼻的白牡丹，四棱崖的利尿名药石韦等，均为我国北方珍奇名木花卉，只是地处山旮旯，生长面积较小，未成气候，鲜为人知罢了。

喜听百鸟亮歌喉

如果说，黄莺婉转，燕子呢喃、小鸟啁啾，是以各自的奇妙曲调引人聆听的话，那么置身凉城风景名胜区的白石山森林公园里，满目都是葱郁的草木，野花星星点点缀在其中，听百鸟展亮歌喉，那动听和谐的乐章，那声景并茂的美妙境界，当真让你有身临仙界之感。

今年6月初，在海拔1400至1900米的涞源县白石山森林公园，正是南来北往的候鸟与本地鸟聚会的日子。为赶上这一盛会，我来到森林公园，当晚住在山腰的山林小店。

第二天一早，天刚蒙蒙亮，我就被连串悦耳脆亮的鸟叫声唤醒。推窗望去，原来是杏红嘴巴和浑身乌亮的黎鸡，站立在树梢尖上招呼："赶集、赶集，快赶集儿！"我再瞅身旁床铺，昨晚给我做伴、讲了大半宿鸟故事的护林员老杨，早已拎着防身的猎枪，没入茫茫林海之中了。老杨惜鸟如命，有好多养鸟、保护鸟的学问。我赶忙穿上衣服，追他而去。

穿林越岭，几费工夫，才找到老杨，正要打招呼，老杨突然扭头示意，让我放轻脚步。看他那醉心鸟叫的神情，真让人不忍心打扰。顺着他的眼神，只见对面白桦树枝头，欢跳着一只头顶为红色的鸟儿，细听叫声好似说："早晨好，早晨好！"老杨告诉我，此鸟叫做朱顶红。它不仅叫声好听，名字也挺体面。正寻思着，突然从落叶松林里，扑愣愣飞起一对大眼睛蓝色鸟，老杨说："那是一对目大，它们特别喜欢吃油松的害虫——松毛虫。"忽听阵阵酷似"你——好、你——好"的嘹亮叫声，打断了我们的谈话，老杨说："这种鸟叫大灰串。"

"灰串"？循声望去，这种鸟我比较熟悉，前几年在横岭子森林公园搞资源普查，有位齐老汉曾给我讲述过自小驯养的雄灰串，善学人语，会看家护院的故事。望着眼前的大灰串，我真想将它逮住，驯养后让它用文明礼貌的语言迎宾待客。

“咯儿——咯儿——”一时间粗犷而略带沙哑的野鸡叫声，在山林间此起彼伏，好像我们被野鸡团团围住。

“野鸡咋这样多?”我问。

老杨笑了笑，说：“这阵儿，野鸡不合群，是每对配偶各自占坡产蛋孵崽的黄金季节，为防他人突袭骚扰或抢占生育地盘，它们似乎要以引颈高歌的特殊方式告诫‘闲人免进’。”

此时，我想起了一首民谣：“处暑的鹞子白露的鹰，入冬的野鸡香喷喷。”正是这野鸡的自我保护生存能力，才使得它们充实了我们的山货市场，成为凉城的山珍美味。

晨雾渐散，阳光开始洒满白石山林海的枝枝杈杈。此时，百鸟争鸣，大山的乐章进入高潮。“挤儿——挤儿——”这是石缝鸟，因喜欢在河槽大石缝间挤入钻出而得名。“神、神、神!”“鬼、鬼、鬼!”这是好擦着树梢飞的张飞脸的口头禅。“燎屁股，燎屁股!”急促的叫声滑稽而幽默。老杨说，山庄妇女每听到这种鸟叫便把它轰撵出去，据说它的叫声不吉祥。

侧耳听，鸟儿们在枝头上又蹦又跳，叫得煞是卖劲。羊粪蛋、嘎叭嘴、二饼子，歌声那样嘹亮；罩儿、大灰串、山红燕、黄雀、黄鹂、杜鹃、红脯、蓝脯、四二红、四二黄，唱得那样委婉。尤其值得一提的是，罩儿那个犟脾气真叫绝，秋天它们爱钻豆子地啄虫儿，顺着地垄啄——勇往直前不回头。于是，鸟迷们可用网在前方截捕，使其乖乖就擒。驯养数日，遛早时遛得越远，它的叫声就越好听。所以白石山一带流传着“懒汉无罩儿，养罩儿无懒汉”这样耐人寻味的民谣。

当太阳爬上树梢的时候，鸟儿的叫声渐稀。老杨说：“不管本地鸟还是候鸟，咱白石山里有一大群益鸟呢，山黎鸡、山红燕、绶带鸟、目大、罩儿等专爱吃害虫啄蚊虻，它们可是咱人类的好朋友。”说到这儿，老杨神情庄重地对我说：“你代我向全省的读者捎个话儿，到山里来可别抓这些益鸟，它们是咱森林公园不辞辛劳的忠诚卫士。”

仙峪樱花始盛开

如果说，“北方小峨嵋”是妩媚动人含苞待放的俊秀女子，那么崖畔，山脸上竞相怒放的山樱花、山桃花，便是女子淡抹浓妆的粉脂了。

“北方小峨嵋”，是古代文人墨客对涞源城西仙人峪五指山峰峦的赞誉。这里山峦层叠不尽，群峰突兀竞秀，古寺幽静清新。尤其在“人间四月芳菲尽”，峰顶积雪、峡谷余冰的季节，东阳坡嶂、仙人桥、汉钟离刀劈崖等处的山脸上，丛挨丛、片连片的山樱花、山桃花争相怒放，老远望去犹如瑞雪纷扬，显示着大山的灵性。

游人三五成群，盘上东环好汉谷石阶路，顺步沿小道前行，便置身于樱桃花的海洋之中。急不可耐的花骨朵们，晃着枝梢，俏皮地迎面扑来。有的抚肩擦膀，有的触鼻摸脸。人们目不暇接，笑容绽放在花丛中，当真成了人面桃花了。耳闻蜂声嗡嗡闹春意，眼看飞蝶款款舞翩翩，扑簌簌一阵习习凉风，微风吹过片片樱桃花瓣，飘洒飞扬开来。此时游人好不惬意，于是陶醉于淡淡的芬芳中，魂魄均被那神奇的樱花坡、桃花源给摄了去，在不知不觉中走完十里桃花坡，这真是一种美的享受啊！

朋友，时值清明节后的踏青游春时节，如果不到仙人峪的樱花坡桃花源里漫步，那才是平生一大憾事呢！

虎背仙坨

仙人峪，以它巍峨雄壮、高大博远的自然景观著称于世，古代素称我国“北方小峨嵋”。然而它又用不同的高度，穿插着八仙的行踪，展现着各异的人文景观风采。这就是涞源县城西仙人峪内百步一景、景景称雄的缘由。顺着旱金莲掩映的盘肠小溪，走在沟底，越过好汉谷，来到黄草洼，再顺叠翠的山洼望上去，大洼西侧，首先映入眼帘的是：500 米长的猛虎在不知不觉，将浑圆、敦实的臀部撅向对面的五指山峰，臀部当中夹着那条铁棍似的修长尾巴，虎尾巴梢活灵活现地耷拉在浑圆山峰的悬崖下。而后游人顺黄草洼盘上山腰，来至圈羊旮旯上方叉道口，朝北拐略走几步，便登上了雄姿勃勃的老虎背。虎背中央，说也怪，不偏不倚有块长宽各 2 米多见方平板崖石，崖石上写有楚河汉界及几个脸盆大的棋子儿字样，刻画得依稀可辨。这里流传着一个动人的传说。一天，张果老到此山中砍柴，看见白鹤仙翁与南极仙翁在老虎背上安然对弈，便放下砍柴的斧子和柴火，蹲在一旁观棋。他足足看了七天七夜，两位仙翁对弈仍然不分输赢。白鹤仙翁发现张果老仍在观棋不语，就笑着说：“张果老，你还不赶快回去，你的斧头柄和那捆柴火都烂了。”张果老回头一看，果然如此。忙问二仙翁这是何道理，两位仙翁看他惊讶的模样，一同笑着说：“山中方七日，世上几千年！”说完，二仙翁不知去向。张果老好生纳闷，倒骑毛驴走向仙人峪。

如今，游人听完这动人的神话故事，不知是因为要尽情在老虎背上欣赏二仙翁之棋艺，还是要浏览对面汉钟离刀劈崖下的旖旎风光，都流连忘返。

隔岭观云海

今年山里的雨水多，况且白石山又有“一年七十二场浇花雨”的小气候，游白石山览“小黄山”云海的机会就更多于往常了。但在诸多的云海览胜中，我以为莫过于“坐卧胡亥岭、享受黄山景”，让人流连忘返了。

胡亥岭海拔1700米，雄踞涞源县城东南12公里处，在距县城25公里的白石山北麓中间偏东地带。相传胡亥岭，是因秦二世胡亥占据此岭关城而得名。今日，我们一行登上岭头探视千古溶洞，行至半岭小憩间，大家背山面谷，却意外地被“小黄山”——白石山西鬼见愁，与胡亥岭间的云海的新奇与玄秘痴迷住心窍。

登上胡亥岭，大家都进洞去探视地宫奥秘，我坐在洞口，拿起相机刚要拍下云海升腾、翻滚在“小黄山”的壮观景象，瞬息万变的云海，像是故意与我作对，一眨眼，便把浮于云海上黑黝黝的小黄山淹没其间了。我按快门的手指松下劲儿来，索性坐在石崖上，仔细观赏起云海来。

映入眼帘的，首先是一派层峦叠嶂的碧翠。在如棉似纱的云巾揩抹下，那青翠欲滴的山洼，越发显得郁葱葱、水灵灵；深浅有致的大山臂膀，在阳光下，越发显得嫩绿透亮，那柔美的线条让人看不厌、爱不够。那造型各异、变幻无穷的云海，就是在翡翠如黛的胡亥岭与万仞插天的白石山之间，升腾起来横空一世。偌大峡谷，高深莫测，自然是：只见云头西北去，不见云尾东南来。隔岭观云海，我身处最佳位置。

华北一绝——小黄山，在云海飘浮中，酷似远航帆船晃晃悠悠，忽而又定格云滔云浪间，变成依稀可辨的模糊剪影。就这样，小黄山在云海的魔术般装饰下，若有若无，亦虚亦实。一会变幻奇特，让人大饱眼福，爱不释“睹”。再看那毫不安分的云雾一会儿迷离边墙关堡，一会儿飞驾仙苑琼阁，一会儿如蛟龙腾空闹海，一会儿像野马列阵，一会儿似横空出战，一会儿仙女散花，一会儿又如蟹将演武……这云海云浪真是搜尽世上奇形怪状之缺；示尽人间千姿百态之绝。我尤为惊叹：这忽而轻薄忽而凝重的云海雪浪，竟然会将天地间割出阴阳两界。阴在碧山绿水间，阳在滚滚云涛上。碧山绿水间的阴霾奇幻，与滚滚云涛上的明丽晶亮，天造地设般地构成大自然美的立体画廊。我敢说，这浩气展虹霓的举世杰作，绝不是哪位大国画家泼墨挥毫力所能及的。

站在胡亥岭纵览云海胜迹，我相信：凡是怅然若失的来者，稍在此地小憩片刻，便会将郁闷与烦恼抛得无影无踪，静下心神融入云海中，顿有佛家大彻大悟之惬意。何乐而不为？

伫立良久，应该说，永远不变的是大山，瞬息万变的是云雾。青翠如黛的峰峦，总是在一团团迷雾中飘忽，也变得似静似动起来。此刻，我越发领略不够白石山间云海“涛似连山喷雪来”的神奇。真弄不懂：山间云雾哪里来，横空云海何处去。相形之下，我望着不老的青山，打量一下未老先衰的自己，忆起宋代叶梦得《点绛唇》中“缥缈危亭，笑谈独在千峰上。与谁同赏，万里横烟浪。老去情怀，犹作天涯想。空惆怅。少年豪放，莫学衰翁样”的词句，无不感慨万千。

日暮西山，我们一行慢慢走到沟底。突然，几声闷雷由远及近。不一会儿，我们正在盘肠河上跳跃而行的，噼里啪啦的雨点就打下来了。眨眼间，密集的雨柱把我们浇成落汤鸡。我望着从西北方向卷将而来的雷雨，是否就是白石山间奔腾的云海呢！此时想到宋玉《高唐赋》中的“朝为行云，暮为行雨”，与此景十分贴切。

凉城酷暑话清凉

孩提时代，每逢看见蓝天中春来秋往的大雁，总在天真地想：长脖雁能够哪里暖和哪里去，生活得自由自在。若人类能随季节变化到舒适去处，该有多好。时隔数十载，我国旅游业的兴起和开发，给日渐富裕了的人们，创造了冬去南方避寒、夏来北方消暑的环境和条件。这不，“入伏不见伏，盛暑不显暑”的凉城风景区，近两年每逢七、八月份，京、津、石、保、沧炙热难耐，喘不过气来的时候，络绎不绝的游人，云聚凉城。度假消夏、疗养、健身、开会、研讨，“日披衫、夜拥被”，很少蚊叮蝇咬，神清气爽，好不惬意。

凉城，盛夏日均气温21.7℃，无愧于千金难买“天然大空调”的盛誉。追根究源，翻开《广昌县志》，早就有“云中沙渍硗落，寒气独早，农人春分后种麦、菽、莜麦。四月种谷、秫……”等记载。它告诉我们，涞源盘古便皆因无霜期短至120天至150天，仅春种秋收一茬。凉爽的缘由，经查阅资料，分析主要有三。其一，该县地置平均海拔1000米以上深山区，属温带季风半湿润大陆性气候。按平均计算，海拔每升高100米，冬季便早来晚去2~3天，冬天即增加4~7天，一早一长，合计增加冬日10多天。仅以县城所在地海拔836.5米为例，自然比冀中平原多凉爽一二个月。其二，一月的平均气温在一般情况下，每上升百米，要下降0.4℃。所以全国22℃为夏，涞源县千米以上的白石山、仙人峪、横岭子森林公园，空中草原、甸子梁等景区，温度仅在15℃上下，更不复存在盛暑了。就连海拔836.5米的县城，盛夏日均温21.7℃，刚刚挨近夏季的边沿。其三，白石山、横岭子等庞大山体，气候带垂直分布差异，表现出山顶、草甸与山麓、盆地气候大不相同。其特点是：气温随高度增加而降低，降水量随高度增加而增加。因此，高山草灌乔植被覆盖率达80%以上，也有助于气温凉爽。一般1000米以上的高山，山下已入夏，山上始是春，就不足为奇了。除上述外，拒马源景区三源交汇，地下水涌水量日达12.3万吨，四面环山的山体植被覆盖率高等，也均对气温凉爽、生态均衡起到制约作用。

冬游冰瀑亦欣然

时值隆冬假日，我们一行怀着“观真景还数冬景最好看”的好奇心，来到涞源县白石山西麓的十瀑峡景区，寻奇踏雪观冰瀑。

朔风穿过景区大门洞，直冲峪谷口袭来，怪冷飕飕地。风动岭下南坡上，细流成冰鳞次撒落在苍崖上，银光闪闪，果然成了名副其实的鱼鳞坡了。正驻足赏“鳞”间，忽听前边游人惊呼：“冰川，大冰川！”人们循声撵去，拐过黑熊赏月，果然数十丈的大冰川，便历历在目了。

我们伫立冰川前，陷入沉思：天工是如何将秋日浑烟倾玉的落天银瀑，凝结成晶莹剔透的冰凌玉瀑呢？细观之，那冰白里透玉，玉里蕴伟，洁净剔透得动人心魄。我们边看冰瀑边拾级而上，小心翼翼登上双龙瀑顶峰，隔谷相望，正西侧的福星石，像一支直耸蓝天的巨笔，等待人在脚下的洁白冰川上书写豪情壮志。

穿幽谷，踏石径，听导游讲解：沿途往日溪水哗哗，今水声变沙哑，哑到戛然而止成冰凌玉柱。残流聚集在黑龙潭下。被锯齿獠牙般的花岗岩石撕扯得支离破碎。没曾想，天公作美，把破碎的潭水雕琢成各式各样的冰雕工艺品。在阳光照射下，有的像琼楼玉亭，宛若仙境；有的镶花嵌树，枝繁叶茂；有的剔透中伴有细碎珍珠滚动戏闹，滑若琉璃；有的如玉刀冰锥，叫人顿生寒意；有的宛若一重重大冰扇，真像孔雀开屏。天公巧制的怪景奇观，让人们赏不够、赞不绝。

游兴浓浓，双脚生风。没一会儿，便来到豁目开朗的飞龙潭。这里，大簸箕掌似的大冰川，自几十米高的绝壁上一泻脚底，就像一副白绫从天而降。她将左侧“之”字形石阶路，用冰瀑盖了个严严实实。此刻，游人的兴致由赏冰玩冰，全移到潭面滑冰上来。

大家高兴地滑着滑着，缓缓发现脚下的冰层里，有一群群一拃长的游动黑色鱼群。大家跺跺脚，鱼群仍任之游之，我们隔着厚厚的冰层，无可奈何，只好望而生叹。然而，人们望见坡脚上，冰凌间的沙棘丛中，一簇簇黄里透红的滴溜溜圆的果实，诱人口水。大家撵上去来摘食之，酸甜可口，清新爽腑，好不惬意。此刻，虽感到“冬山惨淡似如睡”不如“夏山苍翠似如滴”，但叶落鸟稀，树刚风劲，这种独特的萧条气氛，在冰纯玉洁的氛围中，不也是一种别样恬静、闲适的享受吗？

独特的乌龙沟长城

如果说，万里长城工程浩繁、气势雄伟，是我中华民族竖起的一道闪光丰碑，那么大规模修筑长城，把长城修筑技术发展到顶峰的明代，在涞源县境内筑起的190公里石头长城，更是瞩目于世的独特杰作。追忆1990年秋天，中央电视台《神州风采》节目中，关于涞源乌龙沟长城墙体、敌楼等的独特报道，我们更为保存较为完好的乌龙沟边墙的石砌技艺和独特的建筑特征赞叹不已。

我们一行顺三道河山庄以西的“之”字形羊肠路，盘上井儿沟掌，稍息几分钟，古边墙像吸铁石般，将我们气喘吁吁引到墙根。我特意爬上边墙通往柱角石大道豁口的横断面，探究古人垒砌偌大石块的技艺。那高大墙体下宽上窄，石块也由下至上随墙体由大变小，但小块石料每块也不下二、三百斤。其石块，均为不规则多边面体，一个平面朝外，若干凹凸面形朝里，极不规则的凹凸面，巧妙而自然砌垒，如同锁钥般紧咬死啃在一起，坚如磐石，而后碎石子填入缝隙扎实，石灰砌浆抹缝，那边墙耸立山弦，经风沐雨，自然是岿然不动，五六级地震也无奈它何。垛口内五尺宽的通道，容双马同骑、五卒并行，马踏人践，稳如平川，坚如铜墙铁壁。这是石头长城特征其一。登上长城，手抚垛口，偶尔用手抠起指甲盖大的一块石灰浆体，使劲儿碾压，也难以松散，那坚固强度不次于水泥。拾级攀登到大寨梁头，鸟瞰东北方向，很清晰地看到边墙从云雾空蒙的邓家庄梁头，蜿蜒而去乌龙河谷底。期间，石头长城墙体高大、垛口整齐，很显然与两千多年前的赵国古长城遗址迥然不同。笔者曾于1984年春，陪同国家文物局朱希元教授，亲临赵国古长城遗址考察，顺山脊扒开突出地面一米多高的地衣尘埃覆盖下的坍塌墙堆，发现其石块最大的也不过百十斤，多是海碗大石块垒起的边墙，尽管坍塌千余载，仔细瞅虽然能看到长城由东北走向西南，与明代边墙衔接，但却无有一处敌楼遗址尚存。继续攀上海拔一千余米的井儿沟大梁尖，登上空心敌楼，放眼数十里，却接连有43个完好敌楼尽收眼底。敌楼间勾连串通，好个防御天网，让人大饱眼福。那敌楼，八行花岗岩石条做根基，青砖砌墙，砌造了券门、券窗与台内空心卧室、厨房、瞭望哨所等机构，就连盛水装置也砌造得严密精细、玲珑小巧、合身得体。实属石头长城敌楼建筑独具匠心的又一大特征。

云压天低，苍崖莽莽。石砌长城年长日久，自然与山崖融为一体，混为一色。山里人都有其体验，只有山碧草翠或银装素裹时分，在阳光反照中，才能辨得出边墙垛口，犹如曲曲剪影，愈有神秘感。我们凝视边墙剪影时，忽听伙伴中有人为登偌大台阶、古人身长脚阔而争论不休。我低头细看，却意外发现大石阶石缝间，竟存生着一簇簇、一片片学名叫石韦（俗名叫崖壶茶或高山顶）的珍贵中药材。伙伴们听我讲石韦根治肾炎之奇效后，无不竞相采摘。悬崖峭壁云雾中成长的石韦，山民们冠以“高山顶”的尊名，却来此石缝中瘦骨伶仃地安家落户、繁衍至今，其长城岁月之悠久神奇，这是古长城特征之三。

绕边墙转半圈，从五道椽敌楼下山至道口，返乌龙雄塞关城途中，接连发现一座座花岗岩山崖卧石，当年就地取材、就近开山凿石的斑驳古迹，写有“大名府民工用米××石，用盐××斗”等字样，不由得为古代劳动人民采石的艰辛和精湛高超的垒砌工艺感慨连连。

作为明代特殊的涞源石头长城，自然已经完成了它的历史使命，但作为体现我中华民族自强不息精神的长城，确是永远不过时的。尤为保存完好的乌龙沟石头长城，越发让我们热爱它的坚强、粗犷、奔放和刚毅！

凉城“三源”觅古

驱车西行经紫荆关，逆拒马河上行50公里，便来到了以冷水资源丰富著称的凉城胜景——拒马源景区。茶余饭后，漫步县城东南近郊，便可寻觅到拒马河三源水的源头。

泰山宫兴文塔下，小桶般粗的泉眼，翻滚着浪花，喷涌不竭。听说，山城数万口人饮用此源水，此源却枯水季里不减，雨水季里不增。我弯腰掬水入口，泉水清凉甘洌，沁人心脾，不由地精神为之一振，暗暗赞道：这若在暑期，一定是最为可心的饮料佳品了。听导游介绍：每年旧历四月十八日至廿八日，东岳行祠传统庙会，凡来赶庙的男女老少，没有不来此源头痛饮尽兴的。经查对，《广昌县志》中早有记载“吾邑东之一里，有水曰涞。其源深且清，其味寒且甘，其水流且久。”看来涞水可谓源远流长。

南行20步，以涞水源为主流，涌入20亩大池内，此处为第一泉。柳丝拂拂、兴文古塔倒影涟涟，着实令人赏心悦目，惬意非常。西南行百米，骤然又见涓涓成流的易水源，涞水、易水汇于水云乡村东南1华里处，合流两岸绿林郁郁，芳草萋萋，合流水声如琴瑟之谐和，美妙动听，涞易水合流为一，成为涞源十二美景中一大景观。今查史料，清光绪年间广昌知县刘荣曾传赞：“昔闻一水通涞易，今日寻源到此间。细脉浮图依古塔，清流出塞绕重关。征人有路深能渡，壮士无功去不还。咫尺神京宗派合，恩波荡漾接天阛。”

荷叶山镇海寺下拒马源与涞、易二源并称涞源的三源水。一般冬季水温在十几度以上，四季恒温，流量均在0.7立方米/秒左右，清澈见底，是适宜饲养世界名贵鱼种——虹鳟鱼的理想场所。从1984年至今，已有国营、集体建起6家虹鳟鱼场。年产成鱼上万公斤。在地区水产研究所科技人员刻苦钻研下，该县虹鳟鱼饲养水平当属全国一流。

拾级而上梁山，便是宋代名将马武，任大同总兵时兴建的别墅。

时至千余载的今天，虽不见缥缈楼及棲云居、水云居、待月轩、知乐园等古建楼阁亭榭，但对照古人所绘十二美景之一《层楼朝爽》景图，可想马将军择三源宝地休养生息的眼力何等高明。

清代举人辛元瑾诗云：“易水涞水据上流，初分终合几多秋。风流人物淘千古，尽日滔滔永不休。”驻足沉吟，辛老夫子吟咏的言志诗，不正是今日三源觅古追思的意境吗？

十瀑之源：龙虎泉

进涞源县十瀑峡景区，从风动岭下拾级而上，攀越鱼鳞坡、双龙瀑、飞龙瀑等数道大小瀑布，在2.5公里远、海拔1600多米的地方，听见流水淙淙声，寻声而至，便是被降龙木、野蔷薇、杜鹃花和山葡萄古藤笼罩下的十瀑之源头——龙虎泉。在冬日里皑皑白雪的辉映下，泉如黑水流淌，格外分明。

相传很早以前，大平原连遭荒旱，白石山这一带风调雨顺、人寿年丰。一天，去张北赶脚的几个平原汉子，途经白石山下的插箭岭村，见这里的庄稼一块地比一块地长得好。于是便溜进龙王庙，将黑龙王用驴驮子驮走。这件事激怒了黑龙王。一天过午，它扎到白石山西麓，雷雨大作，冲十瀑峡沟掌，伸开龙爪便扒坡皮，要让泥石流冲毁山下村庄。此时，守山尽忠的白石山虎呼啸而来，与黑龙王招架争斗数回合，不相上下。后来，被山神、土地等诸神调说劝解，黑龙王才悻悻而去。从此，被黑龙王伸爪抓破坡皮处，便涌出凛冽甘甜的泉水来。后人追思龙虎斗，便叫此源龙虎泉。

龙虎泉是冬暖夏凉的恒温泉。隆冬，泉水蒸气腾然，泉周围青苔、地衣青翠欲滴。泉水分数股源头从石缝中喷涌出来，起初是咕嘟咕嘟闷响，冒出地面便溪汇成河，流水淙淙，遇山崖直下而泻成大大小小的珠帘和瀑布。这些瀑布夏日宛若匹练悬空，银河倒挂。一路上汇峡谷山泉，声间渐如万马奔腾，随着几米、十几米、几十米高低不一的落差，气势磅礴，壮观无比。一至二月份，各大小瀑布均成大小冰川、冰柱、冰帘、冰凌花。除此外，龙虎泉水全年流水淙淙。旱年水不少，涝年水不增。流水日夜哗啦如歌唱个没完没了。人们匍匐泉眼，喝上几口，清凉肺腑，明目爽神，是草药水？是矿泉水？有待考究。喝毕水，随手从坡脚折几根当年穆桂英大破天门阵的降龙木，带回家除恶避邪，岂不快哉！

二、忠骨犹存

飞狐边关

我的家乡河北省涞源县，是闻名中外的古今战场。引史为证：涞源“南连倒马（关），东接紫荆（关），内拱神京，外拒云朔，当两关之肩背，通二省之血脉，扼秦晋之咽喉，树燕赵之屏翰。虽弹丸小邑，而实为畿辅要区也。”为此，这里历代兵家必争，不足为奇。

1989年底，涞源县境内的八大景区，统被省政府列为凉城风景名胜区，开发旅游业以来，古今战场为凉城胜境，增添了许许多多人文景观景点。近两年，笔者有幸跑遍涞源山山水水，将调查了解到的有关古战场、古遗址、古今军事要塞等资料及传说、故事，稍加整理记录，以供读者初解涞源古今战场之谜。

涞源，这块“横广稍近，纵袤稍宽，故城图与县形相准”的偏远疆域，春秋称无终属代（山西省代县）。战国属赵。为华北脊梁——太行山“八陉之中的第六飞狐陉——河北涞源蔚县交界的黑石岭”，历史上的关隘所在，军事意义重大。据查汉书《五霸传》得知，此陉四十里峪，曾是汉高祖驱使数万名囚犯，从马蹄梁下的岔道，向北人工开凿成天险峡谷，历史上称此为“飞狐铁壁”，是涞源古十二美景之一。自然，铁壁凿通途，对中原通西域、通后草地，均起到咽喉之作用。

唐太宗出征刘黑闼，屯兵于涞源县城东30华里的浮图峪口，退路于紫荆关。明末，闯王李自成，自陕来晋冀，佯攻浮图峪（该县六大关隘之一），绕道五回岭，攻克紫荆关后，直逼京城。

宋太宗时，又名复飞狐县。传说有狐食五粒松子成仙飞去故名。

北宋时期，杨延昭父子与辽国太后征战数载，在长城南至两狼山附近，涞源县境内的杨家将遗址及传说比比皆是。其城北至东、西团堡一带，关于文武兼备、智勇双全、聪敏豁达的英主肖银宗，安营扎寨，休养生息于团堡川、连巴岭、卸甲沟、甸子梁、跑马道，多次袭扰飞狐县城，挺进中原的战事、传说故事，几乎家喻户晓。至今人们说起穆柯寨、合婚台等遗迹来，对穆桂英与杨宗保天作之合的罗曼史，无不津津乐道。当然，现存的祭刀岭、马跑泉、令公碑等 23 个杨家将戎马古迹景观，从正面讴歌杨家一门忠烈、千古悲歌的忠良形象，愈加深入人心。南宋时期，宋代大诗人陆游所著《长歌行》“何当凯旋宴将士，三更雪压飞狐城”的名句，充分表达了我中原将士，期盼早日收复被金兵占领的疆土的爱国心情。

时至近代，县城南河、牛心山一带，曾是抵抗洋毛子的战场。白石山南麓景区的云盘洞、老虎影，又是义和团首领郭逢春率领众师兄弟、英勇激烈战斗和壮烈牺牲之地，其事迹惊天地泣鬼神，抗清抗洋毛子威武不屈。1939 年至 1943 年，聂荣臻元帅和杨成武将军领导的八路军，又在古风犹存的白石山下古战场——雁宿崖、黄土岭，歼日敌 1500 多人，击毙了日本“名将之花”阿部规秀。连同百团大战中的东团堡馒头山、三甲村、二道河等战役，全歼日军教导队 170 多名军官，使敌人闻风丧胆，受到致命打击，其抗日英雄事迹闻名中外，史留千秋。

边道恩善行云盘洞

闲暇，翻阅明、清《广昌县志》，涞源县境内数百寺观庙宇，迄今给人印象最深的唯云盘洞莫属了。

白石山海拔一千多米的悬崖峭壁间，崖栢丛生一簇簇、一片片，鹞飞鹰掠气势很是雄伟。期间一排溜儿四座古洞深渊依序由东往西，间隔三四里，它们是朝阳洞、白云洞、五女洞、云盘洞。四洞深渊皆为历史上的福地洞天，洞内故事各具千秋，但只有云雾笼罩的云盘洞才愈发神秘。加之边老道上山采百草救民生于水火之事愈传愈神，使山下几十个村庄的人们感念不忘。

边道人是涞源县城西井子会村人，出生于清嘉庆二十一年(1816 年)。中年出家登梯寺、石泉寺，修真养性悟出采百草为人施医之奥妙，他深深爱上名山仙潭。清同治六年五月，来白石山云盘洞善念施医，欲以己之资财修庙建观。山民知晓，众皆愿助，是道人善念感天动地耶，还是民心所向耶？即于当年秋山红叶时，创修好老君、八仙、老佛等正殿三间，药王、灵官、山神、土地等观六间。边老道踏遍白石山采摘、品尝中草药研散制丸，医病不求回报不索谢，云盘洞的名字随边老道医术医德高超名声赫起，口碑渐远。于是云盘洞创建庙观之神奇，便在山下口头传开。

云盘洞山下邻近的栢叶山庄乡亲们，听说山上建庙，乡亲们背石头运砖瓦争先恐后。不几天，药王庙便垒起石墙。该抹泥灰了，白石山上哪里有黄土呢？众乡亲正犯愁，突然半天空卷起一股旋风，顺时针“突、突”转了一会儿，眨眼不见了，但见庙台下一堆黄土映入人们眼帘。众人大喜，赶忙去山腰老龙潭挑水和泥。山崖陡峭，崎岖难行，一担水挑到云盘洞所剩无几。有人望着没有云彩的天空说：“老龙潭太远，这会儿老天下阵雨和泥多省事。”话刚落音，只见白石山顶飘来一朵朵浓重祥云，云在云盘洞口，倏地“啪哒、啪哒”掉下雨点。约摸一袋烟功夫，把这堆黄土浇得稀泥烂透，众人惊喜万分，泥里搅好穰草，不到半天，便将墙壁里外抹了个溜溜净光。

日复一日，刚过月半，乡亲们听说边老道下山化缘，化回一口身高4.5尺、腰围9尺、体重450斤的好大铁钟，大伙设法抬上山来，好不容易将钟抬到钟楼下，举将起来悬挂，串钉汉子手一哆嗦，那穿钟的铁钉便滚下庙台草坡，抬钟众人被压得龇牙咧嘴，有的慌了手脚。此刻，边老道看见，他鞠躬一旁，口中念念有词，很快有人从崖壁草丛中捡到穿钟楔钉，此刻乡亲们抬举的铁钟一瞬时质量减轻不少。不一会将大铁钟挂好，抡槌撞之，钟声轰响山下四十里，连唐河畔上的村庄都能隐约听到。

人们夸云盘洞是块风水宝地，边道人行善施医救人，愈传愈邪乎。离此地三十华里的倒马关闫老财偏偏不服，凡事爱刨根问底，他让小长工备好毛驴去白石山云盘洞探看究竟，无奈山路崎岖难行，毛驴不前，闫老财只好将毛驴用缰绳拴好在大石头上，他与小长工四肢攀登上了云盘洞。在洞东侧痛饮三碗甘甜、清凉的泉水后，坐在庙台上，饱赏山下美景十分得意。高兴之余，他又习惯地绕起了长达七寸的玉石嘴烟锅，谁知一不小心将玉石嘴甩下庙台草坡。他央求边道人咋办，边道人说：“施主莫急，你回去做好一栢木梯子扛来，即可找回玉石嘴。”闫老财寻思：我的七寸长玉石嘴是用十三块大洋换来的，甭说打造一个梯子，三五个也值。次日上午，果然闫老财让长工扛一架梯子来到云盘洞。他猛抬头，见庙台什物闪闪，再定睛细瞅，果真是七寸长玉石嘴端放庙台上。闫老财喜形于色，连连对边老道说，此地圣洁，果真是块风水宝地。

清同治九年初秋，边老道从山下吉河村看病归来，刚要洗手做道事，突然老羊倌张洛山慌慌张张进洞大殿来：“边道恩人，俺家羊群大事不好了，俺那羊们都被撑得躺倒在地，两天多滴水未进了。”“山主莫急，我随你上山去看！”待二人攀上白石顶，路过鬼见愁西的密林时，边道人放缓脚步，搜寻到一棵古树，便采摘了些古树叶子。采毕奔往羊卧场，把古树叶投进大锅熬汤。水开后一股股药味扑鼻，晾凉片刻，便一碗碗掰开羊们嘴巴灌下肚里。日暮西山顶，那羊们便一只只呕吐不迭，之后摇头晃脑、挺直蹄腿站起来。老羊倌父子跪地连连拜谢边老道。后来，边道人告知白石山上有数棵千年古茶树，古茶树叶是治肚撑腹胀的山中妙药。张洛山父子牢记在心，认准古茶树，他父子和羊群再也没闹过肠胃病。

清光绪元年数九隆冬，山下栢叶山庄的邸老奶奶的儿子病危，风雪交加日暮山巅，怎么能上山请边道人来看病呢？一家人正犯愁，忽闻一阵狂风过后，边道人身披雪花推门而入。他近床前，望闻问切，很快从衣袋里掏出三十粒黑药丸，让病人水服，观察一个时辰看病情无碍，叮咛几句起身要走。夜色深沉风雪大，山路崎岖险道多，乡亲们怎忍心让道人独自回山，众人再三挽留，边道人还是跨出家门急匆匆出庄，喊了声“山主们放心请回吧！”便消失在大风雪中。次日凌晨风停雪住，一位马大爷出庄捡柴，惊奇地发现两行老虎脚印逶迤踏向云盘洞。乡亲们听说后，无不为边道人安危担忧。于是，男女抄起棍棒、铁锨，有的还挎起火枪，径直顺虎脚窝寻上云盘洞。众人惊奇地发现，边老道盘坐洞内大殿做道事哩。后来人们传说，是否边道人踏遍深山采药施医救民生，感动了药王爷，恩赐他一只猛虎和他做伴呢。

边道人施医德高望重，消息传往京城。便被皇上下旨请他进京为娘娘看病。边道人摸脉稍刻，略加思忖便开好草药方，差人熬好给娘娘喝用，三日后，娘娘病体渐愈。皇上大喜，要赏赐边道人金山银山或做御医，边道人均不肯接受，笑而不应。皇上不放道人出宫，边道人只好求皇上赏赐二斗小米返回云盘洞。

边道人从京城返回白石山云盘洞的消息不胫而走。山下完、唐等县上门求医者络绎不绝。尤其逢三月二十五庙会，更是山上山下热闹非凡。单说小脚老太们进香火攀崖越涧快步如飞，便成了赶庙人流中又一道亮丽的风景。然而，边老道进京看病归来，身背二斗小米，被贼人误认为金锭银元，于光绪二年五月下旬，将边道人残杀洞内。据地方县令报，“时逢炎热却见边其尸躯不腐，蝇蚋不集，心异之”。后由其子奎和徒龚泰祥得其平生梗概，又曰是因一乡之善人也（摘自边老道碑记）。后诰授直隶易州广昌县正堂孙家锡为边道人亲笔撰文，文结尾曰：万劫纠缠、一朝解脱、业净功成、天空海阔。边老道善行十年白石山云盘洞，拯救山下百姓无数，其口碑沿唐河上下百里，家喻户晓，人人皆知。

巍峨的白石山云盘洞屹立千古，为边道人生六十年画下了圆满句号。然边老道行善伟业，将永远让白石山下的人们怀念不已。

上老芳名不凡

物竞天择，适者生存。这是万物遵循唯一的永恒规律。飞狐边关的特殊地形地貌和酷暑凉爽、隆冬严寒的气候条件，使当今涞源的古树名木成了抢眼的地域资源，数百年甚至上千年的老松树、老榆树、老杏树、老核桃树、老菩提树，傲立在全县差不多的村口、山庄，成了涞源县极有考古、旅游观赏价值的又一道独特风景线。人们谈论起古树之首的老松树来，当属上庄乡的上老芳，其芳名果然不凡。

上老芳的古松树树干挺拔刚毅，枝丫苍拧遒劲，树冠奇姿怪态，树皮豹纹斑斑，向世人张扬着飞狐古道的沧桑久远，倔强着山里汉子们的淳朴鲜明。走进上老芳村口南五谷影壁附近的两颗姊妹松，一棵在弯腰诉说，一棵在侧身倾听，她们热情洋溢地诉说着历史的进程，倾吐着热爱家乡的心声。瞅这古松的阵势，好让我眼熟。进村仔细察访，得知这里的卧龙岗松林，曾是华北平原最大面积松林——清西陵松林的祖根之地。

原来，松林是清雍正为达到陵寝风水宝地万古长青、岁远天长之寓意而刻意派人移栽过来的。在西陵院内外20万株的古松中，该有涞源上老芳卧龙岗多少万棵子孙姐妹啊。上老芳村的几位老人讲：180年前，皇帝为了绿化西陵区，选派使臣去产松树地点挑选树种。广昌（现今涞源县）县令得知来意，便向使臣大讲上老荒村（上老芳的原名叫上老荒）卧龙岗古松的三奇：一是年年松塔松子采不完；二是松子落地快生根；三是棵棵松树爱冒尖（生长快）。使臣听后，便与县令骑马同去上老荒村卧龙岗实地考察巡看。果然，群山环抱上老荒，卧龙山冈三里长。清水萦绕响淙淙，油松林满雾茫茫。使臣再仔细瞭望，卧龙岗山头两棵弓腰爬背的古松，恰似龙首双角耸立。顺梁向东望去，郁郁葱葱的大片油松，活像相连的鳞片，好一处卧龙岗，当之无愧叫得响。

选松树种的使臣返回京城，启奏雍正皇帝，雍正大喜。当即传下旨意，命使臣速去广昌县上老荒，征集工役和大牲口。选用椽材、檩材粗的松树为树苗，将树身标明阴阳记号，采取夏刨根部土方、冬冻根部土坨、早春骡帮驮运、清明前后栽种的办法，运往陵区。椽粗树苗，每头骡驮驮两棵。檩粗树苗，两头骡子驮一棵，往返一趟走五天。清明节前后栽好浇足扎根水，三年后树活成林。后来，不几年松树成林成海，甚是壮观。皇帝念及上老荒百姓家家户户养骡子运送松树苗有功，将全村男女老少全部被封为臣民，同时皇帝诏曰：上老荒改名为上老芳。因为五月份是松花授粉季节，遍野芳香四溢。每年2月2日，京城专程派来使臣，将金龙黑地、青龙黄地的两面三角大旗，插在林中三观庙、虫王庙顶，半月后全村臣民来庙堂里跪拜圣旨谢皇恩。连唱三日大戏，以示祭祀虫王爷保驾西陵古松祖地有功。唱大戏时节，村民们把写有“虫入土中，毋害我松”字样的小三角红旗插遍卧龙岗松林中。话到此，补叙一段“梅官清断戏”的趣话。时值乾隆继位第2年的2月里，上老芳村民请来保定府完县梆子团来唱大戏，不曾想，戏厢被白石山前的一家财主截留也要唱几天大戏。上老芳百姓知晓，将官司打到皇陵，皇陵派梅官清要挟广昌县令解决。梅官清用红丝线锁住县衙大堂露明柱，县令无奈，才将白石山前财主赏打四十大板，将戏班子接回上老芳。

历经清代一百多年，上老芳的脚夫赶骡帮去保定府跑买卖，途径西陵陵区，格外耀武扬威，扬起皮鞭赶骡帮，骡颈铜铃响叮当，手打火镰抽旱烟，个个趾高气又扬。陵区的海巡盘向，一听说是上老芳的脚夫骡帮，瞅瞅腰牌，便可畅行无阻，扬长而去。

时至今日，上老芳更是人人爱松树、护松树、种松树。生产队那个年代，好多人捡松塔卖松树子儿，大大赚了零花钱。如今，鳞次栉比的老、中、青、小松树带，长遍了这一带的大小山冈。

白石英烈壮千秋

清光绪年间，广昌县（现今涞源）金家井村郭逢春，乳名老根，早年丧父，他十三岁那年，母亲将他托付小叔郭贵邦抚养后，娘便改嫁本县中庄村。郭老根给他叔叔放牲口，时常骑光身马跨沟越涧二十多里，去中庄看望老娘。他十六那年跟叔叔学木匠，时常偷空儿去村东山坡上练劲扔石头。最让村里年轻后生们敬羡的是，他能从坡前将石头准确无误地，扔到坡后的庙院里，人们都爱叫他老根哥。

郭老根人穷志不短，办事讲义气。听说哪家老财主对长工们苛剥，他便上前辩理，讨来粮食钱财送给贫困、年迈长工。后来财主买通官府诬告他打劫，他被逼出走北甸子梁下团圆村西石窟。两年后逃往口外练功习武。1900 年春，听说易县、涞水、涿州等地义和团，纷纷举起“反清灭洋”的大旗，他从口外回到广昌，聚集百十号穷兄弟，在白石山东麓的合婚台，扯起“广昌团练”造反大旗。

伏击老虎影

清光绪二十六年初冬，广昌团练反清灭洋在合婚台举起造反大旗的事，县太爷禀报直隶总督，总督署便派部将石全德大人率领清兵三百名进白石山围剿。广昌团练大师兄郭老根得到消息，便召集六位师兄弟共同商议，决计趁夜黑天潜伏在老虎影和张家坟一带阴坡树林里，打清兵个措手不及。

老虎影山峰高耸入云，它坐南朝北，那杏黄色的悬崖峭壁酷似个老虎头，俯卧在山顶峰。义和团据守在这里，往南可望得见银坊镇，向北可看得清张家坟撒落在河西坡根的片片住房。天渐黑，老虎影上的探哨来报：大路正南方，三百名清兵马队开出银坊村，朝老虎影这厢走来。郭老根传令准备战斗。

说来也巧，老天来帮忙。清兵一出发，天便降下鹅毛大雪。清马队缓缓走来，个个冻得哆嗦打战。夜幕降临，前行大批马队来到老虎影山峰北崖根下停息。从河槽搬来十几捆玉米秸用火点着，几十个清兵把枪支搭在马背上，围拢一圈烤火取暖。

郭老根众将士借火光看得明白：枪支搭在马背上，烤火的清兵越来越看得清楚了。郭老根举枪瞄准，打响第一枪，一刹那枪声四起，喊声一片，应枪声接连七八个清兵倒在血泊里。清兵马队遭袭乱了营，待他们从马背上取枪还击时，义和团伏兵早就不见了踪影。

夜黑得伸手不见五指，再加上纷扬大雪，清兵此刻早已迷失方向，进退两难。这时，郭老根与六师兄弟抻抻衣襟，挥手让几十个将士纵身冲向清兵砍杀起来，三下五除二，未等清兵头脑清醒，郭老根一声口哨山响，几十名挎枪持刀的义和团弟兄，便窜入密林里不见了。小伏击告捷，大快人心。白石山下人们传颂：老虎影雪夜揍清兵，只听枪响不见人冲，雪地血窝一摊摊，真是将怂一窝怂。

独胆闯敌营

老虎影伏击战后，石全德带领清兵和洋毛子驻扎在白石山下的银坊村，一连数日无有一点动向。义和团师兄弟们心焦火燎，郭老根便独自一人去摸敌营探虚实。

郭老根扮成当地山民，用背架背上一捆干柴，直冲洋毛子马队驻地大伙房走去。洋毛子营房门口的两位清兵岗哨，一听说话是当地百姓，便点头让郭老根走进营盘大院送柴。

营房伙夫们看见山民送来一大捆干柴，忙招呼来人抬秤称柴。郭老根借点钱的机会，到后院茅房解手，一扭身看见后院马厩，悄悄蹓进去。躲在墙旮旯里仔细观看，马厩里一排排大洋马正悠闲地吃着草料。一位洋毛子巡哨，身背子弹袋，手持洋枪在马厩前来回走动。郭老根假装解完手系紧裤腰带，朝马厩前走来。洋毛子哨兵，见他是背背架的当地山民，便挥手让他走开。郭老根傻愣怔片刻，装走错路往回返走到前院。猛回头，他见那哨兵背向而去，便悄悄地蹑手蹑脚走几步紧跟在哨兵后面。趁洋鬼子毫无提防拔出匕首刺入洋毛子哨兵胸膛，将死尸抻到背静处，扒下子弹带和上衣，麻利地披挂自己身上，挎好洋枪，熟练地解下一匹高头大马，窜上去双脚狠劲一夹，拽紧马嚼，那马使劲冲营房大门口飞驰而去。待门口清兵明白咋回事时，那大洋马早已跑得无影无踪了。郭老根策马飞驰白石山大北沟，突然那马猛然听到军营集合号响，扭身往回返。郭老根见大事不妙，用尽生平气力勒住马嚼环，那马昂首咴咴叫了两声放慢脚步。郭老根只好跳下大洋马，独身小跑地回往白石山云盘洞。

飞石葬清兵

义和团首领郭老根与红灯照首领张兰妮虎踞龙盘白石山云盘洞，兄弟姐妹亲如一家。云盘洞两侧数座小庙道观，恰如地窨暗堡撒落在弓形的石崖臂膀上。红灯照和义和团的将士们，藏在庙里往外瞅，清兵的活动能看得一清二楚。清兵从山下往上仰望，腆肚子石崖碍挡视线，啥也瞅不着，只有攀上云盘洞两侧臂膀栈道崖嶂上，方能略瞅云盘洞一二。

直隶总督部将石全德在柏叶山庄安营扎寨六七天，三百多清兵不敢妄动一步。究竟云盘洞上有多少义和团、红灯照人马，他们星点讯息未知，石全德决计派人偷袭探明虚实。

挑选来十八名年轻力壮清兵，个个手脚利索、武功高强。每人一身紧身衣裤，在腰间缠好两个小绊绳，身背大片刀，趁天不亮，就轻装进发到云盘洞的悬崖峭壁下。石全德带领百名清兵尾后，暗藏在灌木丛林里准备接应。

十八名精悍清兵在崖根喘息约摸半小时，崖畔上的古柏荆棘清晰可辨了，才兵分两路绕起绊绳攀援而上。石全德隐藏在老龙潭崖窟里，看十八名精兵飞速攀援陡壁一半时分，心中不由暗自欢喜。突然，听到云盘洞石崖臂膀上有人大喊：“石缺德的兵上来啦！”义和团、红灯照将士们涌出云盘洞，随着郭老根一句“狠狠砸！”仨字刚一出口，大石头蛋蛋犹如冰雹砸在十八名清兵头上、手上和身上。攀援清兵们的呼爹叫娘声、砸折古柏树枝的咔叭声、云盘洞将士们的呐喊声，把躲在丛林中等待接应的百名清兵和石全德，都惊吓得面如土色、目瞪口呆。

山腰飞石滚滚，那十八名攀崖精兵全部葬身崖下。待日暮西山后，石全德才命藏在丛林草窝的清兵，将砸死的清兵拖下山来。

炮轰云盘洞

山里汉子郭老根领导的义和团、红灯照反清灭洋，直隶总督吓得慌了手脚，赶忙进京启奏慈禧太后。慈禧太后闻听大怒，直骂总督混账无能，随后即以“一两骨头一两金，一两血肉一两银，金银不取封官爵”的重赏，颁令捉拿广昌义和团练郭老根归案。同时，特选派德国洋毛子拉来大炮助战。

白石山山高谷深，寒气来得早。洋毛子炮兵从京城出发，一连三天累得人困马乏。第五天日落西山，才赶到白石山下的松树台。离松树台很近的柏叶山庄，人们听说洋毛子来了，男人们藏进山洞，闺女媳妇们躲进了深山老林。洋毛子进得柏叶山庄不见人影，甚是憋气恼火。

冬日夜长昼短，夜幕很快笼罩山庄。洋毛子们害怕像石全德那样，在老虎影遭伏兵，就赶忙把炮兵拉上西大梁。西大梁坐北朝南，酷似脊梁骨儿没挡头，北风呼呼吹来冻得人打战。于是，让人从山庄扛来几捆山柴引火点着，十几名洋毛子围坐一圈烤火，有的炙了前胸烤后背，暖烘烘地正想背靠背睡一觉，突然顺火光“叭”地一声，飞来一颗枪子，一名大个洋毛子应声倒地。接着，又从云盘洞方向飞来第二颗、第三颗……洋毛子们吓得慌乱一团，赶忙把火踹灭，在漆黑的夜里，冻得洋毛子们挤成人疙瘩等待天亮。

太阳出山，天气渐暖，洋毛子头儿指挥冻僵的士兵抬着一具死尸慢慢下山来，一个个佝偻着虾米腰，无精打采。他们把大炮抬上柏叶山庄东梁安，便轮番着用望远镜寻找正北云盘洞的部位，又唤来炮手测试射击距离、方位。一切准备停当，洋毛子首领冲柏叶山庄北边的清兵部将石全德，摇了摇五色旗号，清兵们便肩扛枪刀朝云盘洞下的大山洼里进发。约摸两小时后，洋毛子头领用望远镜瞧见清兵已盘上老龙潭了，便哇啦呐喊，示意炮手开炮。那炮弹犹如黑老鸹般直冲云盘洞方向呼啸飞去，落在云盘洞下半绝壁，轰隆一声惊天动地，燃着了灌木草丛，瞬时烈焰腾空。接着又飞来第二发炮弹，不偏不正地落在云盘洞庙前的右上方，将西侧一棵古老的菩提树炸掉大半拉，义和团和红灯照将士们安然无恙。第三发炮弹落在洞西五十米处时，清兵们乘着炮弹腾燃烟雾，往云盘洞方向冲去。没承想，清兵像蚂蚁一样向上攀爬情景，早已被义和团将士瞅了个清楚。待清兵攀援到洞下三十多丈高的绝壁时，那滚滚垒石排山倒海般从庙台上飞奔下来。一刹那，清兵被乱石飞滚砸得叫苦连天，咕噜噜滚下山坡一大片。活着的清兵又向云盘洞崖根攀来，义和团大师兄郭老根居高临下，举石磨大的石蛋蛋猛向清兵头上砸去，一块块石蛋无一虚发，云盘洞口诸兄弟和姐妹狂呼叫好。

洋毛子大炮没派上用场，灰溜溜撤回银坊。石全德看着清兵们被砸死砸伤的惨景，只得撤回驻地。

血溅云盘洞

直隶总督部将石全德见洋毛子大炮轰炸云盘洞，偷袭不成反而损兵折将，他心如火焚。

一位副将向石全德建议，去山庄找找老百姓询问上云盘洞的捷径，柏叶山庄户户无人。石全德躺在床上，反复琢磨良策。忽地，他记起白石山下的吉河村百姓尚在，定能寻问明白。石全德脱下顶戴花翎和战袍马褂，换身当地百姓服装，从灶膛里往脸上抹把烟灰，假扮入伙拳民问路。说来也巧，石全德刚走到吉河村口，正东张西望，一位头戴毡帽的中年汉子，手拎两包中草药迎面走来。来人名叫聂老号，是吉河村踏遍白石山沟沟岔岔放羊的老羊倌。他见问路人是衣衫破烂不整的义和团入伙拳民，想起清兵勾结洋毛子剿灭义和团的罪恶行径，早就恨之入骨，便率直地回答说："找郭老根他们，你放宽心随我来！"于是，聂老号引路，左拐右绕地抄羊肠小路攀上云盘洞下的二级崖台。石全德部署在附近的伏兵，见陌生汉子头前引路，便蜂拥在石大人背后攀援上来。云盘洞东南侧吊桥北端，一拳民望见，忙派人去告知郭老根，边用力拉起柏木杠吊桥，清兵洋枪手瞄准拉吊桥拳民，一枪打伤他的胳膊，"哎哟！"一声惊叫，吊桥拉到半悬空，又"啪"地一声，原封不动地架在悬崖断壁豁口上。

郭老根师兄弟们人手一只洋枪，冲吊桥南端的清兵还击。无奈寡不敌众，清兵一百多人一窝蜂地顺吊桥涌往云盘洞口，胡乱开枪，义和团、红灯照死伤一大片。清兵冲过吊桥，站满云盘洞口。这时，突然一阵喊杀声，郭老根、张兰妮等二十多师兄弟姐妹，如饿虎扑食般涌出洞口，手持大刀左右开弓，猛向清兵头上砍来。短兵相接，洋枪无济于事，清兵又被砍死砍伤不少，他们只好边招架边后退吊桥死守。

郭老根望见山崖下又有二百多清兵攀援上来，隐约听见助威呐喊声此起彼伏。工夫不大，便有几名先头上山来的清兵，攀援到了云盘洞绝壁下灌木丛中引燃大火，火助风势，风仗火威，红火苗子一窜几丈高，浓烟滚滚扑往云盘洞。

张兰妮怒目冷视冲天大火和吊桥清兵，转身进洞去与郭老根商议突围。膀臂受重伤的郭老根摇头说："师妹，你赶快带领大伙冲杀过吊桥去，我在这里朝吊桥头清兵开枪，你们冲过去几个算几个，撂下我和老六、老七掩护你们！"兰妮说："我们要突一块突，宁可同生共死，也绝不能当清兵的俘虏。"听山下呐喊震天，吊桥上下满是清兵，兰妮改变主意，冲大师兄抱拳一拜，向众姐妹说声："跟我来！"便在洞内用白布缠身，在"大师兄再见！"的唤声中，七姐妹从庙台上跳入崖下的茫茫火海中。巾帼们的雄烈悲壮，惊呆了众清兵。

两军对垒，清兵发觉义和团除了郭老根之外，拳民所剩无几，仅有的几条洋枪子弹已经打光，洞内越来越少有声息，他们边向洞口射击，边爬往庙口周围。

郭老根左臂膀中弹，血流不止。他咬牙靠在玉皇庙内的八仙桌上，师弟们为他扯布包扎，剩余几名拳民悄声摸往洞口，猛挥大刀冲出洞口砍死两名清兵，当即也有两名拳民倒在枪声里。郭老根强忍伤痛对两位师弟说："你二人快带人冲出去，若能生还，就绕道后山离开这里。"老六老七不依，硬要搀扶郭老根一块往外冲，郭老根狠狠搡倒老六，喝声道："你们最后听我一句话——都赶快给我走！"说完，便独自一人鲜血淋漓地钻往洞底。此刻，火焰烈烈，浓烟滚滚，呛得人们喘不过气来。众人见大师兄怕拖累他们，他们便单膝跪地，手抱双拳，大声哭道："大师兄，俺们只要有口气，一定会为你报仇!”说罢，六师弟、七师弟带人挥舞大刀冲出洞口，像乱刀砍瓜般照清兵就砍。众清兵被大刀飞舞得眼花缭乱，愣怔无主。吊桥清兵连连还击，十几位拳民，仅有六师兄一人冲过吊桥得以生还。其余全部壮烈牺牲。

郭老根身负重伤钻进云盘洞底层。洞口的守兵唯恐有埋伏，只管扔进柴草烟熏火燎，好半天也不敢进洞。石全德站在吊桥北端，令清兵攻进洞口生擒活捉郭老根，清兵们大眼瞪小眼，谁都不肯进洞送死。石全德急红了眼，拿一名后退清兵开杀戒，洞口清兵才战战兢兢地往洞里钻。郭老根终因伤重又浓烟熏呛，昏死在洞底。清兵将他拉出云盘洞外被风吹醒，他发疯似的破口大骂石缺德。石全德赶忙命清兵用豆粒粗铁丝穿透郭老根一双肩胛锁子骨，死拖活拽地弄下白石山。天晚，在吉河村大庙柱子上，捆绑看守一宿后，便坐囚车拉往保定府，在西门外被处以极刑。

白石山诗话

据《三字经》舆图形胜所说，我天下名山三山五岳之外，有十大洞天，十大洞天之外，又有三十洞天。与泰山、衡山、华山、庐山等三十洞天齐名第二十一位的就是白石山。雄踞八百里太行山最北端、号称“太行屋脊”，海拔2096米的白石山，不单单是奇峰林立，植被茂密，夏季无暑，云海滔滔，佛光频现，更集黄山之奇、华山之险、张家界之秀，拥有我国北方唯一最为壮观的大理岩峰林地貌。

数千年前，祖先慧眼金睛看中的白石山，就是福地洞天之宝地。经查阅，唐、宋、元、明、清诸代墨客，都为白石山留下了宝贵的名诗佳句。南宋诗人陆游率兵白石山下飞狐边城，奋笔疾书《长歌行》中的“何当凯旋宴将士，三更雪压飞狐城”的佳句，至今让人读来，其气势之磅礴实在是刻骨铭心。明末清初诗人顾炎武写《广昌道中》：

五迴春雪深，
涞上孤城闭。
行行入飞狐，
夕驾靡遑税。
融水见蚬流，
老树陵寒霁。
啄鹊驯不惊，
卧犬安无吠。

沿途鹊落牲畜身上啄之，牲畜连动也未动。人来马往，道边的狗都不汪汪叫。可见诗人将白石山边关村落环境的安谧冷落，写得入木三分。可是，当我们读到清诗人屈大钧写的《广昌》：

长城带天末，
古戍接云中。

马踏三秋雪，
鹰呼万里风。

便把边寨风光粗犷之美和关扼之雄伟险要，结合得淋漓尽致。说到涞源十二美景，清代知县，举人之佳作，更是随手拈来。广昌知县刘荣《白石晴云》：

白云缭绕接边城，
佳气葱茏万象呈。
山石无瑕生穴壁，
天风吹絮幻阴晴。
千重密云观潮涌，
五色低垂濯锦明
莫怪峰头暂留住，
甘霖迭沛慰苍生。

明杜恒熵《白石晴云》：

南山飘素练，
晓望玉嶙峋。
遥忆最深处，
应多点石人。

清教谕纪明陵写白石晴云：

一片晶莹石，
山奇石益奇。
晴开千里照，
云烂九霄垂。
绚彩富纠缦，
为章色陆离。
应知作霖雨，
出岫莫嫌迟。

以上三首不同风韵的《白石晴云》，我们读着白石山的风情变幻，字句念来，朗朗上口却遐思无限。他们真是独具慧眼，名山览胜，各有千秋。

笔者少年时代，常听爷爷讲日本鬼子几进涞源山城烧砸抢掠，却拍摄不到云雾缭绕的白石山，此为何故？

爷爷说白石山是活山，年年变、季季变、天天变。我们长大后，多次浏览白石山，越咀嚼越品味，白石山的骨子里，处处皆是中华民族之宝，处处皆是治病救人的仙丹妙药。在涞源尽人皆知精通医药的边老道，云游四海后在白石山云盘洞安身救人无数。有民谣家喻户晓：

白石山上百样草，
八参灵芝真不少。
病人上山走一趟，
疾病灾难全消了。
病人上山求医药，
医生就是边老道。

笔者进深山柏叶山庄采访，柏叶山庄老人们念叨起边老道抢救病人的故事不绝于耳。

白石山的花花草草拯救生命，她的怀里揣的更是取之不尽用之不竭的金、银、铜铁、钼等多种矿藏资源。早在唐元和七年（812年）六月，朝廷以飞狐三河冶有铜山（白石山东延）数十里，铜矿至多，且有拒马河水力可利用，置五炉铸钱……后发展到十炉，飞狐铸钱占全国十分之一。旧载明时巡抚霍公伟鹏者，目击矿监民力不得，情寄感于诗《目击矿监害民有感》：

几道烟笼白石山，
雕高木井广昌间。
县城正在蜚狐砦，
驿路斜通倒马关。
昭击金门中使急，
疏井铜洞几家闲。
为愁罢矿书徒上，
一夜西风两鬓班。

清初，杜登春任广昌知县得知白石山罢矿坑民之事由来，便巡视现场，曾题写《停矿役》：

不知何处是铜山，

悉索徵书霄肝间。
一迁双藤陈大弊，
数回单骑撤寒关。
莲华力作今朝欢，
土平夸比户户闲。
手勤圣恩碑版丽，
庭槐永护石花斑。

白石山是活着的宝山，更是人们心目中高高耸立的历史丰碑。每当导游带游客乘车盘上吊狼崖东麓的东云海时，司机停车小憩，导游总会用手指给重峦叠嶂中白色垂青亭，告诉大家白色亭下的黄土岭大峡谷，便是1939年11月雁宿崖黄土岭战役所在地，此战役我八路军用山炮击毙日本名将之花——阿部规秀。我国著名诗人田间曾于战火纷飞中，写下鼓舞抗日军民士气的《马上取花》颂杨成武将军：

黄土岭一战，
名将之花。
吐血而死，
正当十一月初，
黄叶飘飘中，
将军开会回来，
骑马路过银坊，
街上，
似乎有人唱，
拙将取花，
未取先夸，
马上取花……
果然七天之后，
黄土岭一战，
名将之花，
即落于画上！

抗战八年，诗人田间、方冰、钱丹辉等都在白石山写下了《歌唱二小放牛郎》《夜别插箭岭》《风雨之夜》脍炙人口的不朽诗篇。当笔者耳畔响起杨成武将军在京恳请记者朋友们多写写涞源人民用小米和土豆支援抗日胜利的话语时，我情不自禁地忆起《涞源自古出好汉》的民歌，在人们心目中传唱至今：

长城岭上风雪寒，
涞源自古出好汉。
坚持抗战七八年，
英雄站在最前线。
爆炸英雄李成山，
切断日军交通线。
汽车炸成破瓜架，
车上敌人血成滩。
银坊有个女英雄，
劳动属着韩凤玲，
领导全村过光景，
组织大伙来帮工。
五十多岁李凤林，
家中藏着子弟兵，
挂花他喂汤和药，
扶持伤员到五更。
白石山上草青青，
英雄好汉数不清。
血肉换来太平年，
人民过上好光景。

颂扬英雄们的歌声，永远回响在历史上空。侵略者画不走的白石山，活灵活现在中国人心上的白石山，人们天天抬头望你，夜夜难寝想你。你身上的丰富资源化作灵秀的山魂，让我们背依你高耸苍穹的擎天支柱，用实际行动实现梦想，描绘出一页更新更美的画图。

风凉沟的汉子

我小时候，就常听爷爷讲：抗战八年，洋鬼子几进涞源县城，却一次也画不出白石山的图样。白石山打小儿在我心里就是个谜。青年时代，有幸读完中国作协赠我的长篇小说《长城烟尘》（部队作家柳杞著），我当时欣喜若狂，小说开头的“白石老人”和“不灰土山庄”，给我儿时的谜蒙上了更神秘的色彩。

一晃儿五十个春秋过去，昔日“山多白石、秀列若屏”的谜，今天竟变成举世闻名的地质公园，招徕八方游客，我们频频相遇在已修护和正在修护的仿木护栏步游路上。游人对风光旖旎的赞誉，对景区设施的夸奖，经与迎面来的背运专业队员们的攀谈，了解到他们是白石山脚下风凉沟的村民组成的专业背运队的成员，他们就是我在白石山林里寻觅到的“白石老人”的子孙。

风凉沟人们常爱说：“靠山吃山，靠水吃水，靠白石山开发旅游致富，吃的是自然风光秀美。”是的，在县委、县政府领导的支持下，这支专业背运队，家家收入逾万元，户户妇幼喜盈盈，都正在拨拉如何奔小康的如意算盘。然而，有谁晓得，背运队汉子收工归来，与家人欢乐团聚的背后，该有多少栉风沐雨、汗珠子摔八瓣的艰辛。

凌晨，启明星刚刚升起，他们就操持早饭，上白石山山东口工地。晚上，夜幕笼罩山庄时，才回家歇息。他们从去年秋末到今天，半年多来，天天如此：盘山千条径、共仰一月高，汗洒石阶路，身在云雾飘。他们面对高高的白石山，由开始的崇敬，生出征服的欲望，达到了战胜的目的。肩挎背背一趟趟水泥、砂石、钢材，拼浑身气力，一步步踏上去，气喘吁吁，热汗淋漓，粘住夹衫，湿透棉衣。然而，他们在劳苦中悠然自得，却尽情地享受着天造地设大氧吧的特殊关怀。在云都峰聚仙台东崖嶂，有一条左顾是深渊、右盼为绝壁，大有一失足千古恨危险的一四七石阶路，路高一百多米，呈七十度立瓜陡峭。人们给这段石阶路编顺口溜道：一四七，一四七，立瓜陡峭把人逼。上去的怂汉下不来，下来的怂汉上不去。都称它是背运队员们经受考验的试金石。此路，石阶棱角会刮着鼻子，逆转身时，只能背靠路，站直身子歇在石台阶上。在这里，与其说汉子们把双腿无数次机械性抬起放下，把身体一点点移往顶峰，倒不如说，山汉们在把一座座水泥山、石子山、钢材山搬上希望的峰巅，用心血和汗水筑起又一道人文景观，叫人观不够、赏不厌。

汉子们的背运形象，震撼心灵。汗水吧嗒落地，牵动着来自京、津、石、保等许多游人的心弦，他们频频驻足回首。也让曾多次读诵白石山、迈着蹒跚脚步爬上白石山的我，心潮澎湃，激情满怀。我巧遇往年常卖山韭菜的闫民老汉，背运归来，握手言欢后，他掏出一张收据让我看，上写“×年×月×日闫民背水泥一袋、石子75斤总计175斤”字样，我怎么瞅也不解其意。闫民自豪地告诉我：从这儿背往飞云口，往返七华里，每斤三毛钱，一趟收入五十二元五毛，一天背三趟，日收入一百五十七元五毛。每月除去打几天零工歇歇肩，他和二小子月收入四千元。我猛听后，先是为山汉的收入颇丰大吃一惊，继而想到他们气喘吁吁、汗洒石级路的淳朴艰辛，我心悦诚服，心生敬畏。

一路攀谈，转眼来到列屏谷口。这里是一个坐北朝南的大山洞。洞里洞外，或坐或卧或仰或躺着的十几条汉子，正是中午小憩的背运队全体。他们风尘仆仆、皮粗肉糙，很像是一群会说话会动弹的石雕群像。年近花甲的冀朋老汉，身材高大，膀阔腰圆，他是我的老相识。他向我们讲述了背运队早出晚归、团结一心搬“山”之事。且不说背运之辛苦，单说人们从双雄石下的山洼洼里，认真选、砸、加工小石子，严格保证工程质量，就是保证咱白石山汉子的名声。说着，他从口袋里捡出几块石子样品让我看：这石子果然大小规范，长不盈寸、短不过两公分。

比冀朋老汉长五岁的闫刚老人说：“摔汗珠子、卖把子力气，把白石山打扮好，招人喜欢，俺们再苦再累也心甘情愿。”我点头称是，想着背运形象，听着汉子们朗朗话语，望着汉子们红扑扑脸膛和钢肩铁背，我由衷地钦佩。钦佩之余，不由吟唱：“白石山的山是绿油油的山，白石山的天是蔚蓝蓝的天。白石山的云是洁净净的云，白石山的人是响铮铮的汉。”

白石山汉子是在原始状态下，用汗水凝聚智慧建造瑰丽风景的英雄。我坚信：崇高的背运精神，在白石山将永恒光大。背运之美与白石山山水一样淳美、朴实，让人铭记于心。

百户人家百家姓

古话说，破州烂县姓氏乱。其实，此话确也有些道理：因更朝换代历史变迁、战乱、瘟疫等原因，一些据于军事要塞的边关城池，不也是姓氏庞杂吗？经笔者多次下乡考查，河北省涞源县插箭岭村便是典型的一例。

太行山北端，东与燕山、西与恒山相接的涞源县境内，从东北部与涞水龙门和金水口边城接壤的乌龙沟算起，纵向西南与山西省偏关相接跨越唐河的独山城止，全长边墙300多华里，有仅次于紫荆雄关的关塞城池达六座之多。其间，纵观历史记载，顶数浮图峪、白石口、插箭岭等边关战事频频了。单说插箭岭，据《广昌县志》载，这里是辽、宋兵家多年必争之地。相传连连败阵的辽大将韩昌与杨六郎，在此关城插箭打赌，箭射北方多远，便割土多少归为宋疆土。不曾想，杨延昭箭技神奇，挥臂拉满了弦，一下子射越涞源、蔚州，以及内蒙后草地。这便是插箭岭之来历。

明万历初年，重修这道关城后，历经明清五百年建制变迁、戍边战事，这里的军事战略位置越来越重要，镇守此关城的兵马也随之增多。到光绪初年，这里已有十多名守备或把总统帅百名将士和百余马匹镇守于此。十年前，笔者召集插箭岭村老人座谈，据当时已75岁的韩瑞大爷讲：他们家随祖爷于清乾隆三十五年（1770年）担任外委把总落户插箭岭后，至今已沿袭六代子孙了。他的祖爷当时担任外委把总，他的父亲韩喜恩曾在衙门内当小差，那时关内上下衙门有守备、把总、外委把总、都司四大官员。其中守备李和龙为官五品，出身满人，待人和气，平易近人。因关内家家户户吃皇粮当战兵，有养马者多吃一份皇粮。他们平日里，一连五天去衙门里值班上岗，五天后回家种地放牧战马。此关内分上衙、下衙，日常工作查收税赋甚是繁忙。尤其遇西陵皇上来上坟这几天关上兵马全部上岗，戒严的戒严，垫道的垫道。那时节，关外虽然少有战事，但城墙和城楼垛口上，弓箭、火炮充盈，天天是有备无患。清光绪末年，最后一位守备大人李和龙，操南方口音，爱兵如子，曾多次为他的部下保媒，让其安心落户于关内。清政府灭亡前，李和龙携家眷南逃后，他手下的副使、掌案等军役、税务官丁，全部落户为民了。

2008 年春节，笔者再访年迈八旬的火金生老汉，他拿出幸免于“文革”劫难、珍存至今的古老的九辈家谱让我细看，家谱顶端祖宗牌位便是清康熙年间、由湖北老家来此关城担任把总的老祖宗火永耀。上边写有曾任插箭岭关城把总等字样。算下来，老火家至今子孙近百人了。此时，笔者为火大爷珍存祖国民族民俗文化遗产的可贵精神深表感动。从康熙年间担任插箭岭关城把总的火永耀算起，至今已有三百年历史，历经沧桑巨变换新颜。一份小小家谱就是近代文化的凝聚和传承呀！

插箭岭村仅从明、清代起，全村就有 105 户从全国各地来此戍边、服役的明清官兵，其后裔达 97 个姓氏之多。两年前，笔者再次寻访，该山村除去少数人家无后或外迁，全村百余户人家，仍有 78 个姓氏，乃是全县第一个姓氏庞杂而繁多的小山村。

杨家将在涞源

祭刀松之一

北宋开宝年间，辽景帝耶律贤去世后，皇后萧银宗执掌了兵政大权。头几次出战飞狐古峪，指挥失利，辽兵连连败退到汤子岭以东，在连巴岭一带扎下营寨。

一日使臣向萧银宗进谏，为使辽兵得以休养生息、养精蓄锐，暂施缓兵之计，应派使臣带去羊羔、美女、布匹，主动找到杨继业上门求和。

萧银宗准奏，选派北宋逆任辽国的使臣，挑选五名美女、百只羊羔、驮绫罗布匹，步行150里，赶往插箭岭以南的宋营杨老令公军帐。

杨老令公听见大帐部将来报，辽国萧太后派使臣求见。老令公让辽使臣进帐。辽使臣进帐来，杨老令公见是宋朝之前的叛逆，怒发冲冠，没等那使臣把萧银宗送来的美女、羊羔和绫罗布匹献上，便拍案怒吼道："我杨继业保大宋江山忠心耿耿，抗辽大志不渝，绝不能像尔等求荣卖国。告诉你主休想用小恩小惠动摇我军心。"老令公越说越上火，"嗖"地拔出七星宝剑，辽国使臣——北宋叛逆贼子的人头落了地。

过后老令公想叛逆何许人也？辽国使臣。我杨继业的宝刀岂能容忍叛逆的污血垢染？于是他赶到军帐南面的东坡根，揪住一棵松树，用树梢把宝刀上的血迹抹净，尔后即在这棵松树下面祭刀三日。杨继业斩杀辽国使臣，不收美女、羊羔、布匹的事迹，脍炙人口，后人将这事迹雕刻在花岗石崖上，此巨石面临的清溪小河，人称石碑河。

历时千余载，杨老令公祭过宝刀的这棵松树，仍像当年那样弯腰弓背一百八十度，不减当年英姿。后人将这棵古松树称颂为杨老令公祭刀松；生长祭刀古松的这座山坡叫祭刀岭，流芳至今。

祭刀松之二

涞源县祭刀岭上有一株祭刀松。相传，当年大宋派杨六郎为元帅，在插箭岭一带抗击进犯之敌韩昌。杨六郎来到一座山岭查看地形，觉得具备天时地利，便决定在这里同辽邦决一死战。

于是他令兵卒就地磨刀。磨刀三天后，交给杨六郎检验。六郎当即提刀在手，将身边一株参天松树一手拉弯，然后用刀砍掉了它的正顶，以试刀的锋芒。

杨六郎这一仗下来，真是惊天动地，大振军威，杨六郎乘势追击，击败韩昌。

后来，人们为了纪念杨六郎的英勇，便命名此树为祭刀松。可是从那以后这株松树就再也没有抬起头来，树干成了弓形，头蹭地面现在仍生长茂盛。

李陵碑的变迁

涞源县城西南六十公里处，与山西省灵丘县狼牙沟乡交界的狼山脚下，有座青灰石料卧碑，人称李陵碑。春去秋来，寒复暑往，随着岁月的流逝，小小石碑也几易其主，碑文几经更换。

宋将杨继业抗辽，因奸臣所害，援兵未至，粮草竭尽，被困在狼山。辽兵设法诱惑杨继业投降，便篆刻了李陵碑，竖在狼山脚下道口的河槽边。杨令公被困狼山一石窟里（史纪洪洋洞里李陵碑河槽上方一华里处），辽兵送去干粮，老令公均给打翻洪洋洞旁，他宁吃中原草不吃北国粮。当他看到山脚道口河槽边竖碑，是辽为李陵投降匈奴而立碑，他气愤至极，一头撞到李陵碑上自尽，以解不能报国之恨。传说至今仍有火层岩石，留有老令公碰碑之痕迹。笔者照老乡指点曾用河槽水泼到岩石上，果真有似花红脑浆一样的东西活灵活现。

李陵碑究其何来？历史记载是这样：“汉代大将李陵，征讨匈奴，由于孤军深入，粮尽援绝，被匈奴包围俘虏了。当时有人传说李陵投降了匈奴，汉武帝一气之下，把他的全家都杀了。李陵听到这个消息后就真的投降了匈奴。”（摘自《司马迁史记》59页）到宋辽征战年代，辽为诱惑杨令公投降故刻李陵碑做饵，竖在老令公石窟（洪洋洞）下边的道口河边。

大头豁豁梁

涞源的空中草原——甸子梁，是山西、河北两省，涞源、灵丘、蔚县三县相邻的草甸，草甸的“尾巴”和“脑袋”就是涞源县城以北四十华里的大头豁豁梁。草甸梁正中央有一道宽五六尺，高三丈多的大豁豁，人们称它豁豁梁，大头梁缘何成豁豁？话得从宋辽交战说起。

辽国大将军韩昌与北宋忠良杨家将交战，韩昌接连败退，退到飞狐古峪边墙外，他与杨六郎打赌说：“杨将军，天下英雄都称赞你的箭法很神，我今日与你一赌输赢，我宁愿将你一箭之内的疆土划归给大宋。”杨六郎心想这有何难。于是他运尽浑身气力，向中天祈祷两声，便张弓搭箭。只见他挥动双肩，右手猛劲一撑弓弦，那箭便嗖地一声，飞越涞源盆地，在城北四十里远的高高大头梁正当间穿了个豁豁，接着又飞越蔚县四十里峪猴儿峰穿了个大窟窿，又飞越蔚县县城，箭头径直插在后草地。韩昌一看地图，可真傻了眼。悔恨交加只得将后草地以南的几百里疆土归划给大宋。

后来年头长了，人们将杨六郎插箭的边关叫成插箭岭，把箭头穿了豁豁的大头梁改名叫“大头豁豁梁”，把四十里峪内猴儿峰的透天大窟窿叫箭眼，称后草地落箭的村子叫落箭营。不信，你顺着杨六郎向北射箭的方向走一走，此箭穿豁豁、箭眼、落箭营等景点，看上去还挺有趣呢。

百草滩与韭菜园

涞源县西南部与山西省灵丘县狼牙沟乡搭界的狼山上，有当年杨继业父子被困时，接触过的百草滩和韭菜园，此事详情是这样的。

相传北宋年间，宋辽屡屡交兵。金沙滩一仗，杨家将死伤惨重。杨大郎和二郎替宋王和八王千岁死后，杨三郎在突围时中箭落马，被战马踩成肉泥。杨四郎被辽国掳去，杨五郎冲出重围在五台山上当了和尚。只剩下杨六郎和杨七郎带领残兵败将逃回宋营。

后来两狼山一仗，杨继业和杨八郎被困在飞狐郡西南与山西省临近的狼山上。一连好几天，辽国派使臣给令公父子送来饭菜，杨令公气愤交加，宁可冻死饿死，也不肯吃辽国粮食。

辽国送来的饭菜，都被老令公连罐带碗摔在了山头上。时过五日，饿得实在支持不住了，就拔出眼前的草根嚼着吃。吃了两天忽然杨八郎对父亲说："父帅，咱们父子不吃北国饭菜，哪能吃北国草根呢?"老令公一听确实这么个理儿，于是从此不再嚼北国草根了。

杨家将尽忠报国的志气，感动了狼山上的老土地，他便禀奏了玉皇大帝。一夜之间，玉皇大帝就把北国的百草滩变成了宋朝国土上的韭菜园。

第二天天亮，太阳照在狼山顶上。杨八郎低头一细瞅，眼前的百草滩中央，竟然长出了一大块翠绿、鲜嫩的家韭菜。杨令公父子看见大宋国土的韭菜园很高兴，从此便以吃韭菜为生。后来，人们真的在范庄旺村北七八里的狼山北梁顶上，找到了这块百草滩中的韭菜园，这韭菜园平平整整，四四方方，有一分多地，流传至今。山下的老百姓常攀上悬崖峭壁，到山顶割韭菜吃。他们说报国忠良杨家父子吃过的韭菜，味道鲜美好吃极了。

涞源杨家将戎马碑刻轶事

涞源县北临内蒙古草原，西毗晋陕黄土高原，在太行山首与恒山、燕山双尾相接的地方，形成的一千一百多平方公里的流域山间盆地。这盆地土地肥沃，水草丰美，冬少严寒，夏无酷暑，实为屯田驻军的好地方。漫长的历史变迁中，使其成为北方匈奴、契丹等少数民族部落侵犯中原之咽喉地带。因此，这里战事频频，草广人稀。据查，尤其宋代的白石山南北、长城内外曾是杨延昭父子把守边关活动区域，曾与辽萧太后征战多年，从北宋到南宋，征战数十载，战场遗址比比皆是。颂扬千古的杨家将抗辽遗迹、传说犹如一颗颗熠熠发光的明珠，镶嵌在涞源县城南旗山至白石山脚下及唐河两岸的村村庄庄。其间有旗山、斗军湾、白石口、保定府牧马场、插箭岭、祭刀岭、教场、马跑泉、点将台、夹马石、晾甲石、饮马池、老令公石窟、韭菜园、百草滩、狼牙险道等遗迹（有的已经被毁）。这些璀璨的明珠，既是游人探幽访古的理想去处，又是向后人进行传统爱国主义教育的活课堂。你步入每个遗迹存在的村庄，都会有惊心动魄的英雄传说故事，激发出你的善知和忠义。从县城南河出发，一路探幽访古，莫过于考究“千年文书会说话”的戎马碑刻最最为快了。

白石山北麓山脚风凉沟，海拔千余米，原是冬暖夏凉、水肥草美、无蚊虫叮咬的平展展一片大牧场。古代已有镌刻“保定府牧马场”六个大字的花岗岩石碑，矗立在牧场山坡根。暑去冬来多少代，这里养育了白石口云谷重关战马不计其数。仅据《畿辅通志》载：白石口原设守备一员、雍正十一年改都设都司一员、把总一员，马战兵 15 名、守兵 109 名，战马 90 匹。宋辽对垒、白石山长城为界，战事频出，战马之事更有待考究。1929 年闹瘟疫（俗称闹人灾），白石口附近几十个村庄百姓，非命于疫病者多达无活人掩埋。据风凉沟闫老汉追忆，唯有风凉沟老人们敲碎牧马场古碑石块、石渣投放水缸中，方截灾免祸。消息传开，古马场石碑被山庄人们砸得缺棱少角，直至七零八落。虽然1939年发大水，碎石块均被泥石流卷走。但人们时时会忆起1929年闹瘟疫时风凉沟人安全无恙，惦念放牧场上杨家将战马驰骋，是杨老令公显灵的功劳。

现今数百亩古牧马场的乱石滩中，仅有坡根一棵合围老杏树是当年山洪吞噬牧场和石碑的历史见证。近年，涞源县委打造中国名山、世界名山，这一派干河滩均已建成白石山地质博物馆、文化大广场和大型停车场了。遥忆杨家将古牧场来，风凉沟前新景更是蔚为壮观。

南行插箭岭，走出关城南门外，盛名千载的杨六郎祠遗址便在眼前。据当地老人追忆，六郎祠坐北面南，杨六郎塑像一丈多高，正襟危坐，煞是威风凛凛。现今存在涞源县阁院寺的明万历四十四年由蓟门右营将军谒辞插箭岭杨六郎碑文：

檄藉灵威已四霜，精诚企仰穿维石，英气剽传振大纲。纯质功渐疏箭岭，御书安拟下岩廊。宫墙斯格昭型范，瞻仰时违思更长……

往来路人，望见当年石碑，无一不近前驻足抚摸颂吟。1900年秋，洋毛子入侵涞源山城，在南河遭受狙击后，折路南逃插箭岭。镇守边关的李合龙接到洋毛子借道回直隶府的便条后，早已率兵用口袋装好一袋袋黄土，假充火药，码在一尺多粗三道箍大炮两侧，各兵士张弓搭箭，在城墙上严阵以待。洋毛子走近关城，见城门大开，意在借道，怎敢轻举妄动？尤其来到八面威风的六郎祠，望一眼悼祭六郎英雄气概的碑文，都灰溜溜地夹着燕尾服尾巴，悄悄往保定逃去。

游人们驱车来到马跑泉村，村当央行书“马跑泉”三个大字的两米高大理石碑刻，其字遒劲古拙、笔势恢宏大气，即刻成了人们惹眼热门话题。人们纷纷用笔记录下碑阴文字：“忆马跑泉兮宋将之良，望旗辄引兮名远播扬。观清流以激湍，羡巍峨之苍茫。树为翠绕，石曲光滂。足以三军之渴，足矣泽万顷之壤。史传不朽兮泉水之留香。嗟英雄以洒泪，感豪杰以沾裳，起将军于今日，同倾葵藿，效将军于当时，盱瞻勋劝。渐吾生之碌碌，慨尘世之凉凉。拥旄过此吊古今兮，勒石之不忘。”

碑下泉水淙淙，穿街进巷，家家院里都流淌。为人们栽种闻名遐迩的狗蛋李、培育四时鲜嫩蔬菜致富奔小康帮了大忙，更值得一提的是：马跑泉水养育300户人家，人们延年益寿多康健，成了这一代小有名气的长寿村。据明代《大同府志》载：“在广昌城南九十里，俗传杨延昭统兵至此，士马渴甚，无水，忽见白鹿发矢获中，驰马而追，倏然不知，所之唯箭插地。马以蹄刨地，水即涌出，士马济渴，此流注唐河。”从此马跑泉名胜千古。宋代京城一考官大人途经此地，书名“马跑泉”镌刻于碑上。以示祭祀，每年三月二十三日至二十八日，这里盛行传统庙会，全村人禁用泉水洗衣、洗澡、浇地、溉园，专为十里八乡赶庙来的男女老少，尽情享用马跑泉水，一饱口福，饮个痛快淋漓。

走出马跑泉村南行穿越废弃的古老点将台，向西南行30华里，便来到与山西省灵丘县交界的狼牙口山谷，山谷内离令公石窟不远的黄土台谷口，原来有座青灰石质卧碑，人称李陵碑。随着岁月的流逝，石碑也几易其主。

涞源古洞行踪

古人云:“山不在高,有仙则名。水不在深,有龙则灵。”在涞源县2448平方公里的辽阔山域,县城四周,处处层峦叠嶂、逶迤连绵。要说起每条大山的古洞石窟和潭泉来,比比皆是。尤其生在山里长在山里的代代山汉们“靠山吃山、靠山养山,”把大山作为生活的脊梁和依托,把向往和美好寄托给大山。每座大山都有讲不完的美好传说和故事。然而,真正脍炙人口、经得住历史诠释和世人推崇的,并不是太多。今笔者翻开尘封的采访资料,将触目惊心、让人呐喊的历史往事,摘抄于下,略表生我养我大山的养育之恩。

黄土岭将军石窟:位于涞源县黄土岭村东百亩都察院东北1.5公里处的龙王峰巅。明初洪武七年(1374年)设在黄土岭东关隘要冲的巡检司都察院,分税司和武卫南北两院,现黄土岭村沈贵的曾祖父武秀才曾由白石口察署调往这里任职数年,至今黄土岭村人仍称此地为南察院北察院。龙王沟石窟坐西北面东南,从洞口透过密林缝隙,恰巧可将山下的校场和公路南农家独院俯视真切。洞内一般小屋大小,迎面石桌恰好展现地图,左右侧石凳石座,可供人小歇。洞里角落渗透滴滴甘霖,恰可掩饥止渴。甘泉滴落堆积成细流顺谷泻入树林。百姓称此洞“老龙堂”。1939年11月3~8日,晋察冀军区一分区司令员杨成武,正是选中此洞凭借居高临下、山林掩护、一夫当关之优势,将山下敌情摸个一清二楚。围歼战中,侦查信息与团长陈正湘预计的一致,迅速传令炮兵营杨九秤瞄准发炮,第二声炮响,山下农家独院鬼子指挥部被轰炸得人仰马翻,日本“蒙疆驻屯军”最高司令阿部规秀倒在血泊中,长达六天的雁宿崖歼灭战和黄土岭围攻战中,军民奋力拼杀共歼敌军1500名。震惊中外的雁宿崖黄土岭战役,由司令员杨成武在石窟内划下圆满句号。

佛爷槽:位于白石山主峰南麓,海拔千余米。窟形似长槽坐北面南。这里与下梢不远的石堂铺、小狼窝等石窟,都曾经是杨成武将军频频住宿歇息和指挥八路军扰乱日军阵线和日军营垒的往来哨所或指挥部。杨成武率我独立团北上抗日收复涞源第一座县城后，开辟抗日根据地，经常与敌人周旋，出其不意打游击，屡屡歼敌。指挥我八路军三进山城，壮大和发展了我抗日根据地，受到百姓好评。

石堂铺：位于白石山南主峰半山腰，与佛爷槽下梢毗邻。雁宿崖黄土岭战役后，日军多次大扫荡报复老区村庄百姓。杨成武将军凭借我党地下工作者的敏锐触角，机动灵活的战略战术，使鬼子多次扑空、惨遭失败，偷鸡不成反蚀一把米。警卫排长马金保（本地人）带领战士巧夺战机拼杀鬼子10多名，连立战功升连长的事，誉满山乡。

黄柏寺石塔：位于涞源县城南130华里、与唐县阜平县接壤的神仙山西麓。窟高耸入云十八丈许，底宽三四丈。从洞底通往洞顶，时有石梯、天眼自然多趣。战乱年代，时常有附近难民聚留于此。1942年秋天，我八路军某部张大壮连长，带领十三名战士和伤员转战此高窟。张连长地理颇熟，巧将鬼子小分队诱至洞口四周，凭借窟内石梯和天眼，边攀援边瞄准射击，小分队鬼子死伤大半而逃。

登梯寺娃娃洞：位于涞源城西35华里登梯寺沟口大北梁山顶。是1937年杨成武率领八路军独立团东渡黄河北上抗日，在晋冀边界创建的第一个抗日根据地。县城鬼子几次扫荡来井子会村，我党地下工作者组织民兵保护百姓躲往登梯寺大南沟，免遭鬼子涂炭。娃娃们便在李老先生带领下，攀进登梯寺沟口大北梁石窟，讲抗日道理，学习文化知识。村中数十名娃娃都是在战乱中，安然无恙地在石洞中学会念写“毛主席”和“朱总司令”的。后人将这座所谓抗日小学誉为抗日娃娃洞。20世纪八九十年代里，村党支部书记边记子和会计边良民等，还时常叨念娃娃洞里接受启蒙的趣事哩。

云盘古洞：位于白石山南麓海拔1200米的悬崖绝壁。古洞坐北面南，连同弓形栈道全长不过30米。洞高1丈，进深不足10米。早在清同治八年二月，有涞源县井子会村道人边宗瑞医道济世、众善相助，来此古洞创建道观多处。数十年来，边道人采草药济病困，炼丹制膏为山下百姓祛病除痛，口碑极好。时至今日，笔者采访柏叶山庄多名逾百岁老太时，她们对边老道感念不忘。清光绪二年，边老道被贼人杀害后，时逢暑热炎炎，其身不腐，蝇蚋不集。众百姓赞曰：边道师终以善也。广昌知县闻讯赶来，为其树碑立传。

1900 年，广昌义和团团练大师兄郭逢春带领众师弟、师姐妹操练武艺扎营吉河村。清兵得知围剿不力，便勾结德国洋毛子围困义和团，郭逢春等被逼上白石山云盘古洞。征战拼杀数十日，终因弹尽粮绝、清兵逼当地老羊倌引领上山，红灯照师姐妹裹布自焚绝壁山林，清兵冲进云盘洞，将郭逢春从道观大殿的石洞内用铁丝锁住肩胛骨绑出，拉往吉河，郭逢春运往保定被杀害。

老令公石窟：位于涞源县南马庄乡狼牙口村北黄土台东梁半坡上。石窟坐南朝北，高阔均约丈余，左下角有一洞，相传是杨继业拴马处。洞内石壁上左右均有清晰可辨的五道大手印痕迹和两个大手掌印。传说是老令公双手触摸崖壁所致。沿石壁往内里看去，有一溜溜黝黑的烟熏痕迹，说是杨老令公夜晚看书，点燃松枝照明留下的。石窟内一节断层石崖平平坦坦，是老令公夜间歇息处。窟内最里端岩石缝隙宜存兵器。右壁苔藓茂密的石缝中泉水叮咚作响，汇聚成溪流往洞外，老令公于此渴饮甘霖。不知是天意安排还是后人编撰有致，反正这里不远处，便是老令公怒碰李陵碑（碑身已在“文革”中被毁无存），将脑浆飞溅在石碑右侧的花红大石盖上，溪水哗啦流过映照得杨老令公花红脑浆活灵活现，让来人驻足感动。

百姓地古石窟：位于涞源县乌龙沟村西，乌龙河畔的潘胡子坡地对面。原始名叫西古洞，洞南北走向，洞口冲南，洞阔一人多高，长达几十米。明永乐年间，燕王朱棣扫北，山庄百姓纷纷逃往西古洞内避难。本来一连数日，难民躲进洞内静悄悄安然无恙。然而，意想不到的是一条狗出洞寻食，被燕王兵马瞧见跟踪到洞口，将洞内百余名百姓全部杀害。自此后，人们将西古地易名为百姓地。

龙女石窟：位于涞源县白道安黄瓜架山峰巅。石窟坐西面东，窟高 2 米，进深 3 米多。笔者曾于 20 世纪 80 年代与工作人员们亲临现场查看详情。相传山南高家台，高老汉老两口，生有一貌美女子，因家境贫寒，高家女子就纺棉线卖钱补贴家用。姑娘长大，越发聪明伶俐贤淑，四乡里有钱有势人家，来说亲的络绎不绝。这天，高老汉和老太经不住麻财主送来彩礼催促完婚，便将女儿婚事日期酌定。女儿听人传言，早知道财主家的麻蛋公子丑貌难堪，为人处世更是丧良心缺大德，姑娘自是誓死不嫁。娶亲那天，大清早娘到闺房与女儿操办梳妆事宜，推门女儿早已不见。高家老两口找来乡邻四处寻找女儿，连呼带喊，村里村外总是找不见。忽然有人看见闺房窗棂上拴有一根长长棉线，于是众人顺棉线追到深山，棉线钻进古石窟，就再也不见了。后来，胆大人攀援进洞口，瞅见高家女子已修身养性坐化成胎，其泥塑女子模样和身姿与生前一模一样，被后人称誉为龙女石窟。

白光古洞：位于涞源县城东宁静安岭35华里的长城脚跟。洞处海拔1200米，坐西面东，洞壁高阔，洞深达十多米，洞底潭水黝黑莫测。潭水饮之，凛冽甘甜，神清气爽。采药的、打柴的、敬香的、还愿的，没有不痛饮白光洞泉水的，奇怪的是，水质清冽、醇甜爽口，喝多少次，人们从没有说肚子疼的。难怪进洞口，“有求必应”的红布帖挂满洞壁。笔者年轻时多次来此采药饮用潭泉水，询问多位老年人，潭泉美味之谜无解。后来只知老辈子人讲说，很早以前古洞白天正午突兀冒出一道白光，稍现即逝，洞得其名。古洞曾经白光显现，自然该是天象胜迹。这里天象胜迹又缘何而来，留待考古、地质、水文专家学者考究。

涞源"北药"话珍奇

如果说，安国古称祁州，是闻名大江南北的药都——"草到安国方成药，药到祁州始生香"，那么草和药从何而来，话得从"南药换北药"的古话之来由说起。

笔者的伯父曾是老中医，我从小记事起，就常听我爷爷叨念"南药换北药"的故事。后来我长大学成参加工作，又热衷新闻、写作和旅游，借工作之便，周游涞源县所有乡镇和上千个大小村庄，调查了解一般的耄耋老者，都没少讲涞源号称"北药"的传奇故事。尤其祖居横岭子的五代齐文章老人讲述事变前南方茶商和安国药商，曾徒步横岭子勘察四五十天，曾发现横岭子群山峻岭、水涧峡谷中，有诸如大叶红、毛尖、山丁子、瞿麦等十多种中草药山茶。曾一度计议筹建收购货栈、开发和加工珍奇中药材和野山茶，后因战乱频频，收购等事宜未办而废。

远在清末和中华民国初年，由太行山、恒山、燕山交汇，纵横于涞源的2448平方公里的深山老峪里，就有数百个大小骆驼队和驴骡马帮，往返于飞狐古道和冀中平原，人称赶牲口脚夫为"赶头户"，其营生主要是往山外驮运中药材，往回驮运中成药和加工后的中草药，销往全县各乡镇村庄的大小药铺（店）和会看病的先生手中。我少年时代，在深山老峪古老村庄，人们俗称有病请医生叫请"太医"或"先生"。涞源山场辽阔，各种中药材资源相当丰富，纯绿色、无污染更无公害的中药材盛誉于世，采刨不尽、得天独厚，颇受安国药厂和药商，还有广大用户青睐。

解放后，党和政府更注重保障人民健康，重视和开发中草药材资源，大大激发了广大山区人民刨中药材增加家庭收入的积极性，人们都尝到了上好中草药健康身心的甜头。1985年，该县医药公司曾组织6名专业人才，成立了涞源县中药材资源普查小组，历时7个月，踏遍了全县山山水水，他们五上白石山、四上横岭子、两爬神仙山，采收到动植物标本868种，3472份。其中知名中药材标本达350种，打破了历年来只采二百余种中药材的纪录。普查得到珍奇和稀有中药材黄檗、刺五加、七叶一枝花、五味子、百里香、金莲花等数十种。现仅将部分珍稀中药材的传奇故事略叙于下。

边老道煎茶医群羊。清同治初年，肖老羊倌在白石山卧羊放牧，皆因牧草丰茂，有十多只羊误食毒草，病卧羊场。肖老羊倌涉岭求助边老道，边老道攀援双石安，寻见古茶树，采茶叶煎制药汤，掰嘴灌进病羊肚里，日落西山时分，十多只病倒山羊，便渐渐苏醒康复。两百多年后的1993年秋，笔者寻觅到古茶树，采数十只山茶叶，回北马场沏开水饮之，让北京古钟博物馆十多名游客一饱口福，均夸古山茶清香爽口。

党参园里花蛇多。涞源崇山峻岭森林覆盖率很高，林间泉源湿润地带，常有党参、苦参、沙参、丹参、紫参、佛手参、鸡爪参、盘龙参等八大山参夹杂和附着在乔木、灌木身上竞生。尤其排名首位的党参，极好的党参丛林处，常有各种蛇类盘伏党参藤蔓间，所以有经验采刨党参者，多在党参园林中先打草惊蛇，以防后患。几十年前，连巴岭一老人老远就闻到古老党参花开香味四溢，他便径直冲党参苗奔去，不成想，竟被从党参苗窜出来的黑白二蛇吓得惊昏过去。20年前，笔者在白石山停车场，惊闻风凉沟一老汉手挟胳膊粗的党参王叫卖。经我从中议价，老汉将此党参王让天津一位中学校长花500元钱买去。在天津他经几位老中医验货，众中医连连惊叹，“好参好参，确为天下好党参”（我悉心数点党参王芦头蜂窝达二百八十多个，至少长成需三百年左右）。

金珍黄花千米带。20年前，普查旅游资源，我们在白石山南马场东北沟，惊奇地发现从沟掌到沟门，全长千余米，在一层层多年坍塌的古老梯田里，生有油黑碧绿的金珍黄花群落。金珍花开六、七月，浅黄色，因谷地光照少、多潮湿，故开花较少，其花既是佐餐上品，又是味甘无毒、能医肠胃、滑大小便、去火除热的中药材。此珍奇植物群落广、面积大、生长又相当茂密，在高寒山区实属罕见。

巧治肾病崖槲茶。20世纪70年代，笔者老伴因家务繁重劳累，被肾盂肾炎疾病缠身，四处求医，一连几个月打针吃药，均无济于事。我去五回岭根的兰家庄下乡，从年迈老中医杨老先生口中，得到用崖槲茶治肾病能药到病除的信息。后托老羊倌悉心采摘崖槲茶一大包，我加工制熟晾干，天天沏水让她饮用，没过一个月，病就好利索了。从此，我进得深山区，便设法采摘，连连将此信息传人，用崖槲茶为好多人治好肾类病症。我后来仔细查阅，涞源山区的崖槲茶竟是专治肾类病症的草药——石韦。

高寒草甸草麻黄。涞源西北部和东北部与张家口市接壤的海拔2000米的东、西甸子梁，生有麻黄科、草本状小小灌木草麻黄，棵高20～40厘米，小枝微曲、细纵檀纹，常不明显。花期5、6月，果期8、9月，是民间治哮喘的得力药物。因此植物含生物碱丰富，仅次于木贼麻黄，易加工提炼，为我国提制麻黄碱的主要资源。1992年普查中，在发现草甸产有大小秦艽之类名中药同时，又发现草甸产有草麻黄。

千花一果说文冠。文冠果落叶灌木或称小乔木。羽状多叶，小叶狭，呈椭圆形，花瓣白色带有紫色，果实极名贵，可治疗肺、肝、肾等多种疾病。此乔木自古就有千花万花结一果之说。自古人们称它为孝子树，亦称绝户树。此树为有性繁殖，雌雄花朵准配率很低，一般是满树花香而温雅，挂果时一棵树仅挂果实一两个。据笔者观察：北马场文冠果树1989年挂三果，1990年仅挂一果。但其种子可食用，含油量为60.8%，仅次于含油多达68%的核桃。

沙棘神药医百病。白石山和东、西甸子梁，海拔1500米的峰林中，有数千亩沙棘园林未开发。笔者下乡得知，每当秋后草枯叶落，唯有一嘟噜一挂拉的杏黄色沙棘果耀人耳目。有的山民采沙棘放缸里搅烂成酱撒白糖封闭数日，可食用一冬一春，治风寒感冒、咳嗽哮喘等颇有疗效。近年据查，经我国医药专家文献报道，沙棘对心血管系统、呼吸道系统、消化系统等百样病症，均有较为理想的疗效。随着我国医药事业的飞速发展，沙棘发展前景极为广阔。

驱邪识毒六道木。六道木为忍冬科，六道木属灌木。新中国成立前，山里人家多用六道木砍做筷子或拐杖。因其木在食用时有识毒的特异功能。筷子，一日三餐都不可缺。当你握着这双简单不过的六道木筷子时，可否会想到古老的筷子身上，流淌着祖先的智慧和聪明：用六道木筷子夹菜，菜食中如有人投毒，筷子头便会倏地变青变黑。六道木药用价值高，果药用来祛风湿筋骨痛、消肿毒，医治痈毒红肿等。

横岭猕猴露头角。涞源海拔1500～2000米的东、西甸子梁及横岭子森林公园，附近几个乡和十多个村庄沟涧内，均盛产野生猕猴桃，当地山民俗称软枣子。其藤本植物高达十几米到二三十米，依附在一些乔木或小灌木身上生长，入秋果实小于市场销售猕猴桃，但果肉厚实酸甜清香可口。早在唐代《本草拾遗》中，就推崇它的果实不只是可以充塞饥肠，还可以用来酿酒制醋。《本草拾遗》早在两千年前，就启示猕猴桃可供药用，“主治骨节风、瘫痪不遂、长年白发、痔疮等症”。宋代《开宝本草》认为，猕猴桃“可以止干咳、解烦热”。现已发现猕猴桃其营养极为丰富，被世人称其为“维生素果”“营养果”。常食之，可预防动脉硬化、尿路结石和肝炎等疾病发生。

中药材在中华民族的生息和繁衍中起重要的作用。中医在世界医药界占有重要地位。不少国家曾向我国提出在中医中药方面进行科技合作。过去，只有华人吃中药，现在用中药医病已扩大到五大洲七八十个国家。据统计，我国大陆中药材年消耗总量达100万吨以上。从目前掌握资料看，涞源地域中药材门类多、种类广、藏量大，无愧为河北省之冠。走进白石山，东、西草甸和横岭子沟谷，的确有“是草即药”之感受和体会，无愧于该县祖祖辈辈传承“南药换北药”之佳话传说。只是长期以来，人们不重视对山区药源的保护和合理开发利用，滥刨乱采现象时有发生。尤其对一些珍稀中药材掠夺式开发，使其资源濒危或近绝迹。因此，建议全社会应积极制定和实行中药材资源保护法，逐步杜绝乱采乱捕现象，积极扶植村民发展栽种（培）中药材。紧紧抓住京津冀协同发展机遇，乘创新发展经济快车，让中药材的研究发展，康健于百姓，得益于百姓，让中药材发展始终对全球起到引领作用。让山里百姓尽快发“药”财。

杨成武与白石山

——纪念抗战胜利70周年

“长城岭啊白石山，涞源自古出好汉！”时光飞逝，如梭似箭，已经逝去几十个春秋了，今逢中国人民抗日战争胜利70周年，我们登上白石山，漫步长城上，北眺烽火台，南瞭雁宿崖，耳畔总在回响当年这令人难忘的歌声。好汉的形象跻身于白石山，雄伟高大；好汉们的事迹潜入泉底，明澈照人。记忆中，常有些难解的缘由，将偶然与瞬间顽强地挽留在血与火洗礼的人生谜底里。这谜底，使人们想起当年杨成武将军与白石山军民生死与共的日日夜夜。

1990年3月7日，在北京召开的涞源风景区开发座谈会上，杨成武将军说：“我们一一五师独立团，从平型关战役打响头一天，就先在驿马岭打了第一个漂亮仗。涞源，是我们从延安东渡北上抗日，从鬼子手中收复的第一个县城。在独立团大发展的日子里，差不多天天都有收复失地的胜利消息传来。一一五师发来嘉奖，我们很快由出征的1700人发展到7000多人，扩编成八路军独立第一师，下辖好多连队和地方游击队、县立大队。涞源是边区三个模范县之一，涞源人民在抗日解放战争中，立下汗马功劳。1939年初冬，涞源党组织和人民支援我们在白石山腹地雁宿崖、黄土岭歼灭日军1500人，打死日本名将之花阿部规秀。是彭真同志指示我写了《名将之花凋谢在太行山》的文章。以后1948年、1958年、1978年、1987年，我接连四次都去过涞源。我走遍涞源的山山水水，那里资源很多，但未开发，人们的日子很不好过。今天，请首都各界人士来参加这个大会，希望大家多帮帮老区涞源，让涞源早日兴旺发达。”接着罗元发、王国权、纪亭榭、杨卓等老将军和首长，也相继发言，对开发建设涞源给予了呼吁和支持。

老将军的话语回荡在耳畔，我站在长城线上，仿佛看见杨成武将军高大的身影在眼前晃动。登上白石山鼻子岭东部的白马安敌楼，知道大山真谛的老人，手扶垛口情不自禁地告诉我：就是那年初冬的一天，杨成武将军亲率警卫战士登上标有“白字第柒号台”的敌楼，摊开地图，用红蓝铅笔标出了侵华日军辻村大佐部队的葬身之地。杨成武将军说起白石山的沟沟岔岔，村村庄庄，对涞源籍战士风趣地说：“甭看你们是本地人，走白石山没我熟悉!”是的，杨成武将军从延安渡黄河，到涞源北上抗日打响驿马岭第一枪，白石山便成了他领导军民抗日的伏兵藏弩之地。那年，我来到白石山南麓的柏叶山庄采访，宋老奶奶及乡亲们，向我倾诉了由于汉奸告密，日本鬼子悄悄包抄杨成武将军驻扎的佛爷槽，老天有眼，引起了将军的警觉，于是“跳槽幸免于难”。听《将军跳槽》，多传奇、多惊险、多么耐人寻味。

我们跟随老村长信步参观了黄土岭村南庙儿坡抗战纪念碑，又顺路绕过黄土岭村东的都察院遗址，攀过一片片树林，便有一坐东北面西南的石窟横在眼前。此石窟俗称“老龙堂”，细观之，确有淙淙细泉从岩缝渗出。老村长告诉我们，这里就是1939年冬，杨成武将军指挥山炮连击毙日本名将阿部规秀的临时指挥所的所在地。我们透过树林往下看，击毙日本名将阿部规秀的院落历历在目。此石窟真可谓一夫当关，万夫莫开。

返回路中，途经白石山南麓的松树台一带山庄，老村长领我们驻足西门沟、佛爷沟、赵合铺山坡脸，展望了杨成武将军带领军民种下的一片片油松，如今都已苍苍郁郁，长成了栋梁之材。巧遇90岁高龄的老民兵张保，向我们说起将军面对白石山青山绿水吟诗作赋的故事。是啊，每逢白雪压枝、松涛滚滚的隆冬季节，大石壶坡脚独独盛放的那一株腊梅花，红彤彤、粉艳艳，便是将士们笑慰九泉之下的辉映。今日的白石山，是闻名于世的世界地质公园，游人络绎不绝，谁不沉浸在白石山野花坡、玫瑰园和杜鹃岭的诗情画意中！

古道会师

——纪念抗战胜利70周年

在涞源县南马庄乡古道一带山庄，人们传颂：“甭看这儿沟深谷狭，岭高坡陡，抗日那阵还真是藏龙卧虎之地呢!”

1940年秋天的一个下午，忽然打南边与阜平县交界的柴劈岭上，开来一大队八路军人马，驻扎在古道村，村干部们赶忙给子弟兵们号房腾屋。还没安排停当，不一会儿，又从与山西省灵丘县交接的西山梁上开来一大队边区子弟兵，也安营扎寨在古道村。房屋号完了，人占满了，村干部和乡亲们只好给部队摘下门板，铺在干河滩露天就宿。晚上，岗哨布满村四周山坡上后，两军首长欢聚蔺老村长家，端起枣儿酒开怀畅饮。古道村军民沉浸在甜蜜的梦乡里。

次日东方刚刚泛现鱼肚白，村里人们起身一看，不知是啥时辰，村里庄外驻扎的近千名八路军人马，悄没声息的不见了踪影。

村干部和民兵们，按照两军首长的叮嘱和部署，组织父老乡亲们全部躲进离村三里多的崖儿沟。时过半晌，果然不出两军长所料，南马庄据点的大队鬼子兵追进古道村里来，不但没找到一个八路军，就连老百姓家养的一只鸡、一只猪、一只羊也没见着。鬼子军官气急败坏，冲着汉奸伪军破口大骂，嗷嗷叫着放火烧掉了几所民房，才垂头丧气地往马庄据点撤去。没曾想，鬼子兵刚拐过范庄旺村隔河的南崖嘴，早有几十名武工队和游击队员埋伏在南崖嘴梁凹里，指挥员高喊一声“打!”，早有一排排子弹和手榴弹飞往公路上走着的鬼子敌群，鬼子队伍猛遭偷袭，七零八落，顾头不顾屁股，丢下二十几具尸体，慌忙逃回南马庄炮楼去了。

过后，这一带老乡们传说，怪不得八路军两军会师古道，让鬼子们扑空后又遭游击队截袭丢了二十几条狗命，原来两位首长会神机妙算啊。事后，乡亲们才知晓：原来从南边阜平来的部队首长是晋察冀军区司令员聂荣臻。从山西省灵丘来的子弟兵首长是邓华将军。八路军古道会师佳话传开，古道这一带山庄乡亲们无不颂扬古道险关，当真是藏龙卧虎的一块宝地。

烧不着的柏叶山庄

1939年初冬，聂荣臻、杨成武领导的八路军，在白石山麓的雁宿崖、黄土岭一带，击毙1500名鬼子兵，打死日本“名将之花”阿部规秀以后，日本鬼子一连半个多月，疯狂扫荡报复白石山中所有的村村庄庄。

这天大清早，鬼子小分队接到汉奸赵四狗告密，爬上白石山，秘密包围了杨成武曾指挥战斗的佛爷槽石窟。待鬼子们悄悄摸进石窟附近，不见八路军警卫连一名哨兵，便愈加小心地摸进佛爷槽石窟，进内连个人毛也未寻见。他们哪里想得到：战斗在敌人心脏的我党地下工作者，早通过交通站得到鬼子搜山包抄佛爷槽之消息，提前一个时辰，将杨成武将军由马金保连长带领战士护送转移他处。敌人在佛爷槽扑了空，仍不死心，伺机报复抗日军民。汉奸见风使舵，便把八路军连长马金保老家就住在半山腰的柏叶山庄的消息，耳语给鬼子小队长。日小队长如获至宝，带领小分队迅速由汉奸引路，奔向云盘洞下不远的黑龙潭，秘密包围了柏叶山庄。

柏叶山庄共19户人家，家家是石墙石房石院落，石板胡同儿石头街巷。连老百姓用的饭桌、睡的火炕，也全部是用石板铺砌而成的。

雁宿崖、黄土岭大胜仗，激起鬼子进山轮番大扫荡，妄图把我军民抗日火焰扼杀在银坊一带根据地，使白石山南麓大小村庄变成无人区。久经考验的我党地下组织，早把情报传往柏叶山庄。全庄45口人在民兵掩护下，把所有粮食、衣物、牲畜，坚壁在南天门下西套沟大石窟内。鬼子小分队气势汹汹进了柏叶山庄，挨门挨户搜查，没见到一个老百姓，没搜寻到一件值钱的东西。他们冲进八路军连长马金保家的石头院子里，叽里呱啦胡乱吼叫。有一个鬼子小头目，从石头墙上抻下几捆“柴火”，是柏叶山庄百姓为混饱肚皮，从树上刮下来的老榆树皮，准备晾干轧成细面、拌上玉米面或高粱渣渣充饥的，老榆树皮当然用火柴难以点燃。鬼子兵烧房点不着火，个个心生疑惑好生纳闷。此刻，汉奸赵四狗忆起云盘洞古庙的神奇，向鬼子小队长讲述云盘洞边老道骑虎下山来，给柏叶村民祛病解险、搭救施主世间灾病之事。鬼子们听罢，越发对柏叶山庄疑神疑鬼，点火的鬼子双手越是战战兢兢，越是点燃不着榆树皮。

鬼子小分队长抬头张望巍然屹立的白石山峰，被云盘洞老道之灵验吓破了胆，他环视周围石头院落，高低参差有致，像一座座石头碉堡，森严壁垒。生怕一孔孔石洞窗户飞出游击队的子弹。愣怔片刻，不知他向鬼子兵们嘟囔了几句什么，鬼子们便灰溜溜地撤出柏叶山庄，滚回据点。

魏巍在涞源

——纪念抗战胜利70周年

我国著名作家魏巍创作的散文《谁是最可爱的人》，曾在国内外引起轰动，并入选中学语文课本。我和所有青少年一样，就是受这篇课文的教育和熏陶，逐步成长的。今年8月底，惊悉老作家魏巍因患肝癌医治无效在北京逝世的消息，我的心情无比悲痛。连日来情不自禁地在我眼前和耳畔萦绕起魏巍两次在涞源采风时的音容笑貌。

1988年6月，我在县委宣传部报道组工作。上午刚上班，县委领导就通知我，马上去招待所，陪同作家魏巍去东团堡采访。我和魏老同乘一辆吉普车，一路攀谈无拘无束，看他那平易近人、和蔼可亲的长辈风范，我紧张的心情放松下来。车子飞上汤之岭南岭头的鬼子炮楼、战壕旧址，他告诉我：1940年汤之岭驻有鬼子一个小队，附近几十个村庄百姓惨遭烧砸抢掠，为端掉交通要塞这颗钉子，八路军付出了相当代价。车很快开进东团堡乡政府大院。乡领导迅速请来当年抗日老交通、老干部、老八路共计七八人召开了座谈会。魏老说明来意，意在尽快收集聂荣臻回忆录之素材。大家掀开封尘几十年的记忆，谈话越来越活跃。魏老挥笔飞快地在本子上做下记录。有人冒昧地问魏老："那会儿打鬼子，俺听人们说马辉的部队没有一匹马，上战场驮军火、运军粮的尽是骡子，人们传说马辉姓马忌讳用马是这样吗?"魏老听了哈哈大笑，他赶忙解释：咱八路军里多用骡子少用马，是马缺，不是马辉忌讳，是咱们骡子有横劲，耐驮耐拉，耐爬大山，打起山地仗来比马好用。一番趣言，说得大家都笑了起来。

座谈会后，魏老与老乡们绕东团堡古老城堡转了一遭，指点评说当年八路军的冲口和鬼子死拼固守的暗道。最后来到村西南角一处深宅大院内，就在这里八路军歼灭了不可一世的鬼子教导大队。

1940年秋，日军百余名士官绝望自尽。魏老回想起那战火纷飞的年代，为东团堡攻坚战抛头颅、洒热血的八路军壮士默哀，老人家无限感慨。采风结束，我们要回县城了。吉普车刚刚开到村边古老的奶奶庙旁，他让司机停车，仔细打量攻坚战时八路军伤员包扎所——奶奶庙，又径自向庙院内走去。我快步赶上，向迎出课堂的老师说明魏老的身份，师生顿时沸腾了，少先队员们争相向魏老频频敬礼，团团围住。魏老看见山娃们的幸福笑脸，眼里闪着泪花，连连谆谆教导好好读书，早日成才。晚饭后我们叙谈了许久，老人家得知我爱写诗，便欣然将一本《晋察冀诗抄》送给我，我如获至宝，珍存至今。

1991年初，我按照县委领导的指示精神，去北京接来魏巍和首都多家报刊主编、作家、诗人十几人举办凉城旅游散文笔会。活动中我们带领大家浏览白石山。可唯有魏老让我扶他攀上电视塔前悬崖上。老人面朝东南，坐在崖畔上，他俯瞰东南山下沟谷云飞雾涌，从记忆中搜索雁宿崖、黄土岭战争情景，他时而频频点头，时而兴奋片刻，时而沉思良久。我这个陪同者的心被紧紧地揪住，生怕眼前的古稀老军人有个闪失。凉风阵阵袭来，山巅雾寒，大约两个小时过去了，在我的劝慰下，他才恋恋不舍地离去。果然，时隔不久《人民日报》副刊整版刊出魏巍写的散文《山高水长》，将他19岁随聂荣臻来到敌后抗日前线、转战白石山、参加若干战役的真情实感，用朴实的笔墨抒发得淋漓尽致。他和人民在战火中结成的友谊，岂能在洋洋万言中叙个净，述个够？

魏老前辈走了，走得很匆忙。我们永远铭记铜墙铁壁的抗日峥嵘岁月，永远缅怀颂扬他和八路军所有指战员在涞源创建的丰功伟绩。

驿马岭上抗日第一枪

——纪念抗战胜利70周年

21年前的3月1日下午，在北京召开的“涞源凉城旅游开发献计献策座谈会”上，年逾古稀的杨成武将军，抚今追昔，慷慨激昂地讲述了他率独立团北上抗日打响第一枪的故事。

1937年“七七事变”后，林彪、聂荣臻奉命率一一五师东渡黄河，北上抗日，开辟晋察冀抗日根据地。部队于9月初到达山西省雁北地区，决定在灵丘县的上寨（东距涞源西部的驿马岭仅30公里）、平型关一带，打击日本板垣师团。经过周密部署，9月25日，八路军在平型关设伏，出其不意，英勇作战，全歼日本鬼子一千多人，打响了第一个大胜仗，这就是震惊中外的“平型关大捷”。然而，当时担任团长的杨成武，带领一一五师独立团，东渡黄河后，横跨山西省雁北地区，来到晋冀交界的涞源深山老峪安营扎寨，建立抗日革命根据地，发展壮大我抗日力量。于1937年9月23日凌晨，为配合平型关战役，独立团先期抵达驿马岭，阻击涞源县城西去平型关增援的日军。这天清晨，独立团一营一连进发驿马岭，至晌午时分，我前哨部队侦察连，与头戴钢盔、打着太阳旗的日本兵遭遇，我哨兵侦察连指战员埋伏身影后，趁敌人尚未摸准情况，就出其不意地猛向鬼子队伍射去一排排子弹，敌人丢下两具尸体和战马，慌忙逃回了涞源县城。这就是历史上被鲜为人知的、比平型关大捷提早一天一夜在驿马岭打响的抗日第一枪。这第一枪响彻了涞源山谷，响彻了华北，响彻了中国大地，恒久地定格在历史的天空。

第二天杨成武指挥独立团在驿马岭摆下战场，阻击涞源县城日军增援部队，一举歼敌400余名。为八路军北上抗日掀开了英雄业绩第一章。打破了日寇不可战胜的鬼话，戳穿了国民党反动派说什么“八路军游而不击”的谎言。平型关大捷为中国人民抗日战争胜利树立了光辉榜样。

时隔数十载，为使后人永志不忘，在崇山苍苍、野岭茫茫的驿马岭上，用黑色大理石镌刻下《驿马岭阻击战纪念碑》碑文：

“一九三七年九月二十三日，八路军一一五师独立团奉命赴驿马岭狙击涞源增援平型关之敌，二十四日一营一连在白洋铺击溃敌人一个侦察班。二十五日在杨成武团长指挥下，一营战士血战驿马岭，歼敌四百余，胜利完成狙击任务。”

这关乎民族兴亡的第一枪，竟是在这荒山野岭上打响的，这枪声是平型关大捷的良好开局，这枪声为不可一世的日本侵略者敲响了丧钟。

俩干娘智救子弟兵

——纪念抗战胜利70周年

1939年早春的一个夜晚，驻在白石山下风凉沟的区小队开完会，已是后半夜了，担任村自卫队小队长的闫如林和两名队员回家去睡觉。

闫如林的母亲见儿子回来，为了让儿子和区小队战士们睡好觉，便去山庄外放哨。突然闫大娘看见有一溜儿“黑疙瘩”顺南山根朝山庄走来，忽而还有火光一闪一闪，便估计是鬼子来了。她赶忙跑回家去告诉了儿子，儿子一边叫醒妹妹给区小队送信，一边把带回家里的区小队文件、挎包等藏在地窖里。

山庄被鬼子和伪军包围，闫如林一出庄，就被鬼子用刺刀抵住胸口：“你的哪里去?”闫如林被押往山庄打谷场。星光下，他看见被鬼子抓来的还有另两名区小队战士梁连德和宋小寒。就在这人声嘈杂、鬼子轰赶乡亲们往打谷场集合的混乱之际，闫如林紧挨梁、宋二人，悄悄问：“文件材料哩?”梁连德小声说：“早嚼烂咽啦!”三人都会意地点点头。

鬼子把全庄百姓轰到场上，叽里呱啦地训完话，便把抢来的一口大肥猪抬来，让闫如林背上。闫如林想：“背猪就背猪！反正鬼子最起码还没怀疑我们是区小队的。”于是，他将计就计背上猪和梁连德、宋小寒一块被押往鬼子据点。

荆山口鬼子据点设在西山头上。刚一进据点大院，就看见区小队在鬼子据点的内线——老伙夫贾富，贾富赶紧跟鬼子看守说了几句好话，鬼子们没从他们身上搜出一点东西，就把闫如林他们三人绑在一块儿，在小岗楼看押起来。事隔不久，后坡八路军得到区小队两名战士被抓往鬼子岗楼的消息，托人给伪保长递来一张字条，上写：“设法救人，否则小心脑袋。”

伪保长赶到敌人岗楼，看了看那两位战士，就假装相识地说：

“愣子、连子，你们来干啥?”闫如林会意地回答：“哎，甭提啦，皇军逮来口大肥猪，就让我们仨从山庄背了上来。”伪保长听了点头会意。这时鬼子翻译官走了过来，伪保长赶忙上前拦住，躬一躬身说:“这仨后生是南山根的，这个叫愣子，那个叫连子，那个叫……”指着闫如林仨人说。凑近翻译官，套近乎说：“就这么办吧！”说罢，伪保长请翻译官们去饭馆喝酒。

闫如林被鬼子放回山庄来，他请来了俩“娘”到岗楼认领儿子。还未进岗楼，两位白发老大娘就痛哭流涕，喊着儿的乳名，拧着鼻涕泪水，朝岗楼呼喊要人。伪保长与翻译官喝罢酒，闻讯赶来一块进入鬼子岗楼。两位“娘”一见儿子被捆在岗楼里，就扑上来与“儿子”们抱头痛哭。这时伪保长对鬼子翻译官说：“看，是吧？南山根的好良民！”翻译官见状连连点头，向看押梁、宋二人的鬼子咕噜了几句什么，那鬼子便将梁连德、宋小寒松绑，放他们回庄去，梁连德、宋小寒不忘山庄老乡救命之恩，请闫如林带他们去风凉沟山庄找到二位白发老大娘，认下了干娘。这正是：子弟兵逢险遇亲人，闫如林下山请干娘。军民抗日一家亲，鱼水情深佳话长。

孙老豹传奇

——纪念抗战胜利70周年

涞源县城东乡的南屯村老教师、县民主人士孙佩玉，字藻洁，老号豹峰，人们俗称老豹（1896~1962年），是涞源县人民代表大会第一、三、四届代表。在“九一八”日本侵略军占领东北三省后战火纷飞的艰难岁月里，为唤起民众齐心抗日，他不惧风险、不畏强暴，讲演、游说、宣传，纳粮除奸，做出许多不凡业绩。现谨将老豹老先生奔走呼号抗日救国的点滴采写一二，以飨读者。

智送二子赴国难

1931年隆冬，一个星期天的下午，在涞源县东庙山门底下的庙台上，一群学生敲打着锣鼓，围绕着一位矮个子瘦巴老人，他在扮演地主老财，表演献媚洋鬼子的活报剧，围观群众里三层外三层。活报剧演出结束，涞源县抗日救国会的包森、葛明两同志，结识了这位老人，此人就是呼号抗日救国不辞劳累的孙老豹先生。

孙老豹从教之余，热情鼓励乡亲表演齐心抗日救国的活报剧。这个表演着实让包森、葛明领略了孙老先生当主演的滑稽幽默和活报剧的宣传作用。彼此结识后，一连几个晚上促膝谈心，让孙老豹在旧中国积重难返、又遭铁蹄蹂躏的迷茫中，真真切切看到了只有中国共产党领导八路军打鬼子，推翻三座大山，人民得解放才能过上好日子的曙光。

三四年的革命友情，使葛明、包森多次到老豹的乡下家中，他们意外地发现二子孙乃谟长到15岁，越来越壮实机灵地讨人喜欢，是一棵加入革命队伍、很有培养前途的干革命好苗子。于是，他俩便与老豹坦言相告，要接纳乃谟参军入伍。话刚出口两厢情愿一拍即合。二领导抢着要一个儿子参军，哪位领导该是带儿子抗日的最佳人选呢？孙老豹思忖再三，便激励二领导比试才能如何。话罢不到几分钟，葛明不费吹灰之力，展平一块硬纸片，挥笔画就一架挂太阳旗飞机，被我打中失火栽下半空。老豹赏识画作万分惊讶。待回首端详包森作品时，包森楷书抗日救国真理洋洋满目。孙老豹被二位领导奇才振奋，手拈冉须，边赏画边看楷书，思谋许久，才冲口说出让二小子跟包森主任去抗日的话。

两年后，15 岁加入抗日队伍的孙乃谟，很快锻炼成长为包森的贴身警卫员。乃谟学文学武进步快，入了党，被提拔为团级特派员。为壮军威，从严整治军纪，在部队中留下了“天不怕、地不怕，就怕乃谟来讲话”的美谈。抗日战争胜利前夕，孙乃谟在冀热辽军区担任司令员。他冲锋陷阵、指挥战斗的第十个年头（1945 年 8 月），在遵化县鲁家峪血战中壮烈牺牲，年仅 25 岁。噩耗传开，我指战员们无不为失去一位年轻将才而深深惋惜。

夜里拔“钉”缴公粮

抗日战争残酷艰险的环境中，年迈体弱多病的孙老豹，由我抗日第一区政府调往王佩然领导的专属司法科工作。不久，在打游击转战狼牙山下貓儿崖途中，夜路茫茫，孙老豹失足掉下山崖，幸好被摔在山根玉米秸垛上，性命无恙，被组织劝离回家休养。

眼瞅隆冬季节到来，涞源县第一区党委书记孙老讲，正为十几个村仅剩北屯一个村未交公粮心急火燎。忽听说孙老豹秘密休养还乡，老讲顿觉喜从天降，趁天黑摸到老豹家里来，请抗日老伙计出“山”帮凑北屯村完成缴粮任务。

孙老豹乡土信息灵，深知缴粮责任重大。北屯村三个山庄坐落呈东、西、北三角形，有“钉子户”挡道观望，其局势十分棘手。他牢记孙老讲书记交给的按“累进税”（即地多多交，地少少交）精神宗旨，夜幕笼罩山村后，孙老豹只身悄无声息地潜入北屯村马家庄，找到村公安员马立山、抗联主任马万云（当时村党支部正副支书的公开身份），分头悄悄通知党员、抗日积极分子，密聚马立山家，研究部署缴纳公粮事宜。老豹老先生只身下乡来催粮，苦口婆心讲齐心抗日，众人听了老者肺腑之言，无不心悦诚服。大家找出村里缴粮难症，是执行“累进税”办法，个别几户地主老财挡道。

十多名抗日积极分子和民兵，挨门做通“钉子户”工作，最后终因张家庄一顽固抗粮拒交的地主，惹起民愤，被群众扭往村外河滩乱石砸死，在死尸身上压好“抗粮不缴下场”字条。消息传开，人心大快，全村150户农家，很快交齐了公粮。

横眉冷目斥汉奸

1943年秋后一天上午，涞源县城东二十里三甲村东北街口井沿上，一位瘦骨嶙峋矮个子老人，倒背旱烟锅杆，顿足跺脚地朝井口隔墙的大院内，寻衅大骂：“小白仔，大环仔，你俩给俺听好，狗仗人势欺压老百姓，绝无好下场！”小白仔和大环仔是典租三甲村东北街口大院的汉奸密探孙环、孙小白。他二人在院里听墙外有人叫板，便拎上手枪怒火冲冲冲出院外。走近老人身前上下打量，老者竟是本地执仗正义、颇有抗日救国名气的本家长辈——孙老豹。晚辈好言相劝，老人好不理睬。老人家瞅瞅来者，揪住孙环的衣衫数落道：“你们仔细看看，你俩的衣裳大大小小尽窟窿。此窟窿由何而来？是有良心的中国人用手指头剜的……”晚辈理屈受辱，打掉牙齿肚里咽。僵持良久，孙小白好生劝慰：“三叔，你老人家消消气，慢慢回家歇息吧。”孙老豹撂下一句“你俩少干缺德事！”便冲苇地小路扬长而去。

说来也巧，没过几天，汉奸孙环民愤极大，被我游击小组擒拿处死。孙小白牢记三叔训斥，金盆洗手，跑到口外另谋生路。

沉甸甸的党费

——纪念抗战胜利70周年

当清晨第一缕金色阳光，轻抚刚刚苏醒的狼牙山时，我恰漫步在南马庄村西小学外的草地上。此时，校园里已渐渐响起甜甜的琅琅读书声。

沿山根西行，拐过一个山嘴，书声渐远。蓦地，我被眼前苍松翠柏簇拥的一座年代久远的坟墓所吸引。一米多高的坟前墓碑上刻有“晋察冀军区第五支队第一总队第一大队第二中队队长景庆云之墓”字样，右下角落款仅有“一九三八年四月十八日立”，却无立碑人。我将碑文抄下来，去村中寻访几位老者，他们向我诉说了碑文来历。1938 年 3 月 24 日，部分日军从易县入侵涞源。后续部队住二道河村。我八路军五支队采取诱敌深入的战术，牵引敌人，使日军陷入我军包围圈。战斗持续 1 个小时，我军有意向鲍家路撤退，企图诱敌至深山沟全歼，但狡猾的敌人不入圈套，而是向村内撤去。当时我五支队一总队一大队的第二中队队长景庆云，被鬼子子弹射穿了腿部。后来，被战友们抱下火线，抬往县城城南一百多华里的桦木沟后方医院养伤。无奈当时医院药品奇缺，景队长的腿伤无药治疗，被严重感染生蛆病危。他派人将他在延安抗大时的老同学胡少勋叫来说：“胡老兄，我怕不行了，后事交给你处理。”说着，他从军被里抻出自己一尺多长油渍斑斑的枕头，双手递给胡少勋，他有气无力地说：“我们从上抗大到抗日，患难与共好几年，相互知心交底。我没有为党和人民做多少工作，我死后，请你代我把这只枕头交给军区党组织……”没多久，景队长与世长辞。

当时担任涞源县政府副参议长的胡少勋，遵照战友嘱托，将他装殓入棺，秘密埋葬在不易被鬼子和汉奸发现的狼牙山大东沟沟掌，让人们把刻好的石碑深深埋在地下。

胡少勋当着党组织的面，把那油渍枕头打开一看时，大家都愣住了。枕头里竟然全是景庆云同志在边区抗日恶劣环境中，省吃俭用积攒下的一沓沓边区人民币。此刻，胡少勋方完全明白：这是一位共产党人托他交给军区党组织的最后一次党费啊！

事后不久，胡少勋也因汉奸告密而惨遭敌人杀害。抗日战争胜利后，南马庄村的老党员、老干部们，才偷偷地将景庆云队长的坟墓，移至在依山傍水的绿茵茵坡脚，他们遵照胡少勋（胡少勋老家是涞源县南马庄村）生前托付，把埋藏在地下八九年的中队长墓铭石碑，栽在景庆云坟前。

我从南马庄下乡回到县城，怀着异常崇敬的心情，来县民政局查阅抗日英名录，想弄清烈士的家乡地址，但我没有找到。在失望中，我双手捧着沉甸甸的蓝皮金字英名录，凝神细想：在宋代忠良杨令公碰撞李陵碑而洒下花红脑浆的狼牙山下，又有多少抗日英烈的名字与身躯，注册于这块古风犹存的英雄土地呢？我眼前浮现出沉甸甸的油渍枕头，心中不住地呼唤：英雄的父母、英雄的妻子儿女，你们在哪里？《抗日英名录》外的英名们，你们又都在哪里？让后人在缅怀中永志不忘。

齐大个传奇

——纪念抗战胜利70周年

晋察冀边区的涞源县，军民团结抗日，浴血奋战，有许多民拥军、军爱民的英雄故事。马辉将军带领的子弟兵，与涞源许多山庄老百姓鱼水情深，在此山庄扎下根。单说马挥的拜把兄弟就有好几个，论起肝胆相照，对八路军官兵真诚相待的齐老大，便是马辉最要好的兄弟。

齐老大名叫齐焕章。他身高六尺多、膀阔二尺八[1]，虎背熊腰。伸出一双手来，亚赛一对小磨扇，手指粗如小镰柄。赶脚住车马店，他一个人要占仨人的炕面。五八尺炕，须斜身调角儿，方能放展身板睡好觉。一尺二的大脚板，穿踢死牛的老山杠子鞋，每月一双。单说纳大底，就把老伴双手捋的满是茧巴。一顿一升米（约四斤）的捞干饭，吃个不饥不饱，还得外搭五斤炖猪肉和八两老白干。俗话说，身大力不亏。齐大个能吃能扛，再加上他为人豪爽仗义，办事利索，待人憨厚老诚，在东团堡和蔚县交界的草沟堡、西合营一带，说起他的传奇故事来，无人不知，没人不晓。

神鞭呛风嘴

横岭子山高谷狭，林深树密，只有河槽帮上屁股大的地块，种点山药蛋、萝卜什么的，山民们吃米用面，全靠砍木货、卖山货往回换粮食。这年，八路军马辉支队后勤连驻在横岭子老齐家，眼瞅粮食接济越来越紧巴。腊八这天，齐大个子赶骡子驮了三大车幅网、车轴（木车轱辘用料），赶了趟蔚县大集，卖掉车轴，买回一千斤小米，分三驮让骡子驮上往回赶路。

---

[1] 即身高2米多，膀阔近1米。

凌晨起身，太阳刚一竿子高，齐大个子便扬鞭催马来到四十里峪呛风崖根。骡铃儿叮当响，齐大个边走边唱《走西口》，突然几声呐喊，从呛风嘴崖后窜出九条手持棍棒的大汉：“赶脚的，把骡子牵住，让俺哥们把米驮子搁下来。”一位眨巴眼汉子到齐大个下巴底下说：“你是赶骡子走人呢？还是连骡子米驮子一块给——”没等眨巴眼的话说完，齐大个便不慌不忙，一耸肩膀儿，把一驮驮重三百斤的米驮子搁下来放在山道正当央。九条大汉正要三人一驮解口袋分赃，齐大个猛甩皮鞭，照准九个人抽将下去。一鞭抽倒俩，两鞭摞倒仨，未等第三鞭扬起，余下四人早逃之夭夭。被鞭子抽倒的五个小子，赶忙滚起来，跪地磕响头求饶：“大个爷爷，俺们有眼不识泰山，饶小的们一命吧！”齐大个子用鞭杆子点着那人的脑袋，训斥道：“你当爷是谁？爷是东团堡川里横岭子齐大个！”“小子们晓得，小子们晓得！”五个小子们的脑袋活像捣蒜棒儿，磕个不休，连连说：“以后，俺们再也不敢得罪爷爷了。”齐大个见五人服了软，让他们两人抬一驮，把小米搁上骡子，才放他们走。

从此，东团堡一带的赶脚汉子们，谁都愿找齐大个就伴搭伙。人们心里明白：出门在外，有齐大个仗胆，没人敢欺负。

追蹶骡子交粮

东团堡鬼子据点，催伪保长下乡要粮，伪保长跑遍团堡川 19 个村庄，就连草甸子上桃木疙瘩三户人家也不放过。说也怪，催粮草、进山扫荡，日本鬼子就是不敢进七沟八岔的横岭山庄。

横岭子山庄三户人家，齐大个家里是马辉支队后勤连的粮库、给养库、电话室。马辉从张家口去涞源、去紫荆关，这里成了交通站。越是这样，齐大个越是胆大心细，时常去鬼子据点晃荡，淘来情报，顺便也给汉奸们颜色看。

这天，伪保长要粮要到桃木疙瘩吕占山家，吕占山家糠菜半年粮，哪有粮食给鬼子。占山想到齐大个执仗侠义，便前去借粮。齐大个听罢占山求救，他将计就计，与占山谋划好，次日天亮，齐大个便赶骡子驮上200斤小米去鬼子岗楼交粮。

骡驮子一进东团堡村口，齐大个子故意掴下米驮自己扛肩上，让占山故意打惊骡子，骡子前边跑，占山后边追。不一会儿，跑到岗楼吊桥下，鬼子哨岗见一大汉扛米驮来送粮，便冲大个子连说："大大的良民，大大良民的是。"便让放下吊桥，放齐大个扛米进了岗楼，伪大乡长见状，毫不怠慢，连说："占山这骡子就是爱撂蹶，大老远的让齐老兄扛来。嘿，嘿，多不好意思。"不一会儿，他打开账本，故意语义双关地说："占山，这米记账上了，你心里明白，俺也心里清楚"（你心里明白、俺心里清楚的是汇报鬼子岗楼有无军事情况变化的暗语）。

后来，马辉得知齐大个扛米驮去岗楼交粮摸情报的事，非常感激地说："有齐老弟在鬼子那边操心，咱打鬼子万无一失。"有一次，杨成武司令员夜宿横岭沟，听了马辉的汇报，他紧紧握住了齐大个的手说："你为抗战，可真立下了汗马功劳。"

小小监督员

八路军马辉支队后勤连，营盘扎在横岭子，一驻就是三年多。三年里，军队纪律严明，庄上老百姓没丢失过一件东西。说起来，还有一段齐老大驯养松鸦看守门户的趣事哩。

齐大个掇弄鸟儿是高手，他驯养比山鸽子大些的松鸦，善学人语，会看门守护，识别家人外人。有一次伙房丁大胡子来老齐家借簸箕。他推开齐大个的家门，屋里有簸箕没人。丁大胡子心里想暂借用一下，用完送回来就算了。这天伙房活儿忙，吃罢午饭，丁大胡子才想起来送还簸箕。他一进院，齐大个就哈哈笑道："你一进院，俺就知道你来干啥！"丁大胡子好生纳闷，问道："你怎么知道？""小松鸦，早告诉了我：'丁大胡子拿走了簸箕！'"丁大胡子听了个楞怔，他放下簸箕，追着齐大个说："你家里有这小监督员，咱不执行三大纪律八项注意行吗？"俩人冲小松鸦笑得前仰后合。

齐大个善打柏油、善掏乌灵脂，去口外换来莜麦，可帮了马辉支队不少忙。战士们在山庄，可吃过不少莜麦窝窝泡木耳蘑菇汤。日本鬼子投降后，马辉从张家口专程绕道横岭子，看望齐焕章说："抗战胜利了，咱们该过太平日子喽!" 新中国成立后，马辉从省城多次来信来人看望齐老弟，并向横岭子山庄乡亲们 问好，多次邀请齐大个子去省军区做客。

三、淳朴民风

涞源天象胜迹追忆

地处太行山、恒山、燕山三山交界的涞源深山老峪，峰林景观多多，潭源、瀑布皆是，山绿水秀，为自然风光之美，创造了得天独厚的条件。笔者回顾20年前开发旅游的艰苦岁月，翻出调查资料，涞源山地的气候更迭，别具一格。今将记忆犹新的天象胜迹记录于下。

仙岚、紫气、佛光

20世纪90年代初的一个冬末春初，笔者随乡村干部们，去仙人峪景区查看新建的东环步游路。大家正望着黑龙潭冰融凌化出神，猛抬头望见西山仙人桥一带，紫色烟岚缕缕升起、萦绕缥缈。那烟岚忽儿摇摇欲飞妙似轻纱，忽儿扶摇直上酷似炊烟。笔者问及村干部：那儿是否有人生火烤干粮。老支书抬头望了望，毫不介意地回答："那是仙气！"此刻我们都惊异地张望，那竟然是大自然恩赐的轻纱薄幔——紫气祥云在眼前活灵活现。

眺望远山仙气烟岚幽静且娇艳，我们也深深吸吮了一大口灵气。顺新开的步游路盘上浑圆的老虎背，背梁上有一偌大的仙人棋盘。西眺仙岚仍缥缈未定，却变得若隐若现。倏地，东山嘴冒出的太阳，将万道金光从笔架峰豁口喷薄开来。那仙岚顿时由串串光环变成灵光、佛光。大家兴奋地连喊："灵光！佛光！"村干部争说仙人峪里现灵光诚然不假。那年涞灵战役，日本鬼子在井子会村烧、杀、抢、掠，却不敢进仙人峪半步。我急问："那为什么"？"咱们杨师长（杨成武）率领的天兵天将安营扎寨仙人峪，仙人峪里草木皆兵啊。"村干部们的夸大其谈，让笔者心想：杨成武将军率领的八路军独立师，转战仙人峪打游击，靠一夫当关万夫莫开的古隘地形优势，靠军民情谊的铜墙铁壁，这才真正是让敌人闻风丧胆的灵气和佛光呢。

究其实说来，在夏、秋季节峰林间由于光与影的变幻，云与雾的交织，冷与热的交流，幻化出许多种神秘莫测的独特天象。尤其云蒸雾绕的峰林，经太阳直射云雾，使佛光频频出现。涞源白石山是我国北方出现佛光次数最多的山。真正说来，只是让人们可遇不可求。

90年代“龙”腾空

涞源与蔚县毗邻的西甸子梁南畔，万年冰洞常年凝冰挂雪，在盛夏酷暑遍吃冷冻食品的今天毫不稀奇。奇的是在20世纪，其洞口曾现乌“龙”腾空，给人们留下了深刻烙印。笔者亲临西甸子梁下四角台村调查小学教师姚风楼和古稀老人田洪。经他们仔细追忆，1950年盛夏的一天上午9时，突然从万年冰洞口冒出一股螺旋状乌云，腾空一百多米，摇头摆尾转20分钟后，便烟消云散了不见踪影。这天下午，一场大暴雨从天而降，冲毁了这一带不少庄园。事过22年后的1972年盛夏，一天下午两点，人们抬头望见万年冰洞口，又冲出一股汽油桶般粗的乌云，腾空绕了几圈，也渐渐飘散不见了。当天下午四点，一场大雨夹杂冰雹，砸毁了许多地块禾苗。有人传言，是妇女们进万年冰洞带晦气，冰雹降人间。当然此言纯属无稽之谈。草甸景区开发二十多年，无数女性观赏冰洞，体验冰爽，从没得罪过龙王，更没再现乌“龙”腾空的怪异天象。

龙潭沟里开潭记

在涞源东部边沿与易县搭界的西杏花村龙潭沟，穿过几棵百年老核桃树，便是四方地山庄，山庄面山背谷，背谷处就是鲜为世人知晓的双迭瀑了。双迭瀑下则是开潭抬升地面的一百多平方米白沙滩。若说开潭，得从这一带百姓怎样求雨说起。

庄上老人们相传，这里每逢久旱不雨，四周八方百姓便齐聚这里，有的怀抱开嘴的葫芦，有的跪在沙滩插柳枝，有的把插柳枝的开嘴葫芦按进潭水里，潭水进葫芦多少，便下几指深的雨。水若灌满葫芦，便普降透雨、喜雨。来求雨的百姓会头（主持）中，有的写好大供猪羊、小供鸡鸭、清供茶水馒头等字样，揉成纸阄儿，撒在头顶的大铜锣里摇晃，哪种字样的纸阄儿掉在沙滩上，人们便在取水后，照阄儿字样摆供在开潭的水岸边。

清乾隆年间，广昌地面春旱 49 天，地里干得冒烟，撒不开粪堆。易州衙署用骡子驮来供香、纸箔，带领众百姓来求雨。百姓们跪满半沟，州官大人祈祷神灵念道："神灵拯救吾州百姓，吾便于此地兴庙谢恩。"约摸过了两个时辰，双迭瀑下的深潭，冒起水柱丈把高，水柱跌落，潭水溢满沙滩，蹦出一只大蛤蟆。易州州官大人继续念念有词，不一会儿，水柱又涨起落下，蹦出一条金色大鲤鱼，州官大人仍继续祈祷。水又涨起落下，潭水当央伸出偌大龙爪，此刻云压山低、天昏地暗，下起了一场喜人透雨。3 年过后，州官大人仍惦记龙潭沟兴庙之事，便来双迭瀑选庙址，派好监工建好了龙王庙。

近年间，据西杏花村老人回忆，1932 年 5 月端午节前一天，即五月初四日，大旱不雨两个多月。这天夜里，开潭水涨满沟谷，从白花花银沙四方地山庄后的北坡脚漫到南山跟。时过半晌，水才落潮归潭，潭水中尽是一尺来长的五彩鱼翻上游下，水面上飘起历代人求雨开潭时丢下的铜锣。这次开潭喜雨连降 3 日，人们获得了大丰收。龙潭沟里两次开潭、泉水猛涨银沙滩，因由至今仍是一个谜，有待水文、气象、地质专家来考证。

涞源边关善美往事

古称飞狐、广昌的涞源县,曾是历代兵家征战之地。明时,鞑靼频频犯境,涞源咽喉地带军事地位更显重要,促使明大修长城,清扼守边关。涞源境内长城从东北纵向西南,全长190多公里,其间险要河谷、豁口关隘达六座之多。现将边关于国于民善美往事略记于下。

乌龙淳朴庄稼兵

乌龙雄塞一面靠山、三面环水,战事频频年代曾是京畿要冲,为广昌接壤居庸、紫荆、倒马三关的四塞之一。在宋辽金戈铁马征战中,也发挥了抵御作用。

清光绪年间,为循祖训,保留圣祖留下的版图,沿袭归制,仍在边关设置守备、把总等衙署。其士兵,多以当地乡村招募来的农民为主,种地、放马、站班。每隔九日轮一拨,摆摆威风。逢年过节,恐朝廷差人巡视军务,就接连派兵增丁在城头架铁炮,备足铁蛋蛋和火药。有时铁炮搁久怕生锈,也偶尔做两次演习。因此,村里人们便嘲讽:

牛抵虎,三角吊,吊上架着母猪炮。
母猪炮环环多,小炮再往环上套。
装铁蛋,点火药,炮手头戴黎鸡帽。
轰地一声震天响,宁可打低不打高。
打高震怒老天爷,打低入地最牢靠。

1900年,洋毛子从京城出发窜越紫荆关,犯我广昌县城。县衙万大人调兵南河阻击,洋毛子败阵南逃保定府。实际是万大人指挥有功,各边关调集来的庄稼兵充其量呐喊助威。乌龙沟村乡亲们见庄稼兵凯旋归来耀武扬威,神气十足,编顺口溜道:

伸伸胳膊跑马(指清兵的马蹄袖口),
拍拍屁股冒烟(指脑后长辫扫地尘土飞扬),
硬是把洋毛子吓跑喽!

浮图峪衙救难民

浮图峪关城坐落在拒马河东岸、南山脚下的三角地带，它三面环水，一面靠山，地理位置险要。该石城内有小方城，连接内长城，东西二门相距一百五十步。据史记，浮图峪塞堡为大同府通往保定府的五回岭或紫荆雄关必经关隘。唐武德六年，李世民征刘黑达曾鞭敌于此。明景泰三年重建，以防蒙古称要塞焉。明崇祯末年，闯王李自成佯攻浮图峪，绕道五回岭突袭紫荆关后，直捣京城。在那个年代，浮图峪关城一直是戒备森严。清雍正初年，因卫护西陵，当时直隶易州管辖的浮图峪更是重责在身。该署衙南穆柯寨一带大面积官山荒无人烟、虎狼出没。雍正七年，河北平原及大沙河岸边乡亲们连遭荒旱,灾民们来深山老峪逃生越来越多。舍弃热土、携妻带子来广昌求生的中年汉子邓世才,在插箭岭讨饭,幸被插箭岭衙门小写韩喜恩的夫人搭救,韩喜恩请守备大人武和龙帮忙,将邓世才举荐给他的同乡好友——浮图峪衙门陈大人,邓世才这才谋得一份绿化、管护、看守穆柯寨官山的差事,签了四年契约。邓世才垦荒几十年如一日,关隘山岭林丛树密,老邓家又在此垦荒巧种荞麦,发家过上了好日子。至今,人们念叨起来,百姓间还广为传颂浮图峪陈大人佳话。

白石口营都赞守备

清同治年间，白石山东麓的湖海岭，传出歪爪虎断道吃人的消息，往日川流不息的商贾、骡帮、驼队日渐稀少。为此白石口署衙贴出告示，悬赏壮士上山打虎。附近三里远的赵家沟门老猎手陈大兴，带领十几名杖手蹲守湖海岭口，几经周旋，陈大兴终将钢叉投入那老虎血盆大口，虎血如泉涌，瘫倒在地。众杖手抬虎奔衙门告捷，守备大人喜出望外，宴请老猎手后奏报京城。从此，陈大兴全家尽享皇粮赦免杂税。守备大人也因人成事，由六品晋升五品。

清光绪初年,白石口营都的田守备从廉执法,深得百姓爱戴。当地关内有个五大三粗的后生,姓崔名三楞。游手好闲,专靠偷鸡摸狗维持生计。众百姓恨他且怕他,还处处敬他三分。田守备听说后气愤至极。

这年七月，关内齐洛坦老汉种的满地香瓜刚刚上市卖钱，却被崔三楞摸黑偷摘了不少。熟瓜吃了个净，生瓜扔了个完，齐老汉无奈告官，田守备派人将三楞捉拿归案。崔三楞被双手反剪绑在衙府对面的城隍庙大柱子上，他不但不服，反而扬言：瓜地偷瓜犯啥法，俺正想试试刑法哩！田守备闻言思索一番，他派人割来五斤猪肉，套在崔三楞的脖颈上。大暑伏天，绿头苍蝇趴满猪肉，肉臭生蛆，恶臭的三楞呕吐不止。崔三楞才央告人求田守备："俺服了法了，从今往后，痛改前非，重新做人！"后因崔三楞改邪归正，又力气过人，被田守备留下来，让他在校场习武时扛大刀。

插箭雄关善事多

"插箭雄盘近碧霄，石城西隐下场遥。两山合璧环金垒，一水横关锁铁桥……"明代温玉如这首《咏插箭岭》，道出了插箭岭的险要。白石山主山脊向西延伸的插箭岭，一直以来，春秋时岭分燕赵，宋辽时一山分两国。岭南岭北气候差异大，民俗也不一样，插箭岭自然便成了北方高原通往南方中原的一个重要通道。战时是关隘，和平时它是商贾云集的通衢。

据清末曾在衙门当小写的重孙韩瑞老人回忆，他太爷在衙门当小写，他太奶奶因好善施舍，关爱穷苦百姓，单是给南来逃荒人放饭场就有多次，乡邻口碑极佳，人称老人家"大善奶奶"。

插箭岭因盘查私货、收缴捐税极为忙活，署衙曾增至守备、都司、把总、外员把总多人。查出烟土、盐巴、枪支军火等私货，不仅要重罚税金，有的还要受刑坐牢，甚至砍头。尤其从口外来的光身驴骡马匹也要纳税。随着赋税的加重，牲口贩们也想出逃税的妙招。到广昌县城后，买好鞍子备在光身牲口上，既当使役牲畜过关当免税，又因备鞍牲畜冒充使役，赶到保南定州、完、唐等县庙会卖个好价钱。因此，广昌沙河大街兴起了制鞍业，作坊一家挨一家，店铺生意一年比一年火。

1900年，德国洋毛子妄图攻进广昌，在县城南河的长岭，遭到县衙阻击，拨马南归保定府，途径插箭岭，老远便望见直径一尺多的大炮，直戳戳地架在城门楼上，炮台上堆满了装满炸药的口袋（实装黄土），东面垛口上，五色旌旗飘扬，旗下清兵张弓搭箭，怒目盯视，威风凛凛。洋毛子头头害怕误事生非，便悄悄派人送上"借道"纸条，李合龙方命人打开城门，放洋毛子退回保定。

涞源深山僻峪老行当

涞源地处太行山、恒山、燕山相接地域。从东北向西南，斜跨涞源境内300华里的长城，成为河北平原文化与晋陕黄土高原文化交汇地带。又加之涞源县历史上曾称之飞狐、广昌，行政曾隶属过大同府、蔚州等关系的变化，深深影响着涞源民俗文化积淀和独特变化。经笔者多次采访耄耋老人，得知些许鲜为人知的民俗，今略记于下。

打疙瘩烧柏油

常言说，一方水土一方人。在涞源县东北边缘的横岭子一带山庄，几乎没有一块成形耕田，那山庄转圈是层峦叠嶂，悬崖峭壁，崖柏葱茏。人们从靠山吃山中，悟谋出隆冬打柏木疙瘩烧柏油的求生门路。大雪封山，除少数人走山狩猎糊口，大多数山民就靠打柏油过活。山民们腰缠大绳，攀援山崖，用斧子捶打柏木疙瘩。将打下来的柏木疙瘩背回庄，劈成碎块碎片，放在中心凿有小窟窿的大铁锅里，用柴烧烤大铁锅，锅越烧越热直至半红，便有被烧化的柏油滴洒在锅底下的铁桶里。次年开春春播前，用骡子驮到口外坝上，每1两柏油可兑换1升莜麦。柏油熬化用水稀释后拌在莜麦种子里，播种苗茁苗壮，秸秆挺直不易倒伏，麦穗数量多、籽粒密实饱满，每亩莜麦可增产二三成。

砍网辐旋车轴

新中国成立前，河北、山西北部山区和张家口坝上，人们多用马架或牛拉嘎拉股子车（即双轮木制）。其车轴和网辐大多取材于山区盛产的柞木。柞学名蒙栎，木质坚固耐用。涞源东北部深山遍生柞、白桦、抱榆等均可代用。用柞加工制作网辐，十八块一只车辐，三十六块一挂车，一挂车网辐用料需砍伐一棵檩材柞树。车轴、网辐驮往口外卖钱或换回莜麦。横岭子山庄6户人家三十多口人，仅种不足十亩山坡地，人们养家糊口主要靠砍制木货。

巧制纺线线锭子

冀中平原和山东等地盛产棉花，过去人们多用手工纺线织布，其实纺线用的各种颜色的锭子，都出自山民之手。人们从纺艺活动实践中得知，用钢锭结实且声脆易断，用铁锭耐用且容易弯曲，而且钢铁造价也太高。山里人们从满山遍野灌木中，选取坚韧耐磨的六道木、青杠子、牛筋、大正秸等木料，旋制而成光滑耐用、又保持各自原生态颜色的纺车磁头，内穿用黍秸秆做好的圆筒筒，人们用来纺棉花，既轻松又便捷，经久耐用。尤其选用小五台山和飞狐古峪（俗称四十里峪）的毛六道木，旋制成的纺线锭子，黄金发亮，磁头结实永不裂缝。据八十多岁的齐文章老汉回忆，他们老齐家那些年收购山庄各家各户加工旋制的纺线锭子，一年就多达10万件(每件收购价仅几分钱)，远销华北平原和山东菏泽等地，深受用户欢迎。

砍小木货旋制烟、茶、镐把器具

山里老话说，“水绕林转水不浑，山山都有养人的神”。山里有人们取之不竭的灌木、乔木资源，人们砍小木货建作坊，生产旋制茶碗、菜盘、烟锅杆、锨柄、镐把等日常生活和劳作用品。用白桦旋制成的大小木碗、盘、酒具、茶具，古朴结实耐用，常食用无异味。用六道木、鸡骨头（灌木）旋制的烟锅杆，笔直光溜、永无裂纹，越使用越是油乎乎锃亮；用苦枥和白草木旋制成的磕烟灰锅，用皮线穿在老汉们的旱烟袋上，成了耀人眼目的罕见工艺品。尤其用六道木条制成的筷子辟邪无杂味，更神奇的是，用六道木筷子吃饭菜，筷子头遇有毒食物变黑色，有防毒之特异功能。

涞源年俗味浓浓

冷风嗖嗖，朔风刺骨，寒噤得得挤进腊月门。涞源深山老峪的城镇、村庄，便有卖麻糖的货郎挑担或推车，走村串庄，转街穿巷，处处响起了“叮弹，叮弹”的小铜锣声。其叫卖的谐音多像“嘴馋，嘴馋”。将一拨拨嘴馋山娃们召唤出来，朝大人们讨钱买麻糖吃。街头巷尾小铜锣“叮弹”声，拌和着山娃们要吃麻糖的讨买声，嚼吃糖棒的咯咯笑声，奏响了山乡过大年的小小序曲。孩娃们知晓，腊月二十三，传说家家灶王爷上天言好事，没有谁家大人不掏钱买麻糖上供的，序曲过后，人们便开始张罗，红红火火过大年，过大年红火的缘由，说来源远流长。

涞源地处河北省与山西省的西北晋陕黄土高原边沿，太行山、燕山、恒山三山交汇县城周边。拒马、易水、涞水三源头共生于县城东南近郊。三百多里长的明代内长城，将涞源山岭切成山南岭北，涞源方圆几十公里的盆地中心和飞狐古道，恰是华北平原和黄土高原民俗文化的交融汇口。自汉建郡至唐、宋、辽、金、元、明、清历代，飞狐、广昌、涞源区域隶属变化频频，促使汉族生活质量的提高，与匈奴、契丹等少数民族游牧生活的融合，涞源过大年民俗独特、个性鲜明、花样繁多、年文化底蕴淳朴、实在。人们在过大年上花大力气、做大文章，自然不足为奇了。

先说缘由：其一，特殊的高寒气候、群山环绕的地理环境，加之多年战乱后山广人稀，人与人之间相处憨厚、热情、奔放，促使年的古老传承至今。高寒深山区，一年仅种一茬玉米、谷子、黍子和黑、白、红小豆等杂粮，家家户户很少有白面、大米。近些年，粮食产量大幅度提高，人们用玉米换面粉、大米成为主食。但逢年过节，人们仍热衷在粗粮细作上下工夫。先说过腊八节，本来在“腊七腊八，出门冻煞”的严冬时节，人们该在家里烤火取暖、休闲聊天，可在涞源县城，几乎家家都想方设法推来黄米、玉米糁、小米，买来红枣、砸好核桃仁、切好倭瓜条或白薯块等八种杂粮、果料，起五更在大锅里熬制腊八粥。待太阳滚红儿时刻，家家门口被一团团热气笼罩，此刻，家庭主妇照例先端第一碗腊八粥孝敬老年人尝尝鲜。老人们皱脸笑成了一朵花儿，尝一口，品味片刻，边说：“好香（好想）、好黏（好年）、好甜（好田）。”晚辈们又端碗腊八粥送给乡邻们品尝。人们连声赞腊八粥的好技艺，将乡里和睦气氛推至更融洽。

其二，越是临近除夕，乡村主妇和孩子们占碾子占石磨子的越是往来频频。占碾子推黄米，轧黄米面、玉米细罗面等，人们说石碾轧面纯自然、纯原始原味，比电磨加工的米面要好吃得多。其面做成白糕、红枣糕、枣云糕、油炸糕、年糕饼子等熟食，储存在荆筐或纸箱子里，以备春节唱大戏招戚待客吃稀罕，更是因皆有“年高”之谐音，来者爱吃不拒。甚至还有在外当干部人家，第一锅年糕故意欠火候蒸生，揭锅端糕时，故意惊讶大喊：“年糕（高）蒸（正）生（升）啦!”以示来年从政吉祥。还有不少家人，为恋念祖宗传承至今的玉米，小米面发干粮可口好吃，也特和好面发酵，蒸好大个发面干粮，发面干粮内加红枣称“早早发”，不加枣，人称“隔年发”。涞源豆类无污染、无公害、纯自然、纯绿色，是用压豆腐沥下浆水发酵后点制成豆浆，吃来又香嫩又爽口。家家过大年都要多磨几锅豆腐，少则每家三五锅，多则七八锅。鲜豆腐做好后，切成薄片，在寒夜里冻成冻豆腐，少部分用来做油炸豆腐泡、糠火熏制豆腐干、五香豆腐丸子、油煎豆腐片等，用来炖菜、炒菜。甚至还有些农家，做一锅不除豆渣的“懒豆腐”佐食白糕，意在让后人食用时能比较勤豆腐与懒豆腐之区别，教人干活勤快莫偷懒。总之，过年天天吃豆腐，人人都幸福。

其三，过大年，人人忙活饮食，孩娃们尽情享受长一岁之欢乐，比大人们还忙活。说来男女有别，各自自有玩物和伙伴。小丫头们用小铜盖做成捻转，爬在街口石头盖上开赛，看谁捻捻转（年年赚）转得欢，转（赚）得时间长。男娃们则用采来的半尺高的小冰块，用唾沫冻结在鞋底子上，踩在石街路面，嘎嘎（发发）作响，年岁大些的男孩们，则用二三寸长木棍，砍成上圆下尖的小嘀溜，玩开了“打懒老婆”，边举鞭子抽打，边连声叨叨，说：“小鞭子抽得是泼米撒面糟蹋粮食不长眼的……”逗得小伙伴们哈哈笑个不停。

其四，除夕晚上，大家族大户头人们，晚饭后均不约而同地欢聚在长辈家里熬年，边看春晚，边品评节目，边迎新叙旧。此刻，村里早有管社火的会头，悄无声息地组织一帮后生，抱把松香包，沿村口、街口、戏台、庙门及村周犄角旮旯，把松香包逐个点燃，火光将村内外照得彻夜净明瓦亮，俗称松香火光驱魔除邪。初一五更，满村都是占松香包，小伙一点儿都不嫌累，之后便抬出大鼓，在村中央广场，敲起铜铙铜镲，擂响迎春鼓，伴着“百鸟朝凤”的鼓镲节拍，家家院里点起早用豆秸和松枝架好的柴火堆，腾燃旺火冲天际，噼啪作响（因豆秸、松枝易爆，响声清脆），加之鞭炮鸣放，人们都隔院大声呼唤：“年火旺不旺？”“旺、旺，今年旺火好旺啊！”

其五，太阳出山时刻，村里饶有心计的羊倌、牛倌和养殖专业户们，早在腊月初，请村里有名望的老先生，照天干地支“甲己在艮、乙庚在乾，丙辛乾位吉神安，丁壬正在离宫坐，戊癸游来在巽间”的喜神歌诀，掐指选好了春节喜神方位，与村里的会头（闹红火掌事者），提香火、供品、水酒等，不约而同走出村口，面对喜神方位焚香火、摆供品、泼酒水，人们虔诚地跪拜，心里默默祷告迎喜神接福星，保佑六畜平安，全村养畜业火爆。老会头将供品及水酒交给牛羊倌，叮嘱沿山路冲喜神方向放牧而去，将供果、水酒泼于山野。村里人们才纷纷回家吃早饭。家庭主妇们早将做好的饭菜回锅热过几次，静候家人吃团圆饭。原来做初一早饭，热饭均有其奥妙，口诀曰：“初一家家点火早，五谷丰登年头好。”“谁家饭菜热回锅，打得粮食没处搁。”

迎喜接福，人们回到家来，全家火盆用餐，给老人敬酒后，合家便推杯换盏，酒水喷香，来拜年的晚辈，走一拨来一拨，在长辈争相给来拜年的孩童压岁钱的欢声笑语中，将大年过得红红火火，氛围推向高潮。

涞源小吃黄、白、绿、杂耐寻味

涞源县城位于太行山、恒山、燕山环抱的盆地中心。城东南部且是拒马河、涞水、易水三源喷涌汇流区域。县城西部、北部大面积的丘陵坡地紧与山西省东北部黄土高原边缘相接壤。海拔1000米左右的丘陵山坡地，无霜期短至150天。一年中，“五一”播种，“十一”收获，春种秋收仅一茬。无污染、无公害、多光照的自然种植条件，为涞源收获传统浓郁的地方风味——黄、白、绿、杂，打下坚实的基础。

黄：其一指涞源生长期长达120～150天的大玉米，个大粒满子实，淀粉率高，含蛋白质、糖分均高于夏玉米。当地老百姓做出来的煎饼（内掺小米、黄豆和佐料），有个如盖、黄如金、薄如纸、筋如绸的“四绝”之称。燕王扫北后，涞源就留下了“从南京到北京，好吃不过广昌（现今涞源）的猪头肉裹煎饼”的民谣，流传至今。

其二是用涞源黍子磨出的黄米个大子实，黄金灿灿，俗称“黄米”，比平原地区的粒实大。轧成面粉做成的各式年糕，柔软筋道，香喷喷味甘。蒸熟后沾炖菜现吃，或包好各种馅油炸，或赶成大饼卷红枣切成云朵状炸熟，真是“朵朵祥云滚云飘，火红日子户户高（糕之谐音）。”涞源民间办喜事儿，没有不吃糕的。

其三是用谷子推出的小米闷熟的饭涞源俗称“米粥”，香甜可口，富有营养。时至今日，涞源妇女坐月子，喝30天小米粥，个个身强体壮婴孩胖。总之，涞源粗粮春种秋收，其食品营养成分多，对人体健康有益。前些年，百姓们常吃的小米饭、棒子干粮、苦苦菜饼饼等农家饭，现已变成一饱口福的餐中“鲜”。

白，即指涞源水豆腐。其是用涞源产白豆、黑豆（春种秋收）颗粒破碎为豆瓣，用水浸泡磨成糊状，揉除渣滓，兑入酸浆挤压而成的。其豆腐白嫩、细腻，口感清新爽口，食有浆香的水鲜味道。

因不用石膏、不用卤水，用做豆腐压制沥下的浆水久存发酵点制，无异味，易保鲜。豆腐总放在盛有浆水的大盆里保存，售出时论块取，不按斤称。因水豆腐原汁原味、自然保鲜，总是鲜嫩好吃，最受中老年人的青睐。现今生活水平提高后，成了人们抢手的家常菜。

绿，主要指涞源西北部地区盛产的苦荞麦。因大多种在荒坡野岭，不上化肥用草肥，纯属绿色食品。面粉色呈灰绿，色愈纯味愈苦品愈上乘。经科研单位和专家检测，这里出产的苦荞麦，芦丁含量达 4 微克/克，是治疗糖尿病、高血压和防治动脉硬化的佳品。苦荞麦中含有氨基酸、钙、磷、铁、铜、锌、镁等十多种微量元素，维生素 E1、B1、B2 含量也很丰富。用其面粉做出的干挂面、现做的凉粉、现压的饸饹、人工手拔刀面等，食之苦生甘、甘生津、津败火，口感极佳，备受中老年食客欢迎。其销售量夏暑季节为最。

杂，指涞源西北部山区常种植的红小豆、白小豆、白豆、黑豆、小绿豆、芸豆、花架豆、莜麦等小杂粮。涞源民间历来就有喜好吃“杂”，爱“营养均衡”的古老习俗传统，山中村庄多有长寿老人。据中医理论，五味偏嗜者，会使某脏之气偏盛，而破坏了人体的协调统一，导致爱生疾病。涞源小杂粮多种植在山坡沟地，不用化肥不打农药，生长期长，无虫吃虫咬，子粒成熟好看，上市经常供不应求，现今生活水平的提高，使越来越多的人群尝到吃“杂”，获得多方营养、大大易于身体健康之好处。

涞源豆腐为啥好吃

临近过年大节，涞源乡村农家，没有一家不操持磨豆腐做豆腐的，每户少则二三锅，多则三五道。涞源市场上的冻豆腐、鲜豆腐、炸豆腐泡、糠熏豆腐干、日晒豆腐筋等，更是销售火爆。尤其远销京、津、石、保等外地，因其豆腐鲜美、清香、爽口，毫无糊爆和石膏异味，更是尽享盛誉。涞源豆腐缘何好吃？此话源远流长，历史悠久，还得从善美从德的历史传说说起。

白石山脚下风凉沟，有个小山庄叫窦家台。庄上主人名叫窦老圈，一家四口人，祖居在这里垦荒种荞麦、种白豆，植树造林。老圈一家人过得还和美。谁知宋辽交兵在飞狐古峪，窦老圈的儿子被征兵去打仗，不幸在大破浑州一战中死在疆场。老来丧子本是一大不幸，儿死后不过百日，老伴想儿心切，哭瞎了一双眼睛。窦老汉为给老伴看病，上山打柴卖了买药，在西鬼见愁摔瘫了一双腿。全家生活重担全落在了儿媳身上。儿媳整天忙家里，侍奉公婆穿衣吃喝，忙家外垦荒种庄稼。累得死去活来，从无一句怨言。老人爱吃啥，儿媳就变着法儿粗粮细作，感动得二老不知说啥好。他们看到儿媳年纪轻轻就守寡，便劝儿媳改嫁，另找一个好人家。儿媳闻听，忙问："娘，是俺哪点侍奉不周，撵俺出门子?"婆婆说："你样样待俺们好，俺老两口拖累你于心不忍啊!"说着婆媳抱头痛哭。儿媳抹眼泪说："俺念及你儿子为保大宋江山战死沙场，我甘心情愿侍候你们二老一辈子。"

这年是北宋开宝四年（公元971年）春天，婆婆说：阳春三月，想喝碗酸汤败败火。儿媳从酸菜缸里盛了一碗酸汤让婆婆喝下去。日复一日，婆婆喝酸汤上了瘾，天天中午一碗。儿媳想酸汤尽是水，不如放点豆面面，熬成汁儿让婆婆喝下去，还能解饿。万没想到，儿媳舀来一瓢酸汤，盛上半碗豆面面，烧开锅一看，豆汁成了脑脑、块块，掀锅盖满屋清香。她赶忙盛一碗端给公婆尝尝，二位老人连说好香好香，喝到嘴里，清香鲜美极了，公婆俩美滋滋地笑不拢口。

从此，儿媳就在山坡地多种白豆，少种荞麦、玉米。打下白豆来，经常给公婆做豆脑脑喝。后来她索性请来石匠，用花岗岩打了两扇小石磨，把白豆轧烂磨成糊糊，挤出渣子用酸汤点制，锅里豆汁汁便全成了更鲜更美的豆脑脑。婆婆吃得眼睛亮了，公公吃得能下炕了，一家人过得和和美美。

“受一家香火，保一家平安，察一家善恶，奏一家功过”的东厨司命灶君奶奶，着实喜欢上了这家的孝顺媳妇。十年如一日，儿媳侍奉公婆老来享上了白豆的福，灶君半夜上天庭，启奏玉皇大帝。玉皇惊闻民间能有孝顺公婆尽享白豆之福的儿媳，便下诏书，让飞狐郡家家户户以窦家儿媳为节孝楷模，用白豆之福孝敬老人。不想，玉帝一阵惊喜，写诏书丢掉了“之”字，灶君传旨成了家家户户用白豆福孝敬老人。同时，托梦给郡衙县令，玉皇有旨给窦家台贤妇立一贞节孝女牌坊。于是，自此以后飞狐古郡村村庄庄都学会了做豆福。后人皆因豆汁用温热酵腐酸汤点制，其味更佳，久而久之，豆福便叫成了豆腐，沿袭至今。

高寒山区的涞源，山场辽阔，山坡地多，得天独厚的一无污染、二无公害、一季生长期长的资源和自然优势，激励起人们种植豆麦等杂粮的生产热情，其绿色食品的纯正，使涞源山城百余家豆腐坊供不应求。尤其山门底下的老胡家豆腐坊浆水豆腐块大味纯，老两口每日起早贪黑做豆腐多达七八锅，买豆腐的客户仍是络绎不绝。

白石山珍奇肴多多

在城市吃腻了大鱼大肉的人们，有的肥胖得大腹便便，有的营养失调骨瘦如柴，人们多么需要大自然恩赐营养丰富、味美醇厚的原始自然食品呢！正因为如此，我因工作之便，吃过河北、山西、华东地区许多风景名胜的地方小吃，独有河北省涞源境内白石山山珍野菜系列的奇肴，让我吃后难以忘怀。

白石山方圆百十公里，位于涞源县拒马河南（县城）25 公里处。主峰 2096 米，是太行山北端之巅，号称“华北屋脊”。可能是由于这里海拔高且相对温差大，整座白石山气候垂直带相当明显，酿就了珍奇植物群落门类广、品种多，一无虫害、二无污染之优势，故有大八珍、小八珍之说。大、小八珍煮熟凉拌或生炒均可食用，它们多是深山名贵中草药，有壮身健体、健美等作用，它们均在《本草纲目》有所阐述。君若不信，白石山中“少有千年古树、多逢百岁老人”的风凉沟、柏叶、赵家沟等地，古稀高寿者比比皆是，便是雄辩证明。自然，山里汉子们大多数除了性格开朗、胸襟坦荡宜康健之外，多以食无污染五谷杂粮，辅之以青绿、鲜嫩野菜山珍及荤素搭配得当，确是强身祛病、益寿延年的主要原因。

白石山里的几十家家庭旅馆，继传统八珍，近年推出的白狗筋炖山药、山韭菜炒豆腐、胡萝卜炖兔块、香菇炖山鸡（或柴鸡）、土豆烧獾肉、山葱烧兔肉、豆角熬倭瓜、凉拌苦苦菜、生鲜苦苦菜蘸酱、凉拌野生豆芽菜等菜品，山韭山蒜山蘑三鲜馅饺子、甜杨叶贴饼子、柳蜂儿搅疙瘩、棒楂红豆粥、升麻小米粥、党参肉丝粥、豆角苦荞面、山芍药花瓣煎坨子、香蕈黄花汤等主食，均在清热解毒、稳定高血压、止高血糖高血脂、抗癌等方面，起着有病医病、无病强身健体的作用。

白石山香蕈类达二十多种，据资料可查，晒干的云盘、草圈、香菇、羊眼、鸡腿等含蛋白质达 45%。白石山山韭菜，腌渍 2 年，保质保鲜嫩、从不变味。马铃薯生长期长，香甜可口，可当做干粮吃饱。白石山豆角从来不起粘虫、无污染、无虫垢、结荚多、果期长。至于常吃豆角苦荞麦面，酷暑更是解暑生津、透表调理糖尿病的营养佳品。如果下榻在白石山、十瀑峡周边的家庭旅馆，饭后畅饮几杯当地山中采的香片、红柳、石韦、黄芩等山茶水，更益于利尿、除疹、祛湿、降压等。生长在白石山中的古茶树嫩叶，治疗胀饱、化积及清热败火，效果极佳。

白石山赋予野菜山珍强身健体、驱恶除邪的神秘色彩和人生康健之吉祥内涵，是人们进山来大饱口福的情趣乐事。

若想远离城市的喧嚣与雾霾，走近山林间，贴近原始、自然、淳朴，那么请到白石山诸景区来，在品尝、食用山珍、野菜系列食品中，尽情地领略大山的真纯、宁静和圣洁之美吧！凡是来白石山中度假者，小住几日后，都会放飞心情，释放压力，收获健康，准会让人流连忘返。

糕食文化林林总总

涞源办喜事，人们俗称“吃糕”，“吃糕”这个淳朴用语由来已久。吃糕必用黍子，涞源独特的高寒气候，一年春播秋收只收一茬，生长期且长达一百四五十天，加上辽阔的山场面积和黑土壤，很适宜谷、黍、玉米、豆类杂粮生长。这里的黍子耐旱，穗长粒大，去皮后米粒黄艳艳金灿灿，人们管它叫黄米，米粒大于平原黍粒，黏糊飘香，涞源人们祖祖辈辈以黄米为主要原料粗粮细作，发现和制作了很多美味可口且耐饥饿的年糕类食品，现总结起来种类如下。

秋收起场吃毛糕。淳朴、憨厚、勤劳的山里人们，企盼金色秋天的到来，开镰前人们的热门话题自然是谁家黍子地块大、长势好、吃起场糕。喜开镰收割后，由好事相邻亲友操办起起场（打第一场黍子）和吃起场糕的事。起场主人不用招手，打场后生便围满场边，将穗头碾压、抖筛、扬净装口袋扛回主人家后，人们洗把脸，便争先恐后争吃起场毛糕。何为毛糕？毛糕是用场上收打的新黍子轧成的面蒸成的糕。此糕因面里含黍皮，黏且色重，喷香味鲜好吃得别有一番风味。笔者忆起少年时候，帮三伯母家起场吃毛糕的香甜情景，至今还记忆犹新。

盖房上梁吃白糕。农村盖新房是大事，除泥匠、瓦匠、木匠花钱雇佣外，干活壮工多是亲朋好友来帮工的。尤其上梁这天，择好良辰吉日，中午这顿饭，盖房主人家必备丰盛的黄糕沾杂烩菜（多是豆腐萝卜条）犒劳大家，此饭俗称吃白糕，其意是干活人们多是白干活白吃饭。有趣的是，干活后生们吃大口黄糕就烩菜吞进肚里，直撞得后背腔膛咚咚山响。不过黄糕却也经久耐饥，受人欢迎。

婚嫁喜事吃油炸糕。涞源婚嫁、满月等喜事下请柬或通知，均俗称对方来“吃糕”。农村办喜事特讲究红火热闹。贺喜亲友到礼房上礼后，人人皆可用大拇指和食指捏着炸好的内包豆馅（棱形）或懒豆腐馅（圆形）的炸糕，随意选择着吃。炸好的糕堆在当院笸箩里，吃完一碗（盆）再盛上。孩崽们手捏各式炸糕挑拣着吃，吃不了的塞在石头院墙缝里，人们俗称“塞高”，烘托喜庆气氛。捎礼的客人离开主家时，还须从主家手里带一兜炸糕回礼去。开席时，人们大多吃炸糕已多半饱了，入席后以吃用酒菜为主了。

逢年过节吃枣云糕。山里忙活一年，总得忙中有歇。于是逢年过节也要在吃糕上做文章。枣云糕形似如意云朵，制作起来工艺简便易学。将蒸好的白糕擀成大饼，撒遍煮熟去核儿的片片红枣，然后卷成大卷，从一端切成一指厚的云朵，放在油锅炸透即成外金黄焦脆、内黏糊香甜的如意云样的美食。如果撒好枣儿，从大饼两端对卷，切好放进油锅炸透，其云朵炸食飘起来，越是如云朵般活灵活现。因此，象征合家欢乐吉祥气氛的家庭，在节日里没有不吃枣云糕的。

办老丧事吃豆子糕。何为老丧？儿女敬孝道、侍奉二位老人高寿病逝的，虽说是悲也是喜，喜在儿女们给高寿老人养老送终，完却一桩心事。因悲切思念已故老人，故而在蒸糕时，撒一层糕面加一层白小豆和架豆（豆角豆），意在多撒一层多增一层家人们深切思念。村里乡亲们帮办老丧，无不争吃豆子糕的。吃豆子糕之意是告知×××家敬孝道，送高寿老人驾鹤西游了。

糕食花样除上述讲究外，另有巧迭豆面糕、油炸糕条条、炒白糕、黄米饺等吃法，吃来也都别具风格耐人寻味。

插箭古隘故事多

涞源县境内，从东北部与涞水金水口关塞接壤的乌龙雄塞长城，纵向西南与山西省灵丘县边沿的狼牙险道长城算起，全长300华里长城中，有关隘6座。其间插箭岭关城地处战场和交通要冲，在宋、辽、金、元、明、清历代，战事最为频频，战后大事小情也颇多。

亲兵爱民守备李

清雍正初年，营建易州西陵，插箭岭古老关隘划归皇陵辖区，插箭岭关城及衙署，从军容到政绩，焕然一新。新上任的守备李和龙，个大膀阔腰圆，方脸盘常挂笑颜。对新增加来的部将和士兵和蔼可亲，爱护有加，管理有方，治军严谨不拘，卫护清西陵安全，他和部将们重担在身。当地住户在衙署当兵当差的，他让每人牵一匹马回家去放牧，隔五日值五天班，值班五日人人尽职尽责。歇班五天，可牵马边放牧边侍弄地里庄稼，每月士兵领取双份官饷，本村士兵们何乐而不为。尤其皇上来西陵上坟，前三日李守备就亲自带头，指挥部将士兵清水泼街、黄土垫道，很是紧张，但大家与老爷均很快活。李和龙家住城里，大门影壁前栽棵桂花树，八月桂花盛放时节，奇香飘逸，很惹北方人们的眼球。奇香异芳招来村里人，隔着大门缝观看几眼以饱眼福，大家使劲耸鼻子吸吮，顿时神清气爽。可守备李瞅见，从不跟乡亲们发火，却笑容可掬地用四川口腔连连说："坑吧，坑吧！"这天晌午念私塾的孩子们放学早，一大帮娃崽跑到守备家大门口看桂花。娃崽们把个小的机灵鬼韩端端拥进大门缝里，他转圈圈围桂花树看了个够。守备李看见，一伸手抓住韩端端的上衣领口，笑眯眯说："小鬼别害怕，你尽管观花，莫掐花即可。"说罢，老人家回屋，冲夫人要来一张白面烙饼，分给每个孩子一块，娃娃们边香喷喷吃饼，边赏着香喷喷的花，李守备抚摸着山娃子们的头笑得特开心。

税亭驴贩鞍子匠

插箭岭衙署平日政事很少，只是北城门右侧的税亭几个人查验偷税漏税、开税票，查贩私走私的琐事繁多。三间大瓦房临街面税亭，门口挂着虎头牌，两名官差端坐在正堂正中，甚是有几分威风。尤其遇到往来商贾和行人，偷税漏税或贩私营私的，收税官差立眉瞪眼，大声呵斥。从内蒙过来的驴贩子，赶来一群荒驴（未经使役的野毛驴），每头加罚10倍税金，还要坐一两日禁闭。时间长了，驴贩们挨罚长智慧，每逢从后草地贩荒驴来到县城，小住三两日客栈，挨个为荒驴配备好鞍子（备鞍驴为使役牲畜不纳税）轰赶到插箭岭关城，私下里花钱雇几位当地老乡前去赶驴蒙哄过税亭，出南关城门，驴贩子再轰驴群洋洋南下。因此，涞源县城沙河商业街，从坝头往里走，两厢店铺有三分之一的门脸卖鞍子。有的门脸卖鞍子，里院是鞍子作坊，所以涞源木匠多，十有九人是鞍子匠。清末时至今日，乡村仍还存有鞍子匠。

杨家庙外石阶路

插箭岭关城南门外的岭头下，现207国道拐弯处，原有“宋良将杨氏父子忠节庙”院落和大殿，人们俗称“杨家庙”。时隔千秋，庙不在了，但汉人和北国鞑靼为赶脚发生过打官司的事，附近村庄无人不晓。

过去我们汉人赶脚、走骡帮，总是晓行夜宿。可是北国鞑靼拉骆驼走高脚，则是夜行晓宿，究其为何？话得从杨家庙说起。

涞源古称飞狐古道，是北方民族往返中原必经之路。北国鞑靼拉骆驼途经杨家庙墙西百米石阶路，常与汉人毛驴、骡帮走脚相遇，骆驼高脚走路霸道，与汉人驴骡相逢撞驮子、蹭牲畜之事时有发生，久之由不和谐到发生口角斗殴。汉人状告到插箭岭关衙，官衙差人详查，撞驮事情属实，便裁决：为双方行走安全起见，北国鞑靼拉骆驼夜行晓宿，汉人走脚晓行夜宿。然而，杨家庙西墙外，下岭全是百十米石阶路，鞑靼人拉骆驼夜行此段路，常有跌倒和摔伤骆驼的事发生。鞑靼们请来高人（俗称风水先生）观察现场，高人说：

"宋良将杨延昭端坐正殿当央，怒目远视北国骆驼队驼铃叮当响来，心上能不烦恼吗？故而把怒气撒在过路骆驼上。""这一麻烦何以解决？"众鞑靼齐声问。高人便在庙院入口竖一高大石碑，一则写碑文为杨家歌功颂德，一则挡住杨将军怒目远眺目光。也将路过此台阶路千万摘掉驼铃悄声通过的话语告知众鞑靼。

三月有余，北国鞑靼请来曲阳石匠，有的打做碑头碑额，有的雕龙刻凤，有的勒石伐字，有的凿云塑朵，果然将高达六丈的三节大影碑树立在六郎大门以内。从此，鞑靼骆驼队途经插箭岭关南门外杨家庙，夜行百米石阶路，果然安然无恙了。

宋良将杨氏父子忠节庙历经沧桑，"七七事变"后，庙宇变为败瓦颓墙，碑刻、基石等统统埋在207国道路基下。"明嘉靖三十九年立古插箭岭南门外，按察副使陈柏撰文……插箭岭旧有忠节庙云……今所遗插箭及祭刀诸石，士人谈之烈烈若昨焉。凡水旱痛病有祷辄应是杨延昭之忠灵犹有存者。"仅从珍存在《广昌县志》的金石录杨家庙石碑碑文数语，联想到爱国英烈们的抗辽伟业和高亢民族气节，就够流芳百世永志不忘的了。

禁松坡碑佳话长

岁月流逝百年来，插箭岭关城深邃宽敞的北关大门洞依旧，关城东西两面高山坡上的大小松树棵挨棵，片连片依旧。此缘何故，话得从《禁松坡碑》说起。

插箭岭逶迤东来西去，却呈一条龙脉走势。是龙脉庇护皇陵尊严，岂能龙脉无有或少有古松庇护，因此，插箭岭关衙历代注重封山育林。清光绪二十三年（公元1897年）秋后，衙署士兵巡山发现村里有人伙同士兵，盗毁山坡松树，为治一儆百，特对毁林人罚款5000文，打造了禁松坡碑："为严禁松坡以据风水事照得，本岭自设立营伍以来，既有松坡松林。况今日松坡小树丛丛，实为风水瑞气之地。只可培植，莫可损坏。不意本岭竟有无耻之军民，任意搔害大小树株。今被本年十月初间、被兵丁四名查出民人齐在，……砍松坡小树，随即禀明查公大老爷案下审讯。伏念该民人愚昧无知，免送有司治罪。又同合村公议，罚钱五千文，将此钱以为立碑为记，流传后世也。自立碑以后，倘有匪徒不遵立碑者，任意砍伐大小松树，与山贼一律任罚，以观后效。凡遇地内有大小松树，具可培植，不准搔害，以勒石于不朽云。大清光绪二十三年仲冬月谷旦立。”

禁松坡碑立在山坡百余年，成为全岭人世代注重封山育林的镜子。该村家家户户、世世代代以禁松坡碑为历史警钟，敲响了他们爱林、护林、育林成材的日日夜夜。现如今村中河槽两旁及村前后左右，遍是杨、柳长成檩材、柁材，一代接一代栽下接班树，该村转山坡油松长势油黑墨绿，郁郁苍苍。正是：

柳绿花红气象新，
清晨百鸟亮歌赛。
夜半风吹松涛滚，
入睡香甜梦入海。

横岭子界碑之由来

古人云“燕山为幽”的西端，与恒山马蹄梁搭界的横岭子，位于涞源县东北部，仅隔东甸梁轿顶山，与蔚县小五台山遥遥相望。横岭子数十道沟谷峰丛，幽深莫测。加之这里林丰草茂溪涌泉流，瀑布成群，鸟语花香，云飞雾绕，人烟罕至，将燕山的幽字体现得淋漓尽致。凡来过这里的游人们，无不夸说：“横岭子真可谓是一尘不染、原始自然的人间仙境。”然而，又有多少人得知横岭子自然资源保护区的原始来历呢。那得从横岭子北崖上刻写的界碑之来历说起。

清代，一州辖三县，易州辖易县、涞水、涞源。横岭子原来属易州涞水县管辖。其山权隶属于涞水县金水口把总，这金水口衙门的把总是个无知的小官，是姚村一家财主花银子买来的。那时节，横岭子年年着大火，年年烧荒种山地，人们只顾打点粮食糊口。冬春季节，家家转山刨树墩子、刨荆疙瘩，连年水土流失严重，不几年，这一带便成了荒山秃岭。涞水县金水口村的把总，见山场无利可图，既不派人看山，更不派人上山栽树护林，对横岭子数万亩山场一直是放任不管。

邻近的西部山野沟谷，是涞源县东团堡九甲的山场，归九甲的乡应（当时清代的地方乡官）管辖，这里是涞水县和涞源县的交界地，本来这一带就荒无人烟，再加之盗匪经常埋伏出没于此，清同治年间，这里曾发生了一场互相推诿的人命官司。

横岭子这道东西走向的大道沟，当年曾是山西雁北一带文人秀才进京赶考的必经大道。山中荒凉人烟稀少，来自大同府一位进京赶考的举子身带银两，途径横岭中的大叫沟沟口，不幸被强盗劫杀。死尸扔在路中央，时值六月天，死尸腐烂，臭气难闻。

有好事人状告到涞水县衙，涞水县衙门便让金水口衙门去查办。金水口衙门把总是花银钱捐来的，哪会审理人命官司，硬推说秀才被劫杀于涞源县九甲山场地面的，推手不管。后来，这好事人又将状纸告到涞源县衙，涞源县衙命东团堡九甲乡应去现场查案。九甲乡应回报县衙说：赶考的举子实在是在涞水山界内被劫杀，与九甲毫无关联。于是，这场人命官司推来搡去，连拖俩月。

后来，一位行侠豪杰途经横岭子进京，他仔细访问山民后，路见不平，将状纸告到保定府。保定府大人闻听此案勃然大怒。心想，举子进京赶考被歹人劫杀，人命关天，非可小同，再拖拉下去，被好汉状告京城后，乌纱难保。保定府官很快招来涞水、涞源两知县，同往横岭子查访死尸现场。府官轿夫们刚抬轿走进大叫沟附近，便闻见死尸恶臭熏天，官府大人掩鼻近前查验死尸，死尸已腐烂得惨不忍睹。于是，赶忙闭起眼睛，捂着鼻子躲在一边。他招来涞源、涞水两县的知县说："老爷带你们两位进山来调查此案，此案尸首已腐烂不堪，面目全非。劫匪早已逃之夭夭，无从抓捕归案了。老爷刚才已经查看清楚，死尸头冲北崖跟，脚冲大叫沟沟门南河槽。此崖连西山，西山划归涞源县九甲。为此，九甲乡应赶快找人来，速将死尸就地掩埋。老爷也不白白派差你们，既无银两赏赐，就把死尸以西的全部山场，统统划归涞源县九甲官山。日后，不许再放火烧荒垦地，九甲乡应要切实负责，组织乡民封山造林护林才是。"

从此，就在无名死尸头冲北崖的崖根上，请来石匠刻上了"自此西归涞源县九甲官山"之字样。

后来数十年，涞源县管理这一带山林，果然九甲乡民齐心协力封山育林，才使这荒山秃岭渐现生机。再加上新中国成立后，涞源县政府重视推行和落实惠民林业政策，这一带横岭子山林收归国营林场死封死禁，才使这里林茂草丰，花香鸟语，珍稀禽兽频频出没，溪流潺潺动人不已。

横岭子珍禽记趣

涞源县东北部边缘，与小五台山一岭之隔的横岭子野生动植物资源保护区，群峰如林，层峦叠翠。沟沟淌溪流，洞洞涌清泉。树高林茂、草茂灌深、花香果稠的植物王国，为稀世珍禽活动、繁衍生息，提供了得天独厚的自然生活条件。据笔者普查得知，横岭子、寺院沟一带的山林中，现有褐马鸡、角鸡、大灰串、松鸦、山黎鸡等珍禽十余种。

褐马鸡，当地山民俗称褐鸡，和大熊猫一样，为我国稀世之宝。自20世纪60年代以来，小五台山一次大雪封山数十日，数百只褐马鸡为逃活命，往南飞越紫花尖、轿顶山，来到涞源县境内的寺院沟、横岭子一带。由于这一带山场灌木丛生、水草丰盛，人烟稀少，环境安谧，使其安家落户。明代医学家李时珍描述："鹖类状雉而大，黄黑色，首有毛角如冠，性爱齐党，有被侵者直往赴斗，虽死犹不置。"又云："鹖，毅鸟也。毅不知死是矣。"正因为它的勇猛，汉武帝命鹖羽为武将的盔缨，表示有英勇奋战、为国牺牲的精神。这种盔缨制晋、隋、宋等各代都沿袭未改。清代帽顶上饰为蓝翎、花翎以识别官的大小，也是以褐马鸡的羽毛作装饰和标志的。试想，从汉朝到清末两千多年来，大小官员都要用褐马鸡羽翎，再加上褐马鸡本身就争胜好斗，该有多少死于非命？所以至今所存褐马鸡数量也极少了。

褐马鸡晨昏活动最多。笔者在横岭子曾多次观察到：天一亮就"哇——哇——格哇"地鸣叫。它主食草籽、草根、块茎、沙棘果实、榛、橡籽和昆虫等。三五十只成群觅食时，一雄鸡担任警戒，发现猛禽、狐豹等，就大声尖叫，招呼大家很快躲避。每年12月至来年春季为褐马鸡群体活动时期。此时雄、雌间互相追逐，表现得很亲爱热烈，但雄鸡之间为争夺自己心爱的雌鸡，要来一次生死搏斗，最后强者优先选择配偶。褐马鸡为一夫一妻制，终身伴侣一经选定，便百般恩爱、关怀备至，而对那些落选的母鸡就毫不留情地加以啄斗。角斗的强者成为丈夫后，那些懦弱无能的败北者，只好打一辈子光棍。这种自然选择，也使褐马鸡健壮地生存下去。

褐马鸡善于低飞和疾走，营巢于灌木丛林间的地面凹陷处。从4月中旬到6月，雌鸡共产卵8~17枚。每只鸡产4~6枚就孵化1次。雌抱窝，雄觅食放哨。过一定时间，雌鸡离巢很快将雄鸡觅好的食物吃光，再回巢孵。这样孵抱28天，雏鸡出壳3~5天，就各奔前程了。开发和保护旅游近些年来，涞源县政府曾三令五申保护国宝—— 一级珍禽褐马鸡，再加之褐马鸡一夫一妻制、优生优育、不乱配偶，使之后代健壮生存下去。据观察，寺院沟横岭子一带山场，已繁衍到数千只了。

角鸡,形似家鸡,毛色花斑、白色翅羽、黑色背梁。头部亦有角毛,疾走善飞,以草根、草籽为主食。腾空飞起来,尾巴好似扇子面。尤遇老鹰追逐,少则飞行三五里,多则十多里,宁可飞不动活活累死,也不妄为老鹰的爪下鬼。因此,山里百姓称角鸡为“诳死鹰”。

大灰串，浑身灰色，体比百灵鸟稍大，叫声洪亮。但雌鸟仅会叫“丢，丢，丢”和“羞，羞，羞”，惹人不待见不讨人喜欢。雄鸟自小儿驯养可善学人语。横岭子山庄老齐家文章的伯母，每天早清常告诫儿媳妇：“春福家，咋披头散发不梳头?”于是，雄灰串鸟久日学舌，叫声洪亮，每逢春福家起床后，也照老婆婆的语音，学说不误，饶有情趣。

松鸦，形似鸽大于鸽，浑身红花毛。经人驯养，不分雌雄，均识人性，善学人语，会看家门。××取走家中食物，主人回来后，它便向主人学舌。但此鸟人工驯养太娇气，稍有不慎烟熏火呛后，便常常会自绝身亡。

山黎鸡，形比鸽子小很多，遍体油黑墨亮，通红的嘴巴，叫声格外清脆响亮，声似剪刀音响，酷似喜气火爆，惹人喜欢。尤春末夏初，每逢东方启明星刚刚就位，此鸟就高挑树梢，宏声鸣叫：“快去赶集，去赶集，赶赶集!”所以山里人们起五更赶集上店，都喜欢听见山黎鸡打鸣儿，越听越亮，摸黑路赶集给人壮胆量，人们又都管它叫“赶集儿鸟”。

涞源辽营盘地名趣

历史上的“飞狐铁壁”位于河北省涞源县与蔚县交界的黑石岭和马蹄梁。这岭和梁坐北面南，张开双臂拥抱着涞源广阔的北部深山区。它的右臂西甸子梁，左臂东甸子梁，梁下九龙河泉眼处有卸甲沟、肖寨顶和东团堡。东甸逶迤南下的山脉，人称连拔营、山羊池、干扎营等。古怪名字因何而来，话得从宋辽征战、萧银宗带兵转战东团堡盆地安营扎寨之事说起。

辽萧太后是一个文武兼备、有智有谋、聪敏豁达的英主，她摄辽国政事颇有建树。然而，她部下几位战将多勇少谋，常因失误战机被宋兵杨家将偷袭，落荒而逃。

辽统合初年，宋兵北渡拒马河，打下飞狐山城，乘胜追击很快定军蔚州代王城。辽将耶律休哥兵败，慌忙逃往大头梁、汤之岭、团堡川一带。辽军帐尚未扎稳，后又有随部将报来，说宋兵数千人已追过汤之岭，距团堡川大头梁仅有二十余里。萧太后心想：团堡川方圆五十里，四周环山，我部扎营川里，宋兵居高临下，呈瓮中捉鳖之势，此还了得？她思忖再三，团堡川东部的连坡岭，山连山，坡挨坡，岭高谷深，草茂林密，那里是藏龙卧虎养精蓄锐，伺机反扑的好去处。于是，传令部下速速赶往连坡岭扎下营盘。

连坡岭海拔2000米，十几户人家夏采药、冬狩猎为生。平日做饭用水，全靠冬融积雪冰块，夏季汇聚雨水。干旱季节里，家家都备有大木筒，用骡子去20里以外的横岭龙泉沟去驮水饮用。四万多辽兵屯驻于此，吃水难上难。萧太后就派人四下寻找水源。找来找去，果然在连坡岭以南十里的山顶上，发现有半亩大的控山水池，辽军帐就在距水池百米处的暖和湾扎下营寨。不几天，辽哨兵发现控山水池，是大白日水多，夜里到清晨仅剩下半洼洼。半洼洼水咋够辽兵饮用？启禀萧太后，萧太后派几名士兵整夜看守，发现每天夜里子时，总有几十只野山羊来水池饮水。因此，山汉们称这里叫山羊池。辽兵看守水池，连连将夜饮水野山羊赶走，看水士兵疲惫不堪，便搬来石块垒砌成两个石头人，给石人着盔穿甲，一直站在水池边死死看守，后人将山羊池改名为双石人山。

辽兵久住暖和湾，饮用山羊池水数月，逢久旱不雨，控山水池的水接济不上，以致日渐干涸。辽兵又拔营而去，安在离此不远的水泉湾。拔坡岭上刚驻兵半年，连连拔营寨，人们顺口将连坡岭叫起了连拔营。

辽兵驻扎在水泉湾，有源源泉水喷涌，几万人马日夜饮用，泉眼变小水流缓。何处泉水取之不尽用之不竭？萧太后犯开了琢磨。正当萧焦虑无奈，草甸上辽兵急报，宋兵杨家将遭人诬陷，蔚州、飞狐已失守，撤兵回到长城以南。萧太后长长松了口气，下令拔营寨，从连拔岭南的暖和湾、泉水湾来到水源丰富的九龙泉畔，筑下城堡，屯兵于此休养生息，以备再去夺回飞狐山城。这座屯兵的堡子就是明至如今的东团堡。堡北圆蓬蓬的寨顶山，是当年萧银宗消夏避暑圣地，人称萧寨顶。寨顶山北面的依山傍水美丽的小山村，曾是萧卸甲生息的大后方，人称此村叫卸甲沟。当年扎辽营久屯无水的水泉湾，人们都叫它干扎营。

新中国成立后，人们在连拔营、干扎营等地犁地种莜麦时，曾多次翻出埋在地下的瓷器碎盘碎碗，还有辽兵埋锅造饭丢下的大个砂锅、铁铲、铁勺等物。由此推据，辽兵驻扎这一带山场，确实无误。

飞狐古道行

看惯了北方的大山，多是干燥的气候使它们大都植被稀疏，一片片荒山秃岭，一览无余。我忆起南方的青山秀色，像风华正茂的姑娘那样富有青春朝气。我多么希望北方的大山能有这般容颜！深秋时节，我去了趟距涞源仅五六十华里的飞狐峪（俗称四十里峪），使我的期冀得以实现，由衷感慨多边文化厚重、悠久历史浑宏、耐人寻味不已。

新开通的张石高速，为我们去飞狐峪提供了便捷。出县城仅 30 分钟，下高速西行，我们便拐进飞狐峪北口。这里又称飞狐关，是天然的古关隘。通过此地，方可进入四十里峪大峡谷。万没料到，刚刚步入谷口北大门，便被映入眼帘的古烽火台、古地藏洞、古城堡等战国和汉代古遗迹惊呆。大家边抓紧时间拍照，边继而南行，没多久，便又被飞狐峪两旁突兀高耸入云的“二郎神箭眼”“一炷香”“一线天”等险峰怪石所吸引。阳光普照下的峰峰涧涧，满是被秋风抹得红、黄、褐、白相加的秋色，顺峰巅、涧缝隙流淌下来。空气显得格外清新，加之橙黄欲滴的沙棘果实，黑红交加的山椒簇簇，声声鸟语声声脆，阵阵果香沁心肺。我们身不由己地陶醉在壮美、温馨的峡谷怀抱里。

站在峡谷公路上，四顾铁壁，我们犹如蛛蚁般渺小。仰望那“一炷香”，高达一百多米，直耸蓝天，几缕薄云飘来，在峰尖忽悠，却像是直抵天庭香火在祷告上苍。古传这“一炷香”，曾是战国时代赵国名将李牧的拴马石，有诗曰：“孤峰屹高撑，秀岩若天柱”。凡来此仰望者，无不惊叹天下难得的鬼斧神工。

南行二里的“六郎箭眼”，让我们记起“林暗草惊风，将军夜引弓。平明寻白羽，没在石棱中”的千古诗句。使我联想到，在涞源插箭岭，人们常叨念的杨延昭与辽大将打赌“六郎一箭射三川，大辽退兵八百里”的传奇传说。此箭眼，尽管倘若月亮门，人们也深信六郎神箭力无边。观箭眼，忆气势，难怪在民间杨门忠烈报国英雄故事家喻户晓，人人皆知。

峰回路转，豁然开朗，阳光明媚，嗖嗖冷风吹来，阴森森打个寒噤。此刻，我油然想起小时候爷爷常讲“冬走飞狐峪经常冻僵人”的可怕故事。好歹山路弯弯，瞬息万变，峡谷宽处不过百十米，窄处则几十米或十几米。当地老乡留有民谣：“四十里峪弯套弯，弯弯胜景刺破天。千奇百怪看不够，处处胜景尽奇观。”此时，记起飞狐铁壁曾是历代兵家争夺之关隘战场的往事，我们不得不历数双方必争之来历。古称“燕云十六州”的蔚县，史称代国、代郡和蔚州，南距县城仅30里的“飞狐峪”是古今闻名穿越太行山、燕山、恒山的飞狐古道。汉建都十三年，卢晋与匈奴乌桓连兵，寇盗尤数，缘边愁苦，诏霸将弛刑徒六千余人，与杜茂治飞狐道，堆石布土筑起亭障，自代至平城三百余里（摘自《汉书·王霸传》）。汉文帝后六年，匈奴三万人入云中，以中大夫令勉为东骑将军军飞狐（摘自史料）。从有关史料查对，仅从唐、宋、辽、元、明、清算起，我中原与西北少数民族，为争夺、占领飞狐战道，其战事频频，其战场遗址、残墟随处可辨。自然，战事平息年代，这里更是中原与西北频繁往来交易商贸驼队、马帮、驴脚的古商道。随着商贸店铺的与日增多，才形成今日仍叫留家庄、张家铺、伊家铺（涞源县境）、岔道、明铺（蔚县境）等诸多的骡马大店，也留下拥有搭尖的煎饼、扒糕（苦荞面制）、凉粉等小吃摊点的古驿道。古战道、古商道、古驿道统称飞狐古道，流传至今。

飞狐古道归来，当我们穿越张石高速公路长达八华里的黑石岭隧道时，我浮想联翩默念起清代号称书、画、诗三绝的知州张道渥写的“黑石嶙峋岭上铺，岭名谁识旧飞狐？殊方风俗偏淳朴，异状峰峦遍画图。”

关山锁钥话诡异

高峰险谷三丈三，
水门水深环套环。
鞑靼兵马挡关外，
关山锁钥渡河难。

这是涞源县唐河岸独山城一带老百姓流传千载的一首民谣。此民谣，缘何流传千古？其中是有来由的。

三十年前，因工作之便，结识了我国文物保管处朱希元教授。他辅导我们勘探涞源明代长城。短短几天，跟随朱教授学习，得知涞源明代长城中的六座关隘雄塞，就有乌龙沟、浮图峪、独山城等关卡，留有赵国时代原始关城遗址，尤其山水相依、一夫当关，万夫莫开的艰险关塞，水中多有水门锁钥疏水阻敌，防止北方少数民族部落驱兵中原。古人曰：千里文书会说话，此话当真不假。今趁退休闲暇，查阅当年下乡来的记录，方惊奇地发现独山城“关山锁钥渡河难”的千古民谣。1993年秋后，抓住偶然机遇，我一头扎进唐河两岸龙门、龙家庄、独山城、韩富沟门等大小山庄，走访探究了八位老人。由他们当向导，一一来访。

在独山城村八十多岁的齐老汉指导下，首先观看了在抗辽时代小有名气的独山城。独山城关城城墙高大巍峨，古老砖石完整无缺。坐东冲西的城门门额上书有50公分高的“独山城”三个凹刻的正楷大字（“独”为繁体的“獨”字）。从城下老远望去，甚是醒目。进得城来，顺东南向的大街望去，一条不甚长的石铺大街，两厢均是石房石墙石小巷，大街尽头则是坐南面北古戏台，戏台后曾是千总衙门遗址。关内原仅三十户人家，多是历代镇守边关将士后裔，靠饷银和刨点山地维持生计。此城北依独山，故曰：独山城。河西对面的高峡险谷名曰：荞麦皮顶，正顶端留有独字敌楼，敌楼上留有保存完好的宋将孟良用过的旗杆石。往西不远山顶烽火台基本完整无缺，烽火台西则是山西省际。荞麦皮顶敌楼对冲的唐河东岸敌楼，仅距独山城西城门五十步之遥，1939 年山洪暴发，东岸与西岸架吊桥的东敌楼连东楼根基都被山洪冲走，现连遗址都变成唐河水道了。在城北山根老齐家长条院子里，在存放在当院的一座白色大理石碑上，我们看到明万历三年秋，由兵部右侍郎兼都察院右佥都御史汪道昆带领的直隶监察御史、镇守保定地方总兵、分守紫荆关都察院御史和倒马关守备及坐司把总等 12 名大小官员整饬军纪巡视碑碑文。明代经历 200 年才修复完整的明代内、外长城，确在抵御外侵发挥过重要的国防作用。

宋辽南北割据数十载，不断重重交兵。独山城河东敌楼与河西敌楼荞麦皮顶敌楼隔河相望，直径不足百米，宋将孟良便差人在河东河西仅三丈多宽的峡谷两厢，各开凿栈道十多米，临河栈道口架设一座三丈多长的吊桥，专供白天将士换岗布哨行走。晚上收起吊桥，由宋兵在唐河水深处，将直径七八寸的椭圆形铁环相套成网络，总重达一千多斤，投入河底到水面，水流无阻，兵来网挡，鞑靼兵马入侵泗水南下也是枉然。综上所述，便是外侵入中原关山锁钥渡河难之诡异。

回顾历史，在发展演绎中，唐河两岸人们根据孟良曾在独山城南驻扎、演兵习武，建有孟良石头城的传说，在唐河留下一米多高的孟良坟丘等，至今仍是一个谜，有待考究。百姓们称颂的杨家将部将孟良，在唐河边骑马，给河边岩石上留下的马蹄印，他在水中洗澡小憩、坐在岩石上的屁股印、两条胳膊肘子痕迹等，与天然形成石头缝宽 6 米、长 30 米的河底岩石，被百姓们称谓“铜帮铁底响唐河”的名气，随着历史长河的流淌、洗涮，美谈至今，家喻户晓，人人皆知。

龙家庄核桃走津卫往事重提

屡屡看到“随着京津冀协同发展上升到国家战略，保定迎来了千载难逢的历史机遇”等文章报道，让笔者回忆起20多年前，在涞源县龙家庄下乡，了解该村核桃发展史，调查多位80岁老人得知，早在“七七事变”前，龙家庄曾是优质核桃产地，曾用骆驼队和大骡帮走高脚，运往津卫港口俏销国外。

民国初年，方圆几十里的涞源盆地村庄，人们夸说起该县富户的顺口溜是“辛家的地，梁家的房，龙老健的银子用斗量。”说起龙老健来，人们确实是佩服的啧嘴咂舌，五体投地。龙老健何许人也？说起龙老的根脉来源远流长。

明燕王朱棣扫北时，将山西、河北交界的唐河北小石沟、马圈台等村庄的百姓几乎杀光。老龙家从山西省洪洞县迁来，见这一代人烟极为稀少，便在荞麦皮山下的“十七顷地”安家落户，人们俗称龙家庄。到大清乾隆年间，当地老李家赴任进士满门犯剿，张姓奶娘将李进士的后代抢出山庄，养育成人（后人在李家族谱上尊称张恩李祖）。幸存于世的李家后代用万贯家财，在唐河两畔，收买许多土地，地契曾多得存满了四个梳头匣子。老龙家便垦荒成地，十余年后，龙姓后人便人均不足七分地，土地贫瘠打粮食少，度日维艰。后来，不知是勤感天意，还是恩报人为，有一新疆来的客商，途经飞狐古道去中原，小歇龙家庄几日，便给乡亲们带来一大捆核桃树苗，老龙家栽种成活。十几年后，核桃树长得根深叶茂，所结果实个大皮薄，其仁清香可口、好吃甘甜。驮往县城人们抢购。好核桃盛名远扬，传往京津，不少山西、河北脚夫们，便拉着骆驼、牵着骡帮，上龙家庄收购核桃仁。好收入激发起一代代人在坡脚地边竞种优质核桃，百年后全村核桃上万棵，一连几十个金秋里，高脚夫们赶上门来，等候收购核桃精品，运往北京和天津港口出运欧美。山庄人们用核桃仁兑换回银两，日子越过越火爆。

清乾隆末年，龙家祖先有人出任当朝四品，有官无职，却好人缘、好人气，在山乡博得众百姓拥护。龙家人气好财气旺，用核桃仁换来的银两越聚越多，在盖好砖瓦到顶五脊六兽的两进大宅院内建有大银库，门口设有旗杆石、上马石，龙老健的门脸阔气非凡，名望广昌城乡。加之那几十年核桃连年产量增，银两丰，于是在民间便留下“龙老健的银子拿斗量”的赞语。

三百多年后，龙家庄人视核桃如掌上明珠，核桃树苗越栽越多。白露后打核桃，树下都铺好席子或毛口袋，生怕薄皮核桃落地摔碎。中华民国初年，家家都有挂果成树，十几棵或几十棵、上百棵。一二搂粗大核桃树全村不下二百棵。尤其白露过后，一群群黑老鸹闻香而来，落在大树杈上捡熟透的核桃啄吃。人们都管这大个皮薄仁厚的核桃叫老鸹啄。山娃们比黑老鸹技高一筹，风刮树摇熟透的核桃自然落地，捡来两手轻轻剥掉青皮，稍一攥，便将核桃仁填进嘴里咀嚼，那香甜滋味诱人流口水。龙家庄核桃产品上乘，俏销出口，全凭憨厚淳朴的山里人种核桃树辛苦有方，年年树下施加底肥、沤肥，树下只种矮秧小杂粮，从不让野草丛生，大树根深叶茂挂果多，自然果品质量高。

龙家庄秋末场活做完的时刻，恰是脚夫们来上门收购核桃仁的黄金时光。南庄大场上男欢女笑一派繁忙。砸核桃仁的婶子大娘，啪啪声此起彼伏，验货的脚夫和山汉们以质论价，过目数数过秤递交现洋。原来收购核桃仁颇有讲究和学问，砸开的核桃仁，货分四等码：整码装箱每 2.5 斤价值 1 块现洋，簸箕码（半个核桃整仁）和单腿码（核桃仁的1/4）、夹皮核桃仁码（碎仁）等每 3～4 斤价值 1 块现洋。24 口袋核桃仁能换回 240 块现大洋，山汉们一转眼财大腰粗了，连砸核桃皮的女人们，砸一升核桃仁给俩铜子，夕阳西下收工后，每人即刻得到二十几个铜钱，高高兴兴回家去（那时 1 升小米价值 40 个铜钱）。全村五六万斤核桃仁，被扎好驮子除少部分运往北京皇城货栈外，大部分由骆驼队和骡马帮，赶往天津海港出口。

继优质核桃火爆了龙家庄不久，又有不少人家栽种秋桃赚钱，上好的熟透甜桃上市，也同样俏销山城。家家收入不菲，这个村的孙尚有“桃树上结牛”的故事，传遍唐河畔边千家万户。龙家庄人们不怕受苦受累，年年在河边涝田里种线麻，待寒露节刚过，拔完青麻摔下麻籽晾晒时，脚夫们便上门收购麻籽。于是广昌城里又传出老字号裕胜德一年秋天从龙家庄收购上百石麻籽的佳话。

龙家庄人们祖祖辈辈勤劳、辛苦的创业史，更加激励后人们勇往直前。我二十多年前下乡，曾目睹人们勤奋栽果树、开稻田的忙碌身影。在多年战乱和大炼钢铁、极左年代毁坏大量老核桃树的土地上，后人们又栽下一茬茬新果树苗，树高日渐挂果，财路广辟，渐渐可脱贫致富奔小康。我们殷切期盼：山乡何时能搭上京津冀协同发展的大好机遇之快车，开创超越历史上发展多种经济新篇章。

福星石之由来散记

龙虎泉水满沟流，
流走怨恨流走愁。
甚时推倒福星石，
金银铺满赵家沟。

四句民谣传承两千多年，追记其根由，话得从赵家沟门老赵家说起。老赵何其人也，老赵家是唐应宝二年、“安史之乱”长达二十多年平定之后，一直躲在白石山石洞中过活的赵洛多一家，才将家定居在白石山麓西南龙虎泉水流畅的峡谷沟门。一家老小住在依坡向阳、束草浮土峭然矗立、望之如亭、谓之田瓢的草棚子里。赵洛多开荒展堰种荞麦、萝卜，没几年便吃穿无忧，日子过得滋润起来。附近山村、山庄人们，都俗称赵洛多住处为“赵家沟门”。

这天秋高气爽，赵洛多腿勤人不懒，便背荆篓进沟转山刨药材。中午歇畔啃罢干粮，喝几口山泉水，便攀峰爬顶。猛抬头，眼前一块几间房大的花岗岩巨石挡住去路。他围巨石四周仔细观看，石面黑乎乎、光溜溜，阴部苔藓斑驳处，有三个比斗还大的粗笔画大字。洛多手摸大字，笔画很深，刻在石槽内，只是他斗大字不识半升，焦急得心急火燎，干瞪俩眼跺双脚。日暮西山，他下山来，径直跑到不远的石城墩去找田秀才。田秀才闻听后，自然也好生纳闷，决计次日天明同去登峰探究竟。

清晨，赵家沟谷秋风凉嗖嗖地。待红日喷薄欲出时，赵洛多和田秀才已攀至南峰顶巅。田秀才快步如飞蹿到巨石跟前，手抚斑驳陆离的苔藓，依稀分辨三个斗大的石刻笔画。突然，他喜形于色地惊叫：“福——星——石！福星石啊福星石！”惊叫声响震山野，惊叫和回声，此起彼伏。

无巧不成书。次日天明，赵洛多与田秀才见面后，竟然学说的是昨晚同一梦境，同一话语：“甚时推倒福星石，金银铺满赵家沟”。

此佳话，附近山村、山庄人们无一不晓。再加上赵家沟，龙虎泉水纯属上升泉，泉水涝不增、旱不减，甘甜凛冽爽口，凡来山里打柴的、采药的、放牧牛羊的，无不争相品尝、畅饮，赵家沟顿时名声大振。

二十多年前，涞源县委、政府开发白石山旅游资源，经诸多学者、专家考察、勘测，初步认定赵家沟从沟掌龙虎泉眼到沟门莲花峰，确有很多景观景点，值得观赏游览。因其沟谷泉眼、瀑布、潭水相连，一路走来兴致勃勃，一路上是蓝天白云绿树在水波中掩掩闪闪，实在是叫人心旷神怡。再加上风动岭上风动石和福星石为景区点赞，旅游专家、学者们特给赵家沟戴上“十瀑峡”之桂冠。笔锋到此，请问：福星石摩崖石刻究其何等年代，在千万旅客心中始终是个谜。

究其实说来，福星石之谜在我们首次发现后，此谜底在作者心底愈加沉重。为了多方寻找历史资料，为其佐证，我曾用二十多年的闲暇时间，翻阅存档、抄录书刊、报纸，将闪光点的文章章节剪辑或抄录在报刊资料剪贴册子上。近期，笔者寻觅福星石谜底心潮来临，几经翻阅对照终于喜获：1990 年 5 月 15 日《北京晚报》副刊版《百家言》专栏《北京何来居庸山》文稿中，才得到关于始建上谷郡的文章。文中称“早在秦汉时就有居庸县，属于上谷郡管辖，县治所在妫川平原，即今延庆县城附近。在居庸县境内有关塞，名称居庸，起源于战国时期。公元前二百五十年左右，燕国大将秦开，大败东胡，设上谷郡，为保卫北方安全，修筑此长城……”，再仔细对照《直隶易州志卷十一》中，文章称“秦二十五年秦掳燕王，喜灭燕以其地为上谷郡……”。一个是公元前二百五十年左右设上谷郡，一个是秦二十五年秦掳燕王，喜灭燕以其地为上谷郡，其年代从公元前 250 年创建上谷郡算起，到秦灭燕以其地为上谷郡（即公元前 221 年），上谷郡已治政 29 年之久。从查看“福星石”三大巨字上款阴刻楷书“岁次丙戌立”五字分析，恰是秦始皇嬴政三十二年，即公元前二百一十五年。巨石下款阴刻楷书“上谷李生嬴书”六字，自然无疑是上谷郡的大才子李生嬴椽笔书写下斗大的“福星石”三个大字的。据此看来，我民族老祖先，确是慧眼金睛，早在

2229年前，就认准白石山麓极不寻常，难怪在《三字经》舆图形胜中说，三山五岳、十大洞天之外的三十洞天中，我县白石山列为第21位。早在两千多年来，已是天下大小名山和福地洞天5270座榜首了。白石山地下矿藏金、银、铜、铁、钼、铅、锌、石棉等极为丰富，品位又高，尤其钼居全国第二位，早在几十年前的《人民日报》已披露天下。怪不得日本侵华，将魔爪多次伸往白石山腹地拍照、画图、转山勘察，可叹白石山硬是一座活生生的宝山，她千变万化，幻影无穷，硬是没能让日本鬼子画了图去（此话语是我爷爷多次亲口对我说过的）。

看今朝，涞源旅游事业越发火爆。全国各地游人游览白石山、十瀑峡络绎不绝。人们爱上白石山，爱上十瀑峡，爱上了包括福星石在内所有景区景点。在众人皆碑的赞誉声中，该有多少更宝贵的东西，在琳琅满目中夺光溢彩！

乌龙沟把总衙门的来历

清初，康熙帝接到一份直隶省府送来写有“直隶省西北部广昌县境内铜（仝）川、铁岭、银坊、金井”等字样的信，颇感兴趣。心想：朕是一朝帝子，怎不如一个小小广昌县令能有诸多物华天宝之地？决计私访探究竟。

一日，时值春暖花开季节，昼长夜短，康熙走过紫荆关，西行广昌区域。无奈山高路远，上不着村，下不着店，康熙腹内空空，来到乌龙沟长城根一炭窑，饿得晕倒在地。幸好一炭夫搀起康熙，问明晕倒来由，便和玉米面捏小窝窝头，又从乌龙河边菜畦拔来菠菜焯熟凉拌。饭菜备熟，康熙大喜，拿起窝头问：“这是何饭?”炭夫答：“此饭——黄金塔!”康熙点头咬了一大口，倍觉香甜如蜜。又用木筷子一指凉菜问：“此菜何物?”炭夫答：“此菜——红头绿鹦哥!”康熙夹起一嘟噜，仔细品尝，清香淡雅好可口。饭饱小憩后，又朝前赶路。

康熙回到京城，想起广昌地面炭夫做的好香的饭菜来。于是，找来御膳师傅，照做黄金塔、红头绿鹦哥。然而御膳师们一个个做的此饭菜，都远远不及炭夫。于是全被押下待审。这天，轮到一位在京城小有名气的御膳师，来给康熙做此饭菜，康熙品尝仍不悦，正要发落御膳师，御膳师叩头便拜：“恕小的斗胆，小的有话容禀。”于是问明康熙在何处曾用此餐，建议请来炭夫一献技艺。康熙听罢，点头称是，便派人请来广昌县乌龙沟长城根那位炭夫。这炭夫闻说康熙召他进京献技，早吓得魂不附体。何况已有多位御膳师傅押下待审呢!

那炭夫日夜兼程赶往京城。做好黄金塔和红头绿鹦哥，呈于康熙品尝。康熙吃了两口仍和御膳师们做的一模一样，质问炭夫：“当初，你亲手做给朕吃的味道极佳，怎么你在京城做的此饭菜，难以下咽呢?”炭夫壮着胆子说：“皇上，常言说：肚子饿了饭如蜜，肚子饱了蜜不甜。”康熙听之有理，点点头笑了。后全部释放了被押待审的御膳师。

后来，康熙念炭夫救驾有功，要封他在京城为官。炭夫仰首说：“叩谢皇上隆恩。小的无能为力，还是回乌龙沟关城去吧！”康熙觉得炭夫言之有理，便封他为乌龙沟关城把总。从此，深山老峪的“乌龙雄塞”城内，才有了把总衙门。

涞源龙门往事

大凡山水相依的地表形胜，都有不同的龙门之称谓。单说保定附近的满城、涞水、曲阳、阜平等地都有龙门。地处河北、山西两省交界处的涞源县水堡镇龙门，经笔者几经采访探究，其龙门之神奇，鲜为人知。

涞源的龙门位于晋、冀交界的匣子山脚下。山正北这个龙门山庄，当地人俗称黄石夹子。发源于山西省灵丘县呛风岭下的唐河，几经弯曲顺112国道到水堡，南经天走线的南北大峡谷，流经龙门急转弯至村南，顺谷底猛然跌落在石夹子内，河水波涛汹涌，银光闪烁，状如一条在石门内狂吼怒啸的白龙，猛然挺跃腾空。石门门槛高7米、宽4米，长达50米。经与村中几位老人攀谈，得知龙门美迹由来已久，只是藏在深闺人未知罢了。

狭长的龙门石壁上，留有一道道开凿的栈道石窝窝痕迹。据史载：金太宗完颜晟天会十三年（即1135年），兴路夫四万人，“于蔚州交牙山（实际是现今涞源县巨牙山）采木为伐，由唐河开创河道，直运雄州之北虎州造战船，欲由海道入侵江南。”联想现今的巨牙山附近森林区域内，仍有残存的千年古松，可见历史上隶属蔚州、古称飞狐的涞源县，八百多年前，就曾是个山场辽阔、古树参天的好地方。

龙门下梢的对面河水中央，蹲立着一只大石猫，它虎视眈眈、馋涎欲滴，一心想掠获腾跃龙门的鲤鱼而一饱口福。可叹早在远古，它便被水母娘娘定形在石崖上，只准淌口水，不准张牙舞爪。据山庄老人讲：民国二十八年（1939年）五月二十八日，老天不睁眼，阴雨绵绵，山洪暴发，猫崖下曾聚焦无数大鲤鱼，欲跳龙门未果。那时节，唐河两岸观看山洪暴发的人群，熙熙攘攘，见无数鲤鱼挺身跃上跌下，跌下腾上，金光闪闪煞是好看。石门坎太高，偶尔也有大个金色鲤鱼，跃身腾空两丈多高，方能越过高石门坎，自由自在摇头摆尾片刻，便荡漾在洪浪中，随流而去。金鲤跃龙门，盛景频现，博得了山民们阵阵喝彩，鼓掌声、喝彩声震撼得地动山摇。其神奇之趣闻，美谈至今。

龙门山庄北依匣子山，东、南、西三面环水。百十户人家小小山庄树掩荫遮，空气湿漉漉，沁人心脾。在这里张开双臂做个深呼吸，那气息甘中溢甜、美中透爽，街头巷尾身子骨儿硬朗的高寿者比比皆是。山庄人淳朴憨厚实在，在革命战争时代，这里曾是养育革命战士的摇篮。乡亲们念叨起杨成武办了七天抗日培训班、八路军和他们一起打鬼子的事，个个津津乐道。他们说：日本鬼子敢在冀晋交道口的水堡村安据点、盖炮楼，盘查行人肆意疯狂。然而，提起龙门这个抗日堡垒山庄来，个个摇头晃脑，不敢轻易地越“雷池”半步。此缘何故？人们说：开天辟地唐河石门叫龙门，龙门就会盘龙卧虎。八路军和抗日干部们频频在此出行，鬼子们才未敢“光顾”龙门。

冀晋交界南北狭长的唐河水，在龙门尥了个蹶子，便急转南下，使水堡镇唐河两岸十几个大小山庄两千多口人隔河相望。祖祖辈辈过河愁。一愁核桃、桃杏干等山货卖不出去。二愁山庄孩童们上学难、人们求医买药难，赶集上店走亲访友难。水堡镇第八届党委政府领导，耳闻目睹百姓苦楚，于1993年开春踏破县交通局门槛，得到县委、县政府领导支持和扶帮，请来建桥工程技术人员，测量好后开工了。工程技术员和龙门、龙家庄等村干部村民，同心协力，一起挖桥基、挡流沙、铸路面，连轴儿整干六个月，投工万余、投资30万元，群策群力建成了一座全长一百多米、宽6米、高达2.8米的七孔水泥大桥。此期间，远在沈阳、内蒙古、北京等地工作已离休的三十多名老领导干部，得知家乡建大桥，赶忙给建桥指挥部寄来6000多元作为捐款，为故乡建设奉献一片爱心。唐河上盘古至今首次建好钢筋水泥桥，岂不是远古山乡的一大幸事？

“Ω”形的古老龙门，让历史长河在这里跌落翻腾了一个个漩涡，每个漩涡都留下了耐人寻味的神奇故事。

涞源狩猎轶事

太行山、恒山、燕山呈“丁”字形连绵相接，环抱的涞源县，地域辽阔，山地广袤，峡长谷深，加之山野草、灌、乔植被丰盛茂密，野生动物得以藏身，为它们提供了得天独厚的生长环境。据《直隶易州志卷十广昌民俗》载：地近边陲，赋性勇悍。涞源长城脚下中、北地区的村庄，差不多每村都有几个、十几个到几十名猎户，带领十几号或几十号人赶杖走山打猎。尤其是贴秋膘后的深秋至严冬，冰雪覆盖山野的冬闲，山场植被疏落、野味肉肥、皮毛珍贵，是狩猎的大好时机。所以，猎户们扎袋挎枪、走山盘坨一展身手。赶杖的乡亲们沸沸扬扬，紧跟猎手听指挥，各司其职把障口。1990年秋后，笔者搞旅游资源调查时，在涞源、涞水交界的横岭子，正好碰见寺院沟猎户带领八名杖手猎获一只野山羊凯旋而归。出于普查好奇，与猎手杖手们攀谈狩猎民俗，由猎户做主、杖手们同意，我们小分队花钱买来一条野山羊大腿，让大家品尝，一饱口福。20世纪90年代初以来，为大力提倡保护野生动植物资源，县公安局收回各村猎手们的猎枪。但个别村庄的猎户们，仍沿用原始传统网套，缚住山鸡野兔过把野味瘾。冬闲季节，山里人们晒太阳聊天，提起近百年来的奇闻往事，总是津津乐道。

钢叉正眷歪爪虎

清同治年间，白石山东麓的湖海岭长城，原是秦二世胡亥安营扎寨过的古老城池。人们嫌胡亥（害的谐音）难听，便渐渐由湖海二字取而代之。这里的城墙已经颓废，却是晋陕途经广昌通往关南（即保南）的交通要冲。不知何故，川流的商贾、骡帮却日渐稀少。究其因，人们早闻听湖海岭头城墙关口上，有只歪爪猛虎极其凶恶，经常断道吃人。

清明节后的春日，这天阳光明媚，暖气盈盈。白石口关城南门外赵家庄老猎手陈大兴，虽年逾不惑却精神焕发。他怀揣南城门贴着的为民除害打虎悬赏皇榜，带领十几号杖手，挺胸昂首大步出庄。半前晌，便奔至湖海岭头。说来也巧，那斑驳猛虎早晨咬伤山前五间房的牛犊，吃肉喝血撑饱肚皮，卧在边墙根向阳弯处酣睡。山里人俗话说，饱汉子春困夏乏秋打盹，那老虎也和饱汉子一样，饱饭过后也犯困。陈大兴老远瞭见，尽量示意众人脚步轻轻，还是人多脚步声杂，惊动了这只歪爪虎。那虎闻声猛一机灵，站身张望，张开血口睁大眼。此时此刻，就是活神仙瞭见也得胆怯几分。然而，久经猎场的陈大兴，把大伙集合一起，这般那般地将各路障口布置好，趴在草灌丛中。他手持钢叉，隐下身子，巧等时机刹虎威。说也怪，那虎扫尾抖身，见四下里无人，便摇晃着尾巴顺长城根向东慢慢走去。突然东口几条赶杖大汉挡住去路，那虎便转身向北逃窜。此刻，隐藏在北崖口的陈大兴一声呐喊，将明晃晃钢叉投向向陈大兴扑来的老虎口中，血盆大口真的成了血盆，那虎嗷叫两声，血如泉涌，扑腾一声跌倒在地，虎的四肢疼痛抽搐片刻，再也没有站起来。

陈大兴带领杖手们将歪爪虎轮番运到白石口营都府衙，府衙田大人喜出望外，赶忙备宴盛情款待打虎英雄及杖手。他奏本皇上，皇上御赐陈大兴黄马褂，从庚子年春天起，免除陈大兴家世代皇粮苛捐杂税。田大人悬赏英雄为民除害、治安亲民有功，从七品县令晋升为五品守备。

段老瑞猎虎拧玉嘴

“七七事变”前两年，涞源县与张家口地区蔚县相邻的犁铧尖北后坨，山高谷深、树高林密。寺院沟有十几户人家，仅种几亩山坡地，平时全靠春秋砍木货、冬日狩猎维持生计。沟门依坡面沟的小团瓢草屋里，居住着花甲老汉段老瑞，他生得个大魁梧、膀乍腰圆，靠一手好枪法狩猎度日，又心善好施誉满乡邻。人们经常自告奋勇给他赶杖。

这天清晨，天下一场薄雪，他们寻爪印寻觅猎物。段老瑞领众人行至百步坨时，突然从崖缝中窜出一只斑驳大虎。段老瑞招呼众人将虎围困，转瞬间火枪弹药射中老虎后腿，那虎直挺挺地与段老瑞张牙舞爪招架起来。幸亏沟谷参天大树合围粗壮，段老瑞机智地与受伤老虎玩起捉迷藏，他瞅准方位、时机，转身想装好火药装铁砂，不料砂袋囊内空荡荡，他下意识地手触皮烟荷包，灵机一动，智上心来，扭下烟锅杆上的玉石嘴，顶进枪膛。“通！”地一声闷响，将弹药射往老虎胸腔，老虎瘫死在血泊里。喜讯传遍大小山庄，这一带人们，每逢有谁家闹别扭，人们劝架时，便逗笑话地添了一句新乡俗歇后语：“家里有啥事，好说好商量。以后别再段老瑞打虎——拧嘴了。”

雀盲眼除豹窜裤裆

东团堡乡的横岭子山庄，人们种植的马铃薯，刚入秋，便被山猪、獾子翻滚得乱七八糟，年年歉收好几成。山庄老猎户齐有凭一手好枪法，经常在夜里吓唬猪、獾。他前半辈狩猎20多年，猎获野山羊、麅子、狗豹、狐狸、扫雪等不下二百多只。然而人们提及他打猎的事，爱说道的却是雀盲眼除豹窜裤裆的笑料。

事情原委是，农村刚实行生产责任田那年秋天，山庄的袁生眼神不济，于天傍晚走出山庄，老远看见两只麅子在胡萝卜地里糟蹋菜秧，他赶忙把齐有找来猎获。齐有打小儿是一双雀盲眼，天一擦黑，就认不准什物。枪瘾大的齐有闻听有俩麅子，急忙挎枪跑出庄，趴在石坝上，就冲俩影影放了一枪。不曾想，俩猎物原是一只狗豹正在萝卜地里啃咬死的麅子，猛然一声枪响，狗豹惊慌失措，冲上石坝，窜过齐有的大裤裆，逃往远方山林中。差点没被狗豹撞倒的猎手齐有，走到胡萝卜地里查看，只好将狗豹咬死吃剩下的麅子，血淋淋地拎回家去。山庄人们看见齐有裤裆被狗豹窜破的大口子，这件事为后人留下了笑人话柄。

遗风犹存唱大戏

进入涞源小盆地和东北部地域，走村串庄几乎村村有戏台。其中既有明、清、民国年代修建、年久失修的古戏楼，又有改革开放后兴建或改建的新戏台（剧院）。常言说，有台就有戏，难怪涞源逢年过节大戏活动频繁。究其因，应从涞源独特的地理位置和人们生存的特殊环境说起。

古称飞狐又易名广昌的涞源，是大西北少数民族部落进入中原的咽喉地带。单从隋、唐、宋、辽、金、元、明的一千多年说，数不清的征战和灾荒、瘟疫。到清乾隆年间，广昌大地不足万户人家，再加上地处高寒、一年一茬单收，冬闲时节漫长，除少数人打柴、狩猎外，大多村民无所事事。受北方契丹、蒙古族等能歌善舞影响，北方文化与汉族文化交流融通，涞源形成多边文化的积淀。物阜民淳、憨拘好客的涞源山汉，民间自娱自乐习以为常。多边文化的深厚传统积淀和独特高寒环境氛围，为涞源自生的梆子、秧歌和引进四周的山西梆子、河北梆子等戏种，积累了丰富而深邃的内容，提供了肥沃艺术土壤。新中国成立后至生产责任制前的这些年，有些村庄，也许没有村政府（村委会）办公场所，但是进村去不能没有大戏台。长期以来，古戏楼、新戏台成了一个村庄百姓生活相处和谐、日子过得火爆的荣耀和文明标志。大多戏台对面建有龙王、真武、财神等庙宇，人们又俗称：村有好戏台，就有好风水。涞源古戏楼、新戏台分布面广，建造形式亦多样化，所以依据村人愿望，唱大戏除正年大节集中外，分布在不同时节不同内涵的大戏还有以下多种。

祭台戏：重建戏台，首场大戏为新开一个台口，唱正年大戏前必先祭台。祭台上由剧团演员扮演“煞神”，率四位“灵官”，追杀一披头散发女鬼，从台上追到台下，“煞神”手抓一只白公鸡，拧下鸡头，向台下滴洒鸡血，燃放鞭炮庆奠。扮演玉皇大帝、关公、阎君等演员，怀揣神像祈求平安吉祥。祭台完毕，方开大戏。

神戏：一般在新建戏台或庙会头天上演。天官赐福、财神下山等神戏过后方能唱正本戏。神戏的唱法是，三通锣鼓响毕，五人登台。饰天官者道白：“远望一棵槐，槐上挂金牌，金牌写大字，天官赐福来。”饰状元者道白：“斗大黄金印，天高拜五堂，不读万卷书，焉能伴君王。”三位饰老道者齐曰：“西北天角一块云，上边罩着莲花盆。千军万马上不去，单等慈悲行善人。”五人道白完毕，才能开戏。有趣的是，若遇正月十五唱神戏，台下人还得往台上扔钱（意在上布施）。除此外，今年风调雨顺五谷丰登，百姓们在白露和立秋之间择吉日良辰，请来戏班唱三天大戏，以谢五谷神灵，人称秋报戏。天大旱庄稼打蔫，快到六月十三日了还没降雨，就在六月十三日龙王节，杀猪祭祀龙王时，请来戏班唱大戏，此为祈雨戏。有时唱罢戏，老天喜降甘霖，复请戏班唱戏，此为“干谢降”戏。唱闲戏一般多在正年大节或冬闲，这时节恰是戏班赶台的紧张时刻。因看戏心切，半道截戏或抢戏的事时有发生。

看戏时髦、人旺季节是赶庙会的十天半月，人们俗称“死台口戏”。还值得一提的是家常戏，多在小村山庄，入冬人们请来戏班教师传艺学戏，山庄人学戏学员家家轮流管教师吃、喝，边学边练边演。经常在主演家堂屋或院落里自娱自乐唱折子戏，此称家常戏。

唱大戏少则三五日，多则十天半月，夜以继日，热闹非凡。哪村唱大戏，都得搬亲戚，宾朋满座像办喜事。看戏间，更有众多中、老年人对戏曲如醉如痴，废寝忘食，酷爱异常。而且娴熟剧情，做、唱、念、打也心中有数。演走了，台下一派混乱。演员们汗流浃背，台下看戏者一丝不苟、出出过筛。唱戏的与看戏的双向交流，到了台上白热化时刻，台下目瞪口呆、鸦悄无声。散戏后，恋台者久久不去。到次日开戏前，由“会头”到台上与戏班领队握手鼓励，赠给戏班糖果、香烟等礼品。至于一些青年男女借机相会谈情说爱，那又是一番情景。总之，村里唱几天大戏，总有几对终成眷属。

党的十一届三中全会后，山里人们生活水平提高，品味戏曲的胃口也越吊越高。除有的村庄业余剧团仍在土打土闹外，绝大多数村庄早在头年冬天，就由戏班总经理请来大同的山西梆子剧团、保定老调或河北梆子团、河南豫剧团，送戏上门，写好剧团剧目，排好演出时间程序，让人们大饱眼福。正是：

涞源山汉爱乐和，
逢年过节大戏多。
剧终戏了人走光，
老汉老婆往家挪。
盛世和谐日子好，
遗风催开花似火。

涞源腌菜遗风赶时尚

“天变凉，夜变长，家家户户腌菜忙。大瓮满来小缸溢，比比谁家腌菜香。”这是流传在涞源县深山老峪一首古老童谣。涞源地处太行山、燕山、恒山三山对接的高寒地带，平均海拔1000米左右。县城中、西、北部地域大部分的无霜期短至150天左右，一年仅种一茬庄稼。再加上过去传统种植方法落后，连年经受风、雹、旱、涝灾害，粮食产量每亩不足二三百斤。好多村庄百姓靠“腌菜半年粮”维持生计。

从唐代说起，当时称飞狐的涞源县区域，邻近安史之乱的中心易县，后加之辽、金、元等少数民族入侵管辖，北方文化与中原文化交汇于此，使涞源饮食文化呈现出多样化，至明成化（公元1465年）以后，才渐渐进入较为稳定时期，汉族文化的影响渐渐加强，涞源民俗才体现出以汉民俗为主的趋向。这趋向中既有北方少数民族饮食的剽悍、粗犷，又有中原汉人饮食文化的精致、细腻、多样化。涞源虽然山场辽阔，水草丰盛，宜于牛羊、驴骡放牧、养殖，但由于过去多年战乱，人们生活屡屡迁徙不稳定，牛羊肉充饥极不现实。粮食少，只好依靠“腌菜半年粮”度日。因此，涞源县人民便从历代开始，每年到秋末冬初季节，就腌制大量秋菜，此习惯沿袭至今。笔者几十年前下乡吃派饭，目睹谁家屋里，除去一两个板柜盛放衣物外，屋里地上墙根均是一排溜大瓮、小缸和坛坛罐罐腌制的各式秋菜。

涞源腌制秋菜种类多达十余种，最让人们尽享口福、延年益寿的，非腌制的酸菜莫属了。改革开放前，涞源农村主食为玉米面搅粥。家庭主妇们将玉米面做成玉米面糊糊，盛出少许做稀粥喝，剩在锅内的糊糊烧滚开锅后，撒好玉米面，用木勺顺时针搅之筋道成熟，变成金金黄黄的，玉米香味扑鼻即可吃用。吃时，将搅粥浸泡在焯好的酸菜汤汁中，即可开吃了。酸辣爽口开胃的酸菜佐食搅粥，咀嚼品尝，别具风味。腌酸菜制法简便易行：秋末时节，大量大白菜、芥菜陆续上市，买回家后，将白菜叶或芥菜缨拧下切碎，焯熟捞出控干后，投进冷水盆晾凉后即可压进大缸，将芥菜疙瘩擦丝在开水锅内速焯片刻，捞出晾凉投放到菜缨缸内，将焯过芥菜疙瘩丝的开水倒入缸内，少放些盐。一瞬时，芥菜香辣气味便冲鼻子扑脸。隔一两日即可佐食吃之。写到此处，笔者忆起早在清康熙二十一年，广昌知县杜登春，查访乡俗民情后，曾深有感触地创作了诗作《广昌八珍》，此诗脍炙人口，其中第二珍以蒜苗为题，吟诗道："夏麦无收指蒜园，千家竞卖见银根。青青绶带先堪采，采入盐葅佐酒尊。"盐葅是何物，几经查阅，方得知恰是腌酸菜。看来，涞源的腌酸菜由来已久，早在三百多年前就已出现。其次，每年秋末，涞源人民更为普遍腌制生鲜的圆白菜，即俗称"腌灰白"，腌法是以灰白菜（甘蓝圆白菜）为主，切碎用水透洗干净后，边放切碎的灰白菜，边放少量食盐，再掺和些切碎的芹菜、朝天椒、姜山药、小甘露等腌在一起，少加冷水数日发酵后，灰白菜便可食之，吃起来酸香脆生、稍辣爽口，极其开胃好吃，冬春两季，每顿饭桌上此菜必不可少。有的来年开春，待腌灰白春暖发酵后，用冻豆腐或猪肉粉条炖熟吃，更是别具风味。

再次，腌制生鲜的长白菜和少量芥末缨缨切碎后，压在缸内撒盐压实略加发酵后为烂腌菜，此菜咸淡适宜，吃来鲜香脆生，深受欢迎。

涞源山场辽阔，水草丰盛，宜于放牧羊群，夏暑野外扎圈，积存粪尿极为肥沃，撒在山坡地种白萝卜，萝卜长势好，个粗大，水灵灵，甘鲜爽口好吃。各村庄家家户户都腌制一缸，俗称"整腌菜"，一般能吃对头一年。

除上述外，像腌制焯熟的搿菜，将整棵红萝卜和芥菜连缨带白萝卜焯熟后，放入有酸辣味道且略有咸味的汁液中浸泡，开春拿来整吃佐饭，异常爽口开胃。另外还有腌制辣菜，将红、白萝卜切成条，焯熟腌在缸里，吃一层搅拌一层辣芥末面，其辣味呛得人们双眼流泪，钻鼻子争相打喷嚏，但几秒钟过后食之倍加香辣可口。还有腌制生鲜嫩豆角、小黄瓜、山韭菜和野摘蒜，腌制蒸熟的小茄子羔羔或混合在黑豆、黄豆里碾烂，制成腌茄豆泥等，吃来都别具风味，各有千秋。

近年，涞源深山老峪农村普遍实行农田责任制和科学种植，粮食产量大幅度提高，绝大部分百姓生活自给有余。在农家餐桌上，主食早就变成大米和白面了，而如今人们讲求粗粮细作，主食辅食合理搭配，要求营养均衡。尤其中老年人，更注重食品的保健功效。涞源群山怀抱，天蓝、山绿、水清，种植的蔬菜和山野菜，均一无公害、二无污染，都是纯绿色食品。在腌制秋菜的老传统中，更是注重了秋末多腌菜，腌好菜，好为来年春夏买大棚菜少花钱，在腌制各式酸辣蔬菜上狠下工夫，以求得营养成分均衡，调好胃口，祛病保健、益寿延年。

行将遗忘的老字号

河北省西北部与山西省大同市接壤的涞源县，汉建制两千多年来，2448 平方公里的广阔山场地域，不仅有无限的自然风光让人流连忘返，那处处演绎和流露着的悠久历史和多边文化积淀，更让人品味有余琢磨不够。时至今日，无论到哪镇哪村哪庄，总在耳畔听到晚辈人对长辈人“老×爷”“老×大伯”“老×叔”的亲切称谓。老字辈的尊称能从遥远岁月传承到现代文明环境中来，实在是一大幸事。比较而言，在村镇和乡村乡里乡亲中称呼“老×爷”“老×叔”等，总比在姓氏前面加个“老”字的称呼，要显得亲切。

女慕贞洁，男效才良。在深山老峪里长大的我们这一代人（仅限于我们这代），从小就接受习惯了“男的鹏鹏号，女的坐坐轿”旧式传统家教。其意就是：娃在娘怀里吃奶，长到咿呀学语，用爹娘给起的小名（奶名），上学就请先生或长辈名望人士，启用大名（官名）。男娃长成后生创业成家前，邀聘老秀才或学识渊博人士，查照各自家谱，鹏用老字号，张榜公布在大庭广众前叫应呼响后，激励后生们奋发图强、拼搏有成，这样后生们方可成为男子汉大丈夫。受人尊重，此习俗称“鹏鹏号”。女娃长大婚配，出自正门闺秀乘坐花轿过门去，方为贞洁贤淑，众乡邻对此女才不会说三道四。

鹏号活动何年月起始、盛行？笔者深入乡间多次寻访不果。其事情如何演绎成风，笔者仅能将刚解放后最终一次雅号活动记叙大概。

抗日战争胜利、涞源刚刚解放的1946 年冬，城乡百姓们在“解放区的天是明朗的天”嘹亮歌声中，无不为好日子的到来欢欣鼓舞。时值隆冬休闲，涞源县城东抗日时期文化宣传活动火爆的南屯、胡家庄、马圈村年青后生们，自然成群结伙地操持起鹏号之事宜。

胡家庄百余户人家，却有好几名清末老秀才未及弟，休闲在乡。其中七十岁的老秀才胡清涟老人，呕心沥血办学后休赋在乡。他人虽古稀，却思维敏捷，写得一手上好的毛笔正楷。于是，村里刚刚二十出头的胡青云、吴俭等青年，说服串连四十五名后生，掀起村里的鹏号活动。他们推选总管从四十五名鹏号后生家中捐来粮、款、物品（菜食），择准良辰吉日，把老秀才胡清涟请到学堂，胡老先生正襟危坐，带来两位助手，搬来四十五名后生的家谱，报上祖父三代名字，查字典、弄辞海地忙活起来。一连两天两宿，终于将四十五名后生字号起妥，在大红纸上列好四十五人的字号，张贴在村中央大街上。在榜眉正中写“雅号榜”，两侧，上联竖写：“愿君雅号如风起”，下联是“吹得贤名四海扬”。自右向左名、字排列有序，字迹正楷公正、纸红字亮，格外惹眼。张榜这天中午，小学校堂热闹非凡，锣鼓唢呐声中，喜庆宾朋欢言笑语，十八桌宴席客满，总管致词后，宾朋和乡亲们开席畅饮，四十五名后生佩带名、字粉绸条频频沿桌敬酒酬谢，把鹏号庆贺活动推向高潮。席罢，由总管带领四十五名后生携厚礼敬谢老先生。事隔半世纪，胡家庄百姓们忆起老周家弟兄的名字：周明续字普照，号老普；周长续字万里，号老万，名与字都叫得光彩夺目。百姓们称赞周家后人也都大有出息。该村曾在抗美援朝中担任排长、复员还乡、今年 92 岁高寿的胡清云，字沛然称老沛，膝下有二男三女儿孙满堂，生活乐和颐养天年，仍念念不忘二十岁鹏号那年的鹏号盛况。1947 年冬闲季节，南屯村七十名后生在孙老宪家弟兄五人带领下，承办起鹏号事宜，社会名流老先生孙老豹为乡亲们起的字号，好叫好听，朗朗上口有讲究，让人难忘。如已故离休老教师孙国柱，字安民，号老安，终生育桃李，弟子们均在各自行业做出一番事业。同年隆冬，马圈村聘请孙老豹给后生孙阳春起的字蕊号老针，皆因此后生人缘太差，自叫自应给村里留下了“阳春哥”“孙蕊叔”“老针爷”一人三称的取笑话柄。

四、乡亲乡情

情系雁宿崖

雁宿崖这个名字，我打小儿就对她耳熟能详。我念高小，几次途经、往返、小憩雁宿崖，这个美丽的小山庄在我心中搁下个位置。人老了，向往童年，在我的记忆深处，对她的情愫和思念如涟漪般荡漾开来。

新中国成立后的第五年，我有幸考上张家坟高小。第一次背着铺盖卷去那里入校读书，半路就被雁宿崖的美丽惊呆，小憩、喝山泉水，听两位老大伯对我讲尉迟敬德戏凤的传说。我赶路口渴，一气儿喝半瓢甘泉水。我咕咚着喝，那高个子老大伯见我怕生腼腆，就赶忙憨厚热情地催促我："孩子使劲喝吧，咱雁宿崖的山泉天生的美哩。"山泉缘何天生的美？他俩便讲起：从开天辟地以来，这儿就两山刃立、险峻高拔，雁宿其顶，雁饮山涧，这是其一；其二是大唐李世民，差尉迟敬德、秦叔宝、徐世勋等著名将领，来此北征入侵的突厥。打了几天仗，夜宿雁宿崖，夜听头顶雁阵鸣宿山顶，甚是惬意。更巧的是，驻军安营扎寨，红灯照映下瞅见一美女在盘肠河边浣纱。村姑美貌如仙、贤淑得宜，宛若青山与绿水组合，恍若蓝天与大海般配，敬德瞧得着神入迷。他情不自禁地差随从取来椽笔，饱蘸朱砂，在河畔悬崖书写下偌大"凤"字，非常引人注目。从此，尉迟敬德戏凤之佳话便广泛流传。今站立河畔，寻看朱砂笔后的大个"凤"字摩崖石刻，早已在千年岁月流逝中，被两指厚的苔藓和半尺草木覆盖，斑驳陆离，但仍依稀可辨。两位挑水老人与我讲得兴致勃勃，我听着入神着魔。突然一阵腥风恶臭扑来，我赶紧捂住鼻翼，抬脚赶路。那高个子老大伯捂嘴对我说："莫害怕，我们村位于攻打日本鬼子战场当央,久久身受其害。”于是他向我讲起,十多年前我八路军消灭鬼子500多名,这河滩鬼子死尸堆积如山,山头上曾插着写有“森军奋斗决战之地”的字样为亡灵招魂之事。

1939年10月3日,日本敌军分东、西、西南三路,向银坊镇大扫荡。我一分区司令员杨成武奉命于11月2日,以部分兵力牵制、堵截西线、西南线之敌。三分区的团长唐子安、黄文明率二团,纪亭榭、袁生平率一分区一团,插至白石口南,随时堵截日军通路。以素有“狼诱子”之称的曾雍雅、梁正中支队,由白石口雁宿崖佯动,诱敌深入。待鬼子部队全部进入雁宿崖“口袋阵”后,全线发动全面进攻。

11月3日深秋,天晴风爽,白石山野却是一派苍野茫茫。七时我军与三路敌军接头,什村大佐所率日军被我军曾雍雅、梁正中伏击几下,便大踏步闯进八路军埋伏圈。当敌先头部队进入雁宿崖村时,我晋察冀军区一分区的一、二团,在司令员杨成武亲自指挥下,一齐开火。敌人猝然遭到打击,晕头转向、不知所措,有的目瞪口呆,有的抱头鼠窜。经过一整天的激烈拼杀,除几个鬼子从东北石斛逃窜、9名被生俘外,余下500名鬼子全部被歼灭。鬼子死尸摞死尸,遍布河滩坡脚和村边草房。接连11月5~7日,蒙疆驻屯军司令阿部规秀率鬼子报复反扑,也被我山炮击毙。日军全军覆灭于黄土岭,我全歼日军1500名,不久,驻涞源日军派人做好丈长尺宽的大木牌,写好“森军奋斗决战之地”八大黑字,派人插在击毙在雁宿崖河滩的死尸堆上。据白石口风凉沟知情老乡们讲:奉命去插大木牌的鬼子兵们,登上鼻子岭头,俯视山下的雁宿崖,凄惨地哽咽说:“阎君崖啊阎君崖!”

十多年后,尽管连年山洪暴发,水冲沙压和狼拉狗拽,鬼子死尸仍恶臭连连无有绝迹。那时候,路过雁宿崖山庄的驴骡马帮和骆驼队,脚夫们是掩鼻而过。真可谓:日本军国主义阴魂在雁宿崖地带遗臭万年,警示我中华民族后人永远不忘国耻。

“七二一”洪涝灾害几年后雁宿崖百姓的住宅房屋,早已迁至东山半坡,再也不见20世纪50年代初的茅草“团瓢”了,也远离了河滩鬼子尸体堆的恶臭。现今,昔日被鬼子烧光的石头屋,全都由红瓦蓝砖白灰墙的全新住宅房取而代之。进庄来新房新院新街道，越发使古老山村在层峦叠嶂衬托下变得年轻、俏丽。敬德戏凤的传说将会越来越美丽。雁宿崖百姓的生活也会更加富裕、美满、幸福、安康。

荒山果园沐夕阳

按说，退休老同志，回到家来，身旁有孝顺的五个儿子、儿媳，有八个成绩优异的孙子孙女，“儿孙绕膝笑，满堂春辉耀，合家乐融融，颐养天年妙”的好环境，安度晚年是再好不过的了。可是，谁也没有料到，这位退休老人竟在二十多年前，做通老伴工作，用自己家三亩多上好的自留地、高产责任田，与别家换来离村二里多远的陈坡沟荒山梯田，悄没声地建起了一座家庭果园。消息不胫而走，村里人们无不嘲笑、怜悯、叹息。

这位退休老同志名叫白恒山，今年66岁，是涞源县上庄乡上庄村人。退休前，曾是上庄乡乡镇企业统计员。6年前办理退休后，每月生活补贴费不足1000元。原来，20世纪90年代撤掉县乡镇企业局，他待在家里时，早就打定了要在晚年用余热为乡亲们开发荒山野岭，闯开一条致富路。他和老伴白手起家，开发建设起一座家庭果园，达到他老有所为之目的。

老白文化不高，却爱学习肯钻研，每年自费订阅《中国果树》《河北果树》《北方果树》《河北科技报》等报刊，查字典、背拼音，寻信息、找门道，认真学习钻研多种果树种植、栽培、嫁接改良、科学管理等技术，根据当地荒坡海拔高、无霜期短、少雨多干旱等特点，选栽了本地红果树、李子树各百棵为果园主力军，选栽核桃、香蕉梨、大红杏等二百棵为辅助。十多年来，他和老伴吃住在果园贴崖根的窝铺里，摸索培育优良品种、改良品种，越来越入门，越着迷。

老白的老伴左玉梅，在蔚县娘家打工时，早练就果树皮接、芽接、劈接的绝活，为老两口建果园派上用场。早在20世纪八九十年代，白恒山响应县委号召，在山地栽下一百余棵红果树，好给家庭增收入。不成想，全县红果树成林成片，挂果两三年，红果价格大跌，每斤一二角钱，也无人问津。于是，不少人气愤至极，刮起砍杀红果树风。左玉梅也索性来地里，拔掉红果树苗二十棵，当她又要拔掉第二十一棵时，恰被白恒山发现制止，他耐心劝老伴说："搞果树种植，要有战略眼光，市场经济此一时彼一时，过两年红果涨价俏销，岂不是后悔莫及?"左玉梅撒开拔树的手，一直将剩下的八十棵红果树苗保留至今，今日经嫁接优良品种后，棵棵树红果满枝头红艳艳地乐煞人。白恒山从《中国果树》季刊上，得知山东省枣庄市果树研究所培育成功"大五棱""歪把红"优质红果树苗信息后，他汇去50元现金，购来50棵接穗，忍痛砍掉树干直径过尺的本地红果树，让老伴嫁接成功。第二年红彤彤的果实挂满枝头，每簇多达10枚，果实重达半斤，枚枚果实个大肉厚核小核少，头年挂果3500多斤，每斤7角钱，被串糖葫芦小贩们竞相抢购。

涞源地势高寒，无霜期短于150天，盛产秋子，又嫁接成功从石家庄市农科院买来的"国庆红"李。"国庆红"李名副其实国庆佳节变红，熟果期长达20~30天，果实个大肉厚核很小，不足20枚便称1斤，吃来酸甜可口，深受客户欢迎。更值得称道的是，老白从《河北果树》得到信息，改良嫁接成功的20多棵"桃儿李"，果鲜个大呈寿桃形，每斤只称七八个，每斤卖两元。今年秋前采摘的3000斤"桃儿李"，全被县城客户预约买走。果园树大多挂果，半数已到盛果期，除去少部分赠送亲友，年收入达5万元。

为解决白恒山老两口果园干旱问题，使喷药、浇树苗用水方便，2000年县集水工程队闻讯来帮老人打造水窖八眼，储水达三百多立方米。由此，白恒山钻研新课题如虎添翼，前年又从深山刨来"八珍"之首的野生蕨菜，栽在林间空地，仔细观察蕨菜繁衍生长。由于蕨菜只有端午节前后可食用，鲜嫩时令短暂，又不易保鲜，市场上经常无鲜货，只好晾干代鲜，食来却大煞风味和营养价值。为攻克蕨菜秋季多采一茬，他查阅有关报刊资料，从前年又开始了新课题研究。

忆往昔吟诗看变化

我自少儿时期就喜欢读诗写作，在酸甜苦辣生活坎坷中写下不少诗篇。退休后，年逾古稀，写作兴致依然不减当年，仍喜欢神游于吟诗作赋的汪洋大海中。

今日闲暇，翻阅尘封几十年诗作（刊登在报刊的剪贴样本），欣喜发现党的十一届三中全会以来的诗篇，当年发自肺腑的心声，不正是太行山老区改革开放以来的巨大变化吗？今时值邓小平诞辰110周年之际，仔细品味诗的历史脚印，余味深长，愿选几首与读者同贺。

土改翻身后的农民，从互助组、合作化到公社化，被“大锅饭”束缚惯了，人们没有了积极性。1979年春天，一份由县人民政府制发、由乡政府和村委会与我家签订的《土地承包经营证书》发到我们家。我和妻子瞅着山坡、平川共计5.6亩土地的承包合同，左盯右看：承包耕种期30年不变，高兴地俺们心里乐开了花。我忙找科技种田书刊，想方设法买来玉米杂交中单2号种子，带头种在地里。万没想到，由春播后玉米苗儿出土纤小瘦弱很是扫兴。施足底肥、追肥，一天一个长势，玉米苗秧很快变高变粗变壮，变得油黑墨绿，每棵秧上都结两三个大玉茭，我们由扫兴变高兴，围观乡亲们看见我们大堆玉米背回家去，堆成一个小山，亩产由原先队里种玉米二三百斤，一下子增至亩产七八百斤，甚至上千斤。喜讯传遍村，都夸责任田经营政策好，第二年开春，便激发起全村科技种田积极性。秋来，家家户户玉米大丰收。我深深感到：这是农民压在心底的喜悦火爆，一下子迸发出来。我将其灵感作诗两首，在1981年7月25日《保定日报》刊登：

责任田里（外一首）

三三俩俩，
俩俩仨仨，

是在描绘？
是在绣花？
不是描绘，
不是绣花，
是农民的希望，
田洼抛撒。
是农民的心血，
注入苗下。
他们窝在心底的庄稼火儿，
化作劲头，
正向田间迸发！

赶锄

弯腰弓背像黄牛，
三三俩俩不抬头。
禾苗撵着肩膀长，
汗水顺着锄把流。
责任田里丰收景，
汗涩味美乐悠悠。
三中全会决议好，
锦上添花有奔头。

实行农田责任制经营，人们“八仙过海、各显其能”，玉米产量由二三百斤猛增至七八百斤、上千斤。人们餐桌上的主食已是大米、白面，玉米、谷子成“细粮”，家家解决了温饱问题。

心情舒畅的农民更是干劲十足。当时，我绞尽脑汁，用诗歌形式表达农民和我自己家的喜悦心情：

幸福苗苗挺起身

治穷政策入人心，
致富种子扎下根。
十二大风化春雨，
幸福苗苗挺起身。
农家小院盛不下，
祖国处处绿成荫。

随着改革开发的步伐加快，太行深山老峪村村庄庄掀起了承包荒山和果园的热潮。于是如火如荼的火爆情景激发灵感，我在1984年10月6日《保定日报》刊登诗作《山牧》：

一顶顶三角形帐篷，
像朵朵雪白的奇葩，
盛开在五颜六色的山梁，
养畜专业户就在花里安家。
声声牧笛挽住过路的白云，
片片绿坡闪耀着翠宝样年华。
醉了，滚瓜流油的羊群，
醉了，膘肥体壮的骡马。

丰衣足食了，勤劳朴实的山里人凭着自己的劳动和汗水，在改革开放的过程中，腰包里渐渐殷实地鼓起来，也开始享受起以前只有在电影里看见过的新生活。一台台洗衣机、电视机、电冰箱搬进山娃们的家门。刊登在1985年3月18日《河北小孩周报》唱出了我写的山娃心声：

蟋蟀蟋蟀告诉你，
以后别唱洗、洗、洗。
我家买来洗衣机，
电钮一开没脏衣。

1987年，太行山区改革开放向纵深发展，城乡涌出一大批林、果、种植、养殖专业户。继而，村村庄庄都冒出不少万元户，人们衣兜里的钱鼓起来了。那年10月8日《保定日报》刊登的《山村新韵》这样赞道：

站在山顶一声吆喝，
能喊应全村的院落。
鳞次栉比的石头院，
展示出拉开档次的新生活。
东台飞起电子琴的旋律，
醉了山里娃们的心窝。
山冈飘飘琅琅笑语，

哪家科技户又把谜破。
南堺摆起康乐棋局，
对弈的都是大娘二婶婆婆。
北峨新郎新娘出山兜风，
甜蜜里飞出幸福牌摩托。

随之，太行深山老峪的农林牧副、采矿业、旅游业也相继发展起来。山汉们头一回手头松宽地有了余款，开始在银行存款。1988年5月5日，我在《保定日报》刊登了《写在储蓄所窗口》：

拾过柴，烧过炭，
拉着枣棍要过饭。
只求有吃的不挨饿，
从小没见过钱的面。
大批大斗那些年，
年年地里流大汗，
缺吃少穿没钱花，
一个钢镚掰八半。
春风吹，心花绽，
果园包给俺老汉。
一沓沓票子颤在手，
储蓄所柜台泪花溅。

春潮涌动，诗情澎湃。时隔35年，正值邓小平同志诞辰110周年之际，吟诗看变化，随手拈来报刊已发过的几十首短诗。令“致富不忘引路人，吟诗歌颂邓小平”，深感欣慰之极。古人语：诗言志。我们何不为历史之精彩，留下浓重几笔，永志不忘？激情滚滚，诗意融融，让我们在共同奔往小康的大道上，饱蘸夕阳余晖，引吭高歌，在“赶考行”的路上，写好令人满意的中国梦答卷。

秋子熟了

“立了秋，挂锄勾，眨眼院里秋子秋。熟透的落，夹生的揪，笑夸秋子把核丢。”这是俺太行深山老峪人们通常念叨的乡情歌谣。这歌谣传承世代，不怎么起眼的小小秋子，成了山里人们淳朴、憨厚的情感寄托。

秋子，我访遍涞源四周诸县，竟然仅群山环抱的涞源小盆地独独有之。俗称，秋子是李子的娘，经与李子树嫁接交配成活后，而开花结的果实为李子。李子个大浑圆，通红或半红，李子成熟要比秋子早熟一个多月，其品种有狗蛋李、礼品红等。因李子上市早，个头大，酸甜杂加苦涩，深受年轻女性青睐。尤其“害口”女性品尝，恰是合心如意的上乘果品。秋子比李子小，颇像山中野果，一般有红有黄有绿，有红绿交加，形椭圆而略扁。熟透的果实吃来果汁四溢，喷香晶莹。细品味，甜中略酸，鲜香爽口。未熟透的秋子揪来品尝，果实多酸少甜，还稍加野辣辣的苦涩。但无论何种颜色的秋子，立秋节后像一声令下，家家庭院的秋子们便相继成熟，供乡亲们一饱口福。

今年我回农村老家度夏，每天清晨都绕村南学校庄稼地一个大圈（约 3 华里）。这天立秋节过后两三日，我遛早到村中央，老远便看见一后生，笑眯眯冲我打招呼，他手拎一塑料兜食物，冲我说：“福哥，俺家秋子熟了，你挑几粒尝尝。”我挑选六七枚，边尝边夸说：“好秋子啊味道好吃！”他笑咧咧地点点头往别家挨门送去。品其果，观其情，才让我忽地记起文章开头写的古老民谣。我顿时忆起祖辈传承至今的秋子味道，夸说好秋景的民俗乡情。这淳朴乡情就叫：瓜子虽小暖人心，道句实言点一颗金，个个夸说秋味好，人人向往好收成。

说道起我家秋子秋来，更是话把儿长。土改后，俺家于 1958 年春在村南大地盖起新瓦房。四分多大的庭院东，由我父亲从俺姑姑家菜园刨来一棵胳膊粗的秋子树栽在院内。一晃四十多年，小秋子树长得枝繁叶茂，树大根深，满树红透的秋子甘甜可口，着实让乡亲吃了个心满意足。低指标、瓜菜代的20世纪60年代，没钱给父亲瞧病，我破例摘了两大篮秋子，挑到十里外的钢厂街头叫卖，赚得四块五角钱才给父亲买来药。万万没想到45年树龄的偌大棵果树，树当央竟然被蛀虫掏空，枝枯果稀，我家忍痛刨掉老树，栽好两棵成熟极晚、黄绿果子个头大、酸甜可口好吃的秋子树苗。三五年后花开满树，果挂满枝。令人摸不透的是因地域差异，气候有别，个头硕肥的黄绿色秋子，竟然自然生成红黄色，味道也比我五年前买秋子的味道要酸甜可口、鲜香好闻得多。两棵年轻的秋子树竞相争长，院东秋子满枝头，压折了树杈两三枝。去年立秋后，讲究吃纯绿色食品的北京来客，不知道秋子啥味道，尝尝可口至极，便用双手轮番捡个头大的红黄秋子，扔进嘴里大有“吃葡萄不吐葡萄皮”之势，逗得老伴捂嘴直笑。我被客人吃秋子的欢实劲惊呆了。

秋子熟了，每天老伴都亲手采摘一箩筐，端往热闹街头，让乡亲们品尝个够。人们连连夸说好秋子的俗语，让我和老伴听了，心窝里比吃下蜂蜜还要甜。尤其挑早熟透的秋子先让前院百岁老三奶奶品尝，失明的老三奶奶连连夸说“好秋好秋”的吉言，俺老两口倍感幸福。怪不得古谚传赞：“桃饱杏伤人，秋子树下撑乡情。”乡情浓浓源远流长，浓浓乡情传承万代。这乡情，使刚刚富裕起来的百姓愈加和谐，更加文明。

姨奶奶和她家的老屋

俺们马圈村，南靠堡子梁，北邻拒马河，当村是一座拱形石桥连东西。东是东台，西是西台。我姨奶奶家就住在西台阁楼对冲的石头院里。近些年，古阁楼拆掉了，不过石头院和三间老屋却依然屹立在那里，每当我回老家探望家族老人们时，都抽暇到石头院的三间老屋前，驻足凝视那门、那窗，神往良久，眼前便浮现出姨奶奶开门提着泔水桶去喂猪的身影。

姨奶奶姓范名春友，1916 年出生于城东张家庄村的一个贫苦家庭。姨奶奶面庞消瘦，双眸炯炯有神，半解放的一双大脚，走起路来很利索。就是这双半大脚，伴她走过了几十个春夏秋冬，尝尽了人间的苦辣酸甜，阅历了新旧社会两重天的大变化，沐浴了土改、合作化、公社化、改革开放后脱贫致富奔小康的风风雨雨。姨奶奶的父亲埋怨母亲净生些赔钱货（指生闺女多），为给家里减少负担，在她十三岁那年，父亲便送她去给地主家当佣人。十六岁那年嫁给马圈村张锡和为妻。婚后家有几亩山坡地，夫唱妇随，勤恳节俭日子过得挺平和。姨奶奶二十岁那年生下儿子，更给家族增加了欢乐。然而天有不测风云，常年赶脚的姨爷，从丰乐村妹夫家饱餐一顿小米干饭拌豆面后，返回村经大炉沟河滩口时，为帮邻村赶骡帮的脚夫抬大骡驮，不幸中风成疾，久治不愈离开人世。正当而立之年的姨奶奶失去丈夫，自然是人生一大悲事。然而丈夫死那年，又生下一女孩（俗称墓生）。拉扯着一儿一女，又养着丈夫留下的一头毛驴，打理着几亩山地，该是何等艰难。

时值 1946 年，解放区的天是明朗的天。姨奶奶身为村农会妇联干部，在党的教育和熏陶下，硬是挺起了腰杆来开始了新的生活。她一边领导妇女们参加支前，推军粮、做军鞋，一边携儿带女料理家务，不误农活。儿子十二岁那年，当选为儿童团团长，从此家里越发增加了生气，家里也自然成了儿童团员们常来聚会的地方。儿子入团入党后，当选为团支部组宣委员和村民兵连长，家里又继而变成团支部和民兵连办公和开会的场所。写到此，我永远不能忘记：我就是十四岁那年，在姨奶奶家老屋里，宣誓加入了共青团，并当选为少先队大队长。从那时起，这里便成为我们村里青少年经常来活动开心的好地方。

我记得，那时《兵役法》刚刚颁布实施，我们村青年民兵积极响应祖国召唤，就在这年春节后，我们在姨奶奶的老屋里，欢送两名为首批义务兵的青年。后来，村建俱乐部，我身为编导，老屋自然又成了远近闻名的山村俱乐部。姨奶奶不厌其烦，每天晚上还陪我们抄戏词、排节目，她家炕头既是舞台又是排练场，光炕洞就跳塌好几回，以致屋檐下常有盘炕用的泥基等备品。别家老太太在街面上唠嗑，她却腿跨炕沿，又当观众、又当督导，时不时为我们"闹"意见"出"风头，发发脾气，又苦口婆心规劝我们团结一心搞节目。彩排或演出前，还经常为我们找老太太的头饰和服装。俺村俱乐部在三村五里小有名气的歌剧《小姑贤》《兄妹开荒》、梆子《大报仇》《夺印》，还有样板戏《芦荡火种》《杜鹃山》等，全是在这个老屋里孕育而生。尤其是四清期间，我们在老屋排练快板剧《全家学毛选》，曾荣幸地被省电台录用，剧本刊登在《俱乐部》期刊，我们还得了几十块钱的稿酬呢。这一切尽管我们本家哥哥曾戏言："老屋坐北朝南，驻过一团（儿童团）二部（村团支部、村俱乐部）一个连（村民兵连），出进青年男和女，唱歌拍戏没失闲。"但姨奶奶嗤之以鼻，毫不生气，反而以此为荣。看着出息在外的一代代后生和姑娘，逢人便夸："新农村新时代，成长起来的好青年谁不爱！"我们一代代人从村里小学校走向社会，走向生活，迈向未来，谁能忘从姨奶奶身上学到的憨厚热情、纯朴真诚的好传统呢？是在姨奶奶古稀之年后，儿孙们都搬到宽敞高大明亮的新居去住，姨奶奶仍是"苍龙日暮还行雨，老树青深更着花"。她每天拎着泔水桶，往返新居和老屋，去喂猪，去养鸡。她说："心闲生异事，身闲不自在。"新居家里白米白面的生活司空见惯，可她老人家吃饭总是遵循"杂、粗、舒、素"四字方针，一顿也不离开玉米粥、小米饭、瓜菜代。孙子、孙媳和重孙孙、孙女们给她买来的柿子压成一锅粥，买来的鸡蛋放得乱了蛋黄，她也不舍得吃。去年村里人们探望高寿老太，送来的蛋糕、点心、牛奶，存放过期被扔掉的事时有发生。今年春节第一天中，姨奶奶九十一岁与世长辞后，村里人都沉浸在悲痛悼念中，无不怀着敬佩心情，连声称赞：“范老太，大年初一一天一岁，这真是老人家无怨无悔积来的德，任劳任怨修来的福。”

姨奶奶您的音容笑貌，永存在我的记忆里；您的言行不愧为我们后辈子孙学习的典范！

盛世祥和寿星多

近几年常听说家乡有好几位老妪健康长寿，逢盛世愈加其乐融融，早就有心专访，究其奥秘。今年五月杨柳飞絮的一天，我回到依山傍水的马圈采访，终于如愿以偿。

拒马河畔的小山村中央有一架古老的石拱桥，桥东是东台、桥西是西台。全村 200 户人家生活在东台、西台。台下的两面坡上杨柳榆槐，成荫成蔽，自然为山村增添了清新和无限生机。

我出生在这个村里，进村来便轻车熟路地踏进东台梁伯母家。梁伯母姓赵名春华，今年九十五岁。她高高的个子略有驼背，耳聪目明，一进门便认出我是大侄子。我说明来意，她笑不拢口。我仔细端详：她面目消瘦，眼光深邃，37 年前丧夫、15 年前失子，生活的打击和岁月的坎坷，造就了她的坚毅。从她褐铜肤色和她硬朗的骨架中，我读懂是她一个人靠勤劳节俭，硬是撑起这个家，把两个孙女和一个孙孙，还有两个重孙孙拉扯成人。孙女们出聘后，孙子也继而娶妻生子。现在祖孙四世三代五口人同甘共苦、共生活。她的孙子告诉我：近几年不再让奶奶下地了，他和媳妇挑起耕种五亩责任田的重担，让奶奶看娃看家。但奶奶却一会儿也不失闲，炕上地下的活，料理得头头是道。我问及饮食状况，老人高声回答："我大半辈子吃惯了酸菜、搅粥，偶尔孩子们端来饺子、包子硬让我换换口味尝尝鲜。"我问及老人衣着时，她撩起袄襟让我看"时兴"（新买的羊毛衫），突然她又爬上炕去抻出一件她刚刚给孙子做好的新棉衣，谦虚地说："我眼神不行喽，孩子们将就着穿呗!"胜似慈母的奶奶心哟，让人肃然起敬。

今年 94 岁高龄的周玉琴，是比我大哥长三岁的老嫂子。大哥仙逝后，我们 18 年不见面了。近日相见，她那白皙透红的模样，让我大吃一惊。我风趣地逗："嫂子老了十八变，越老越变越好看!"她咯咯地笑个不停。然而有谁知晓，94 岁的老妪背后，曾有中年失去大女儿，老年又失去大女婿的悲痛在折磨她。皆因儿女们争尽孝道，才使老人心地开朗，心情一天比一天坦然。再加上她生性不吃油食，不沾油腻，爱吃酸菜米饭和清淡蔬菜，岂能不益寿延年?

92岁的张中华，是我本家三奶奶，提起她的好人缘，村里无人不晓。她早年失去丈夫后，孤身一人把屋前阳台上下整理得像个大花园，经春历夏，芍药、玫瑰、花脸百合、各式秋菊，花开一茬接一茬，花团锦簇、蜂飞蝶舞，村里赏花人络绎不绝。街上来了照相的也常到她家来选衬景、抓镜头。她从开春到秋末，把院里菜畦料理得井井有条，他用小水桶浇灌的各样的蔬菜，常供街坊邻居们尝鲜。中华老人还懂医道，为生儿育女、疗治小病小灾的乡亲们献出了好多土偏方、土招数。就连干粗活的后生们眼里打了蹦（刮风天柴草迷眼）或闹病，也常来找三奶奶吹吹眼疾，拨弄拨弄伤痛。俺三奶奶就是靠待人好人缘、持家好能手、遇事好心态支持了九十多个春秋。因此，逢年过节来看望祝福老人健康长寿的乡亲们络绎不绝。

我们国家向来就有“七十不留宿，八十不留座”之说。马圈村91岁的高布云却常去外村闺女家颐养天年。她二儿子告诉我：“我娘儿子闺女家轮着住，在哪住也不吃细米白面，她身板结实，除了一身不闲外重要的是天天爱吃五谷杂粮，顿顿不离田园素野菜。”

92岁的李莲子憨厚温和、开朗大方，终生保持好心态。照她的话说，跟前夫结婚30年，前夫是这趟街有名的坏脾气、怪性格，可任他咋折腾她从来不翻脸。47岁那年改嫁到王家，一晃儿四十多年过去了，她和继夫继儿从没拌过一次嘴，继儿玉田从没跟她红过一次脸。一家人互敬互让、和谐相处深得乡邻夸奖，尤其她那三寸小脚支撑着个大身材，年年月月天天把院里收拾得干干净净，利利索索，谁进院来都称赞洁净顺心。嫁给本村村南的李福女，今年九十岁，与八十岁的老党员孙仲元相依为命大半辈子，你敬我让，她跟姐姐一样好脾气好心态。她身骨儿虽不如姐姐壮实，但由于儿孙们常买来荞麦、莜麦面等可口的食品，让老人清淡饭菜不离口。还隔三差五地让医生上门来量体温测血压，所以老两口全是老来瘦的好体型。归纳六位九旬老妪的长寿之道我发现她们在“少年辛苦真食蓼，老景清闲如啖蔗”的前提下，至少做到了五点：一是，人老贵有好性情好心态；二是，好体魄与常吃粗野杂粮和清淡蔬菜生活习惯分不开；三是，终生不闲，爱劳动，爱事业，忙而忘忧；四是，家庭和睦，老少和谐，儿孙尽孝，是老人长寿的基石；五是，宁静清洁舒适的居住环境陶冶老人静养好心境。除此，今年乡、村政府给予老人生活福利及节假日慰问关怀，也为古稀康健增添了不少生活动力。

光棍堂的变迁

地处深山，老峪的涞源县，在“宁要社会主义的草，不要资本主义的苗”的年代里，几乎村村都有光棍堂。按说南屯乡的马圈村依山傍水、土地肥沃、民风淳朴，比较富庶。但从20世纪六七十年代算起，人过中年未婚者数以十计。好人缘的老光棍家，聚集光棍汉多，还有消怨解闷的传统活动——啃麻花、戳饼子、打平伙等，便成了小有名气的光棍堂，那时候的马圈村就有七八处。随着改革开放和农业生产责任制的实行，拓宽了人们致富的门路，人们的生活水平和精神面貌都发生了深刻变化。近日回家探访，喜闻光棍堂里大变革的事，乡亲们都对此津津乐道。

“兄弟俩人三间房，守着坡地愁吃粮，债务随着年龄增，老二娶妻无希望”。这是对三十多年前王银锁的描写，当时的他刚刚四十多岁，仅因为家里穷，根本没哪个姑娘愿意嫁给他，年龄一天比一天大，他心里成家的希望也一天比一天小。没想到1978年后，国家实行了改革开放政策，农村实行了联产承包责任制，看着分给自己的土地，他的心里有说不出的高兴，身上有使不完的劲儿，每天早出晚归，侍弄着自家的田，土地就像他儿子，没事了还要到地里去转转、看看。

很快，他的责任田亩产从当初的二三百斤，增加到五六百斤，碰上风调雨顺的时候，有些地块儿甚至超过了千斤。生活变了，他那将要消失的娶妻成家的希望又燃起来。1985年秋后，经人介绍与孤山村的王淑梅喜结连理，同时还带来了三个孩子。为了供养三个孩子念完大学，他们两个节衣缩食，没黑夜没白天到选厂里打工，年年纯收入超过万元，成了远近闻名的富裕户。到2004年，他们用节俭和积蓄的钱，供大儿子和女儿念完了高中、大学，其中女儿在石家庄就业，大儿子在村里翻盖了四间宽敞亮堂的大北房，办起了医疗所。栽下梧桐招凤凰，去年大儿子与大学同学结婚了，转过年喜添一女。今年五月，小儿子也如期念完大学，留在了省会大医院实习。两个老人辛勤供读，三儿女发奋深造就业，祖孙三代其乐融融，被人广传佳话：光棍堂变成医疗所，祖孙三代日子红！

在“工分工分是命根，就是没钱娶媳妇”的年代，孙九田也是光棍中的一员，从没有想过娶媳妇的事，以为今后一个人就那样了，但是后来发生的事情是他没想到的。时间回到9年前，53岁的他把多余的粮食卖掉，小石头房变成了大砖房，红娘牵线、月老做媒与刘春格结伴。婚后9年来，老孙抽闲暇种地，大部分精力放在了给工厂打工上，小日子红红火火，老两口恩爱有加。2004年的一天，老孙遭遇了车祸，蹭掉了三颗门牙，老伴接他回家后，精心照料，着实让独身寂寞了大半辈子的孙老汉倍感温馨，时常咧开没门牙的嘴笑出声来。

该村东头光棍堂的老主人——62岁的孙清宇，以前也是比较“出名”的光棍，没人认为他还能娶上媳妇。改革开放以后，他挤空儿种地，大部分时间在外打工，年年收入盈余有存款，经介绍，与张太平组成了家庭。张太平进到这个家里，把生活打理得井井有条，让孙清宇一年四季衣被净，一日三餐饭可口。此刻，舒心开怀的老孙头，一天到晚笑语连篇，精神爽快。婚后，他一连气在外打工8个春秋，不知苦累，每晚回家，老伴都给他弄肉菜，烫白酒，人们说他昔日老光棍，今朝“半斤仙”！

今年48岁的孙民中，干活是一把好手，近些年粮有余、款丰盈。2003年，邻村的寡妇王保花走进了他的光棍堂，把屋里屋外收拾得干干净净，一日三餐，顿顿粗粮细做，饮食大为改善，让孙民中和他老爹精神焕发。尤为令人称赞的是，八十多岁的公爹卧病在床后，儿媳妇王保花天天请医买药、端屎端尿，感动得老人热泪盈眶，邻居们见了都夸：昔日光棍房，变成了今日的福满堂。

据了解，马圈村在改革开放以前，有8个生产队，中年以上光棍38个，近年来人们收入增加，面貌大为改观，到今年秋天，全村已有20多个光棍喜结良缘，告别了光棍的艰难岁月，真正的光棍堂已经所剩无几了。

采药升迁识虎狼

在割资本主义尾巴的20世纪60年代，干一天活挣10分工，每个工值二三角钱，家里人口多劳力少的人家，秋天分口粮，还得往外拿钱，还得看干部的脸色。笔者全家老小八九口人，两个劳力，分粮食年年欠账三百多元。俺们队老队长看俺干活实在、卖力气，他召集生产队干部开会研究，决定批准俺去外地刨药材交副业款，每天交一块六，给俺记十分工，俺每天多刨药材，每天还落二三块钱。俺喜出望外，高兴地背上篓子拿上镢头，进深山小住山庄刨药材。

我去的北石壶山庄，背依燕子飞峰巅下的东峡谷，燕子飞海拔1850米，峰下山场沟谷纵横，草灌茂密，药材资源非常丰富。小山庄上十几口人，靠砍小木货、打卖柴维持生计。我去那里刨药材，不几天便与乡亲们混得烂熟。尤其我的老房东庆连兄说话实在、办事牢靠，待人格外真诚憨厚。我住他家，每隔三天，便往老家背送一趟一百多斤的药材。下午采药回来，从山庄背药材，蹦下崖石羊肠小路四华里，到羊栏沟门柏油路边，等待西去的马车连人带药材拉回老家去，老父亲将药材（玉竹）加工、晾晒，卖给本村供销社，每趟能收入七八十元。这样接连采药个把月，除去交足生产队副业款，手中有余钱三四百元。我与父亲商量，花八十块钱打做了一辆独轮车，推到羊栏沟门老李哥家存车，再去山庄住宿、刨药材。有时我下山回家特晚，庆连哥给俺做好饭烧好开水等俺回庄。事隔两个多月，我又用采药交足副业款的剩余钱，花九十元托人从县城买回一辆红旗牌旧自行车，骑车子驮运药材回老家，又省力气又快当。

从夏末到秋末，四个多月，不但天天采药，满载而归，除去交足副业款，我四个月挣得现金一千多元，当年能分口粮不欠债。

采药期间，我用辛勤劳作、转山刨药材的耐力和收获，赢得了山庄人们的夸赞。尤其待我特好的庆连兄，晚上做好饭我吃饱，躺在炕头休息时，他满肚子的山里故事，向我叙说个没完。尤其讲起燕子飞峰巅各大沟谷结识虎、狼的真实故事，说得活灵活现，让我听来毛骨悚然。那故事淳朴耐味、寓意深刻。至今我回忆起来，仍是历历在目。

35年前，庆连兄刚刚十七岁，便接过赶牛鞭，揽起放牧三条乳牛的差事，当然燕子飞下的辽阔山场，自是他去放牛的好去处。那天他赶牛边走边吃草，走到饲草丛深处，庆连兄找到一崖石坐下休息。不一会儿，他抬头四下张望，突然迎面老远望见一只大老虎向他走来。庆连兄悄然不动，急中生智，顺山崖出溜到背面崖底躲起来。他伏在崖旮旯1个多小时，听不到老虎动静，才又探头探脑寻望，确无老虎声息，才小心翼翼地随牛群去放牧。后来，他逢人便讲：在深山老林里看见老虎，千万莫妄动，要悄悄躲。

25年前的秋末，庆连兄又去放牛，回来牛下山回庄走步快。不一会，牛群便将庆连兄落下老远，他顺河槽往山庄赶路，刚拐过一个小山坡，路当央竟有三只恶狼挡道，那六只贼亮的大眼睛，着实吓人。此刻，庆连稍一愣神，想起妙招驱狼。他赶忙悄没声地划根火柴，将地头玉米秸点着，此时风助火势，火随风威，那火苗蹿起丈把高，将三只恶狼吓得逃之夭夭，不见了踪影。后来，庆连兄总结巧遇虎狼的诀窍是：“虎怕躲、狼怕火，谁若不信别怨我。”庆连智驱虎狼的老故事，这一带山庄无人不晓。

几年前，农村改革政策进山，庆连父子养牛致富积极性高涨，自繁自养，不几年兜里就有了存款，让人面兽心的“狼”瞅见眼红眼馋。那恶“狼”偷款不成，气急败坏，便用一把火将庆连父子和房屋烧成灰烬。那恶“狼”哪里料到，法网恢恢，疏而不漏，时隔不久，那人面狼便被政府处以极刑。写到此，我为老房东凭吊：虎怕躲，狼怕火，人面兽心之恶狼进了杀场没处躲。

正是：

小住山庄采药忙，恩谢房东识虎狼。
人面兽却防不住，火焚父子倍凄凉。
奉劝乡亲多警惕，用法捍卫咱山庄。
学法识法不犯法，勤劳致富奔小康。

我陪老伴下江南

我属兔，老伴属蛇，我长老伴两岁。老辈子人们说：蛇盘兔辈辈富。事实证明，我们婚后的几十年岁月，不但没有富，倒真尝够了贫穷的苦难滋味。

20世纪60年代初，老伴响应“上山下乡支援农业等一线”的号召，拿着返乡务农荣誉证书回到家里，正赶上国家经济困难的非常时期，低指标、瓜菜代，顿顿吃不饱饭。

70年代，四清运动、文化大革命，越折腾越没得吃，没得花。尤其我们这“一头沉”家庭（指我是非农业人口，后来老伴还乡和孩子们是农业人口），我每月三十几块钱的工资，买每月二十九斤粮食供应，实在补贴不起“工分是命根儿”少吃没喝的日子。老伴在生产队里苦干一年，秋天领着孩子们排队在打谷场等着分口粮，还得买工分补交口粮款。有时候交不上款，还遭人白眼。孩子们上学，只得从鸡屁股抠来买纸和笔的钱。

80年代初，老伴领回土地联产承包责任书，望着属于自己家里的几亩包产地，笑逐颜开，不知所措。从此，我帮她选购优良的玉米杂交种子、化肥，周日抽空帮她紧种紧锄紧收，一年四季也用不了几天，庄稼作物的长势就倍儿好。玉米亩产由二三百斤一跃而为七八百斤，有的好地块过千斤。全家人不但吃饱了肚子，还年年自给有余，家里也开始有了存款。

90年代后，老伴用卖余粮的钱把小土房变成了砖瓦房，还添置了许多新家具，日子越过越火。于是，她心里生起了外出旅游散散心、开开眼界的念头。那时我也退休在家，自然表示赞同。

自2004年开始，我年年陪她外出观光游览走一遭。到今年算下来，天津外滩、北京颐和园等许多风景名胜，都留下了我们的足迹。山西五台山、河北白洋淀、山东蓬莱等好山好水的地方，都留下了我们的身影。

值得称道的是，2012 年农历四月中旬，我陪老伴下江南，整整七天，游览了古都南京、人称天堂的苏杭、“东方巴黎”大上海和江南水乡乌镇。住在星级宾馆，尝遍了江南风味小吃。对旅游在行的我，既当向导，又当地陪。看见她那舒心的笑脸，瞅她那欢快的表情，我舒心极了，在游览的时候我们拍下好多美好的画面。照片带回家来，塞满大小两个相册。平时空闲的时候，就翻阅欣赏，让我们爱不释手。

最让人难忘的是老伴第一次乘坐软卧，从北京到南京，舒舒服服地睡了一大觉，醒来下车一看，那四季如诗如画的南京出现在眼前，她还以为尚在梦境当中。尤其从春寒料峭里走来的北方人，身在江南舒适的气温中，满目嫩绿和花红，让人觉得格外神清气爽，筋骨舒服。

2012 年农历四月十八日，老伴头次坐飞机，挨她右边落座的外国朋友，看她“老土”，起飞时，赶紧动手帮她把安全带系好；笑容可掬的空姐送来丰盈的早点，让从未享受过如此待遇的老伴着实过了一把瘾。一个多小时后，飞机就徐徐降落在溜平的机场了，下飞机的时候，老伴还有些恋恋不舍。从江南回来，老伴逢人便夸说坐飞机的绝好滋味。

现如今，当她看见电视里播放旅游广告时，常对我说：“如今好日子开了头，咱们年年选好季节，出去旅游旅游，权当是咱俩欢度晚年了。”我听了，连连点头称是。

爱心诊所

一位秀气的山东姑娘，医大毕业后，冲破世俗的藩篱，毅然和自己心爱的人在太行山乡成家立业，书写了又一段爱情传奇。男主人公是希望工程的受益者、身残志坚的医大毕业生高莉。妻子赵艳是他的同学。两人志同道合而互生爱慕，在长城脚下的马圈村，办了一家诊所。欲知诊所由来，需从高莉的曲折经历说起。

1979 年春暖花开时节，刚刚一岁半的高莉，被医院确诊为小儿麻痹症晚期，很快住进了县医院。医生说针灸烤电治疗至少也需要半年的时间，高莉的父亲高宏伟，看着手里攥着的一把人民币，满脸的无奈，仅有的这点钱，对住院治疗来说，岂不是杯水车薪？于是老两口咬紧牙关每天背着儿子往返 60 里的路途在县医院与家之间奔波，就为省下车费和省吃俭用的钱给儿子看病。半年恢复期过去了，针灸、烤电疗效显著，高莉拄双拐可勉强慢行。

8 岁那年，高莉和妹妹上了小学。兄妹俩聪慧好学，从一年级到四年级，门门功课优异，双双三好学生，两个人的奖状糊满了他家的顶棚。到五、六年级的时候兄妹俩到离家四里远的二道河村就读。功夫不负有心人，为了哥哥，妹妹学会了骑自行车，每天都骑车带着哥哥往返于家和学校之间。中午同学们回家吃饭，唯有他们兄妹俩带干粮凉吃冷吞，吃完后便开始看书学习，时间长了老师发现了，明白了兄妹俩成绩总是名列前茅的奥妙之所在，此后老师让他们俩把干粮带到伙房热了吃。

1993 年，高莉拄着拐读完小学，以优异的成绩考入县第二中学。上中学后，高莉便以好思想、好品德赢得了师生的好评，加入了共青团，又被评为三好学生。父母为给儿子治病，拼命地干活挣钱，在 16 年里，高莉动了 6 次大手术。

每当过年的时候，父亲高宏伟不惧严寒，跳进刺骨的拒马河中，捉小鱼卖给饭馆，赚来几十块钱，买年货，凑合过年。每当高莉提及此事，都泣不成声。

天有不测风云，人有旦夕祸福。高莉刚读完初一，高宏伟还没有为儿子的优异成绩笑出声来，就不幸煤气中毒与世长辞。他家里突然倒了顶梁柱，留下了三个正在求学的儿女。这下高莉的母亲犯了难。高莉失去亲人的噩耗在学校传开后，师生们无不为之悲伤动容。班主任向校长汇报后，经研究由团委牵头，在全校展开向高莉捐款救助活动。师生共同献爱心，捐款4000元，为高莉解决了生活费用。二中学生捐款资助高莉的活动在北京播放后，引起了航空部离休老干部刘玉沛的关注，他迅速与涞源县团委联系，从此开始资助高莉，每月都给高莉寄来生活费，高莉读完高二的时候，已收到了汇款5000元。高莉医大毕业后，毅然还乡办诊所，刘伯伯为之高兴，每年春节都寄来贺年卡。

谈到刘先生热忱资助老区贫困学生的事情，高莉便想起几年前省电视台播放医学院建“爱心家园”的事情。高莉讲：2002年5月他正在上大二，看到很多新生因家境贫困、想家等因素整日郁郁寡欢，他看在眼里记在心上。找几位同学商量后写出组建“爱心家园”的倡议书，之后很快得到了同学们的响应。报名者迅速增至数百人。大家推举高莉任主席兼文艺部部长。后勤部组织会员们捡来各种废品卖了钱资助给贫困学生。这一活动引起了学院领导的重视。2002年底各媒体竞相报道。至今，高莉就读的学院“爱心家园”活动依旧火爆，已吸收会员逾千人。

世上无难事，只怕有心人。高莉靠爱心支撑，拄双拐每天都要出入宿舍楼、教学楼、图书馆，蹦上跳下四百多台阶，走完了步履维艰求索之路。2004年夏，他克服常人难以想象的困难，读完中西医结合系所有课程，考核成绩和毕业论文均在校内获好评。校领导找他谈话，请他实习后留校当助教。高莉沉思许久，最终婉言回绝了。

原来，饱受病痛折磨的高莉，将“痛定思痛、久病成医”视为座右铭。决心学医治病，为乡亲们治病。2004年夏天，在众人不解的目光下，告别大城市，回到母亲改嫁的马圈村继父家中。收拾好三间石头屋，办起小诊所。不几日他把消息告诉恋人赵艳，赵艳兴奋得一宿睡不着。赵艳的祖籍是山东省沂蒙山区，读书四年来，同班同学的高莉妹妹高硕牵线搭桥，使一对知己情深意厚。

远在千里之外的青岛医院当护士的她，恨不得一下子飞到恋人的身边，与他一起料理诊所，给他当好助手，为他的老人尽孝心……

2005 年 11 月赵艳请假 4 天，只身一人飞往涞源，与高莉久别重逢。同年腊月，赵艳的哥哥亲自带妹妹上门来订下亲事。看到整洁宽绰的新扩建的诊所大厅，患者络绎不绝，赵艳的心里像蜜一样甜，更坚定了她进山创业的信心。

2006 年 2 月 26 日，赵艳劝说好父母亲，辞掉工作，在父母的陪同下，到涞源完婚。小住几日后，赵艳娘家人深切感受到：自小命运多舛的高莉，竟然这般端庄儒雅、精明强干。他家里的老人淳朴善良、憨厚热诚。赵艳父母悬着的心，终于落到实处。

贫穷和愚昧是孪生弟兄。在太行深山老峪的偏远山村，不少人仍沿袭着“小病不疼不养，中病忍者硬扛，大病扛不住，最后把命挡”的古老陋习，延误掉不少生命。高莉经常在脑海里琢磨如何解决疑、难、杂、怪病症难题。向书本和电脑咨询，向专家学者讨教。对难症，养成了不探究出结果不罢休的较真习惯。他临病不慌，攻坚克难，扎扎实实迈开可喜的一步步。为改善通讯交通环境，他购置了电脑，买回三轮摩托。为提高医疗水平，投巨资从北京买来超声雾化器、针灸、外科手术刀、缺氧器、小穴位电动按摩器等设备。令人称道的是：小小超声雾化器用起来灵便、准确，为老年人治疗和检查呼吸道病，大大减少了病痛时间。高莉发挥中西药配方、针灸、烤电、拔罐、按摩等多种技艺，多管齐下，因人而异，省钱省事，受到乡亲们的欢迎。

去年冬天小炉沟村的孙国成老汉，干木匠活锯坏手指，赶来诊所治疗，他问道：“我家出生四个月的小孙子身患先天性脊柱裂，到北京一家医院手术被医生谢绝，他说做手术容易造成终身瘫痪，请问小高还有没有办法治啊?”高莉没有马上回答他，反复地查阅资料、咨询多位知名专家，花费了三个下午的时间，终于找到了脊柱裂有望治愈的科学依据。他告诉老木匠赶快带孙子去北京武警总医院动手术。手术后孩子的脊背变平变展，病去心安。祖孙俩从北京回来，没进家门，就径直来诊所向高莉致谢。

2005年春，马圈村民孙广顺的儿媳，婚后五年不孕。她试探着找到高莉诊脉开药方。高莉望、闻、问、切后仔细查找资料，开出一剂中药方，让她连吃20副。两个月后，她怀孕了，到现在他的孩子已经能到处跑着玩了，他们一家人对高莉感激万分。

村里开粮店的张锁柱，年近花甲，手脚麻利体格好，就是因早年得过美尼尔综合征，一犯病就头晕得站不住脚。张老汉奔着医大高才生的名气，慕名而至，经高莉配药吃了五天后，至今病没有再犯过。

每年进入盛夏，瓜果上市，村里的妇女们吃瓜果多，村里周岁左右的婴儿患急性腹泻的屡见不鲜，此病治疗不当，最易造成婴儿腹泻脱水，危及生命。经他研制出几种药剂，腹泻婴儿只需服用一两次即愈。他每年都用这种方法治愈腹泻婴儿近百例。

男医女护，夫唱妇随。医大高级护理系毕业的赵艳，除了做好司药、打针、输液护理病人等本职工作，更把向妇女姐妹们宣传妇幼常见病预防、食品安全、保健等知识的普及推广视为己任。年轻姐妹们常找上门来与赵艳结知心交朋友。每年都有几十个孕妇来诊所查胎位做体检，赵艳抓住机会向孕妇推荐“初孕吃核桃、中孕多补钙、后孕常补铁，母子均无害。”通俗易懂的话语深得姐妹们喜欢。

转眼间，高莉、赵艳大学毕业已五年了。他们把青春年华定格在深山诊所，用爱心擎起了一片蓝天！

吹 喜

不知怎的，越是临近春节，乡亲们凑到一块，越是爱扳着指头惦念村里入土的人。今年刚进腊月门，村里人们街谈巷议的热门话题是怀念刚入土百天的黑贵叔。

黑贵叔脸黑脖颈黑，黑皮肤衬托的两眼黑白分明，格外闪亮。他身高细挑，却因终生劳累，疲得他弯腰驼背，说话不多还沾点口吃。他从小因家里穷，没上过学，斗大的字不识半升。七岁娘死后，爹去扛长活，家里丢下他和妹妹讨要着吃。逢年过节，他就追着吹喜师傅的屁股转，挨门串户，帮师傅摇门栅、叩门环，替师傅打狗，与吹唢呐师傅有缘结下友情。白天混个肚儿圆，晚上陪师傅住在破庙里。慢慢学会了吹喇叭按眼，于是好心的老吹鼓手收他做了贴身徒弟。

1945 年秋天，我们村堡子梁据点上日本鬼子溜往张家口。村里人们敲锣打鼓欢庆抗日胜利，大闺女小后生们尽情地扭秧歌、蹬高跷，我们孩娃子们排起队在儿童团长带领下打起了霸王鞭。当年正直 20 岁的黑贵叔鼓起腮帮子，用唢呐吹奏起《八路军打仗为老乡》《没有共产党就没有新中国》，唢呐声声，明快高亢、婉转悦耳。一瞬间，成了村子里欢乐海洋中的主旋律、最强音，激动得我和小伙伴们蹦高高。从此，每逢大年初一五更，我们便在三十黑夜熬年时，顺着吹喜的唢呐音响，循声紧随黑贵叔挨门串户，边吹奏一支支吉祥如意的牌曲，边敛过大年的干粮。全村百多户人家，吹几十支《太平调》《朝天子》《送情郎》等牌曲。他背在身后的荆篓里，便渐渐由各家各户随心意送给的胡萝卜条坨坨（指用开水焯熟的萝卜条盛放碗里结冻）、豆渣饼、玉米面发干粮塞满大半篓。偶尔也有白面馍和几块冻豆腐，还有富裕人家吹喜受感动，把一碗饺子送给黑贵叔，黑贵叔珍惜地装在布袋里背回家去，全家围着火盆而坐，边吃饺子边烤火，老少过个热乎年。

春去冬来，岁月荏苒。土改那年，黑贵叔分得三间房和七亩地，娶上了媳妇又喜添一男一女，生活有了保障，黑贵叔从此过大年，没再拾起沿门吹喜讨吃的行当。然而，他的唢呐越吹越高水平，越吹越有名气。每逢大年初一，太阳滚红时刻，他准时登上全村最高的古老建筑物——关公阁楼，冲全村上空，把《百鸟朝凤》《喜盈门》等牌曲音韵，嘹亮地送往千家万户。当村子上空响起爆竹声，他才穿着羊皮袄热汗淋漓地从关公阁上走下来回家吃年饭。村里成立业余剧团，黑贵叔主动请缨，担起司鼓，白天下地，黑夜学戏，排练，《大报仇》（涞源梆子）、《小二黑结婚》《刘巧儿》（歌剧）等剧目，从不叫苦叫累。正月十五前后，邻村下请柬邀我团演出，黑贵叔肩挎鼓架子小皮鼓和板鼓、怀揣喇叭唢呐和小青年们一样爬山越涧。演出中，偶尔有人代替司鼓，他站在乐队里，高昂着头青筋爆满脖颈，配合唱腔吹几阵，台下人们惊得目瞪口呆。人们私下悄声说："别看打板的高个子弓腰驼背，吹起喇叭来倍嘹亮倍好听！"演出归来，团长在村口给大伙散发糖果、香烟，我们一帮小青年都爱把香烟送给黑贵叔过把瘾。

合作化、公社化后，工分是命根的年代，家家生活差不离。整个夏暑夜晚，村西头大柳树底下，成了人们欣赏民乐合奏的消夏晚会。黑贵叔唢呐伴奏是人们最爱听的拿手好戏。就是这年夏天，黑贵叔带我去苇地，学会采苇膜，苇膜充裕了，我也学会了吹笛子。

党的十一届三中全会后，实行责任田，年逾古稀的黑贵叔过上了舒心光景，尽管老人家步履蹒跚，说话有气无力，一生唢呐吹光了满口牙齿，我们每逢大年初一给他拜年，他便顿时来了精神，拿起擦拭铮铮发亮的唢呐，硬是涨脖红脸地吹一曲儿《朝天子》，尽管年年曲曲皆然如此，但在我们听来，却是曲曲年年耳目一新。

我的田园情趣

酷暑清晨，我被大柳树上的山黎鸡嘹亮的“抢早——快快起”的鸣叫声唤醒，照例穿好衣服，散步在农家小院。我使劲吸吮着甜玉米扬花吐穗甜香、清新、鲜灵的气息，很自然地在抖落四肢间，将我的心思定格在满院翠绿生香、尽享不够的情趣中。

石子路两旁的水果味甜玉米抽穗，团团小蜜蜂钻出钻入，嗡嗡嘤嘤地将花粉抖落在玉米棵探出怀抱的大玉米嫩缨缨中，才使每棵绿杆挺胸腆肚地显摆它们爱情的结晶。此刻，甭说是咀嚼鲜嫩玉米的香甜，单说看几眼尺把长玉茭日渐粒鼓胀满的态势，就能挑逗得你流口水。

玉米田垅间，点种不足20棵的无筋豆角，得意地顺着我们插好的竿架，边向上攀援，边开花结荚，那一串串、一挂挂豆角，长的过尺，短的盈寸，绿葱葱水灵灵，着实惹人眼球。进入伏天，那豆荚们一天一个长样，隔宿刮目相看，豆荚们又长了两公分。我可以自豪地说，今年一夏吃得自种自收豆角，都要比在县城小区住一年都吃得又好又鲜又多。这无筋豆角，不施化肥、不洒农药，长得鲜亮水灵，纯自然的绿色食品，吃着放心，嚼着甜心，咽下去舒心。

退休前我住老家时，年年入冬后，我常用山蘑炖小鸡或炒肉丝吃，泡洗香菇的水，泼洒在南屋棚前的草地里，没承想在今年雨水丰沛的暑期，时常有黑里子、小云盘、松菇等山蘑，撑开地皮、顶着一把把小伞从绿茵茵草地钻出来，刚见世面一两日，便被老伴采之晾晒。现如今三伏将尽，我已保存好干菇一斤多，隔报纸闻一闻菇香扑鼻。

更讨人喜欢的是，俺全家老小都喜欢吃香椿芽炒鸡蛋。俺院东南角落栽种过一棵香椿树。万没料到砍掉主干后，从根部繁衍滋生越多，从开春到夏末，香椿丛中顶部的芽芽，轮番掐着吃，一茬接一茬见风似的长，成了天然椿圃。采之不尽，食之不竭。

立了秋，挂锄勾。我们涞源深山里独有的秋子（即李子的母体）果实，红彤彤、金灿灿地相继成熟，随意用牙叼住一颗，咬破果汁满嘴流淌，酸甜可口，清凉惬意。我那远方姑爷来我们家农家院尽享田园之乐，啃罢煮熟的水果味香甜玉米，吃起来摘到手里的秋子，双手轮番往嘴里扔着吃，真像“吃葡萄不吐葡萄皮”。

每年“五一”过后，我走进我的故乡田园，仿佛走进仙境。特别是清晨，那山黎鸡催人早起的嘹亮鸣叫，拌和着低飞紫燕的啁啾声，将浓浓乡情撩拨得我满身欢欣，田园里的火爆情趣让我回味无穷，这里远离了县城水泥楼群间的炙烤干热和生活枯燥。尤其酷暑难当的今日，绿色乡村里总是流淌着湿漉漉、水灵灵、鲜生生的清凉。

闲暇中，我看着我和老伴力所能及的劳作，换来满园滴翠的丰硕果实，纯绿色的大自然享受，为我驱走了无聊的寂寞。我除了遨游报纸和书籍的海洋，写些得手的文章外，我的晚年大部游艺在田园各个情趣中。老伴她则乐呵呵地与老姐们、老哥小叔们说笑开心，忘记了自己年逾古稀。每天总是有话说不够，有兴玩不尽，我们的晚年生活丰富多彩。

正是：

田园滴翠乡情浓，
舒心感恩夕阳红。
辛劳口甜纯绿色，
乡音乡语梦中寻。

翻身辈辈甜 梦想日日圆

2013年10月1日，祖国64年华诞，恰是我孙子订婚的好日子。我合家祖孙三代五六十口人，欢聚在绿荫映掩的小区楼上。无拘无束，有说有笑，喜气盈盈，合乐满堂。此刻，我回卧室取茶杯，无意中瞥见我爷爷和我伯父、父亲的遗像，顿时抚今追昔，脑海里翻天覆地。感慨万千上心头，悲喜交加热泪流。

我出生在日本铁蹄蹂躏华北的战乱时代，长在五星红旗下。今虽古稀有五，儿时的苦难记忆，依然清晰可辨。村里老辈人们，念叨起我爷爷扛长活，时正当年，我奶奶因病无医早逝。留下我伯父和父亲小哥俩，满街巷跑着玩耍，哪儿饿了讨要着吃，哪儿乏累了哪儿倒地就睡。日头落山，我爷爷扛活回家，进屋门先摸炕沿，炕沿里如摸有俩脑瓜，爷爷便破涕为笑："娃们还知道天黑回家。"若一摸再摸，仅一颗人头或无一个脑瓜，爷爷便喊着两个儿子的乳名"庆元、奎元!"，从屋里喊到大街小巷，满村子满街筒子都是"庆元、奎元"的回声。后来，我大伯心灵手巧，常去县城东关店铺当学徒。剩下我父亲淘气顽皮，我爷爷背他去五台山出家当和尚，我伯父知道后，途中拖下我父亲，随他在身旁打杂白混饭吃。据俺老三奶奶说，我爹从小就没穿过一双有帮子有底子的好布鞋。因此，我每逢忆起伯父、父亲被爷爷摸脑瓜之往事，要与"布衣多年冷似铁，娇儿恶卧踏里裂"的情景相比，他们老哥俩要悲惨得多。

1948年，村里闹土改。我家分得了一亩半平地和四亩多山坡地，还分得了四间东房。扛了大半辈长活的我们家，终于翻身做主人，有了自家的土地和房屋，结束了上无片瓦、下无立锥之地的苦难岁月。我爷爷和我父亲精耕细种自家土地，我家才过上温饱生活。

1955年7月，我以优异成绩，考进了每月尽享9块钱助学金的师范学校，减轻了我父亲供我上学的拖累。我有幸的是：深受启蒙老师的言传身教，从小学起就酷爱写作。初师二年级春节，拒马源头修建水力发电站，正年大节的涞源山城，首次亮起灯头朝下的大红灯笼，男女老少争相瞧看的激动情景，触发了我的灵感，我写了《老汉观灯》的短诗，歌颂党的恩情，歌颂毛泽东时代，这篇处女作被《保定农民报》副刊采用。初师毕业前，我抽暇采访，接连在党报上发表散文、通讯等数篇。

1959 年隆冬，我因顶撞领导被错误处理回乡务农。此期间，我毫无怨言，更不气馁，在耕风沐雨中，经常聆听老支书孙居才和老党员赵永讲年轻时逃荒要饭苦受煎熬的故事。听他们讲建地下党、除奸防特抗日、土改后搞互助组、合作化、公社化的悲喜交加感受，我颇受启发和教育。

党的十一届三中全会春风吹拂神州大地。我们村广大村民深深尝到了土地承包到户的甜头，人们对 2020 年全面建成小康社会，更充满了信心和期望。劳动间歇，我用玉米棒包皮写社员短歌，每月见报二三首，月月用稿费买来的煤油，使我和老伴在灯下“夫唱（写诗歌）妇随（做针线）”寻到了乐趣。歌颂好日子题材越写越广，歌颂党和毛主席诗歌越写越有劲头。我记得那是 1971 年秋后，我正在瓦窑场和泥，大队会计孙尚恩从公社开会回来，便一气儿跑到瓦窑场，向我径直交代了党委布置给我连夜编写粉碎林彪反革命集团叛党叛国的文艺演唱节目。我趴在瓦窑场窝铺上，打开电灯干了一个通宵，编写了《儿子来信》《揭穿林贼鬼把戏》等五个文艺节目。白天和泥累一天，夜晚师傅们鼾声如雷，我写稿劲头从何而来？党和毛主席带给我们的好日子，实属不易，我们打心眼里感谢共产党、崇敬毛主席，为捍卫毛泽东思想苦干一宿，自然不知苦和累。

拨乱反正、平反昭雪后，我重新回到工作岗位，并加入了中国共产党。发挥自己特长与爱好，上山下乡，深入基层，深入生活采访，每年都被党报党刊采用稿件一百多篇。一连五年，我被评为全市新闻先进工作者一等奖第一名。一连五年，被县委、政府评为年度模范工作者，各式样荣誉证书八十多个。连获殊荣，更激起我为党为人民奉献更多更好的作品的信心。1989 年我调任县旅游局任副局长，愣是拖着股骨头无血坏死的左大腿，带领小分队，普查踏遍涞源山山水水，摸清了全县旅游资源的家底，为县委政府策划旅游富县奠定基础。

百年奋斗铸就历史辉煌，信心百倍推进复兴大业。我退休后十五年来，更看重了为党为人民奋笔疾书，高歌复兴伟业的神圣使命。在全国人民为实现民族复兴走过的历史进程中，我编写、出版的《凉城传说》早已脱销。我创作的长篇报告文学《邓百万脱贫传》出版后，为多家企业成传阅之宝。我为探究涞源深厚的历史文化底蕴，深入乡村采访写成的涞源人文、民俗等文章，已有上百篇被选刊上市、县报刊上。本文标题“梦想日日圆”，恰是我退休后，在有生之年，要做的实际工作。我愿随着中华民族复兴的步伐，用圆好的梦想，为复兴伟业加油、助力。写到此，我心胸澎湃，情不自禁吟出小诗一首：

夕阳余晖日，
梦想已圆时。
复兴书凯笔，
身慢脚不迟。

不忘腊月锥鞋时

20世纪六七十年代，在“绷紧阶级斗争弦”的日子里，太行深山老峪里的人们生活艰难，工分是命根。我家人多劳力少，年年口粮不够吃，从鸡屁股里掏银行供孩子们念书，哪里还有钱给他们买鞋？五个孩子常年穿的布鞋和棉鞋，全是我老伴起五更睡半夜（白天只能下地干活）纳底子、缝帮子手工制作的。开春开学穿新鞋，等不到放秋假，就都一双双前边张口笑，后边露脚丫了，破破烂烂凑合着穿一冬。快过年了，为了让孙子孙女们穿上好鞋，一进腊月门，我的老父亲就在昏暗的油灯下，当起了修鞋匠。

孩子们穿坏的布鞋、棉鞋，在他们的爷爷眼前堆成了一座小山。他拿起一双张嘴鞋来，仔细地掂量端详好，将闪着亮光的扁针锥在脑顶的白发中蹭几下，再一拉一拽穿针引线地补起来。露脚指头的张嘴鞋，用黑色皮子包头，就成了一双包皮头的好布鞋；露脚掌的窟窿底子，将剪好的新掌胶上，再用麻线勒在针脚槽眼里，不用一只铁钉子（怕钉子扎孩子脚），只一个时辰，一双鞋掌就全部锥好。一连四五个深夜下来，在腊月二十四打扫房屋之前，一堆小山似的几十双破旧鞋，被全部整个焕然一新，按大小脚程序发给孩子们，让他们正月初一全都穿上“新”鞋。孩子们高兴地跳高高，连喊“好爷爷，爷爷好，爷爷待见俺的脚。俺的脚，跑得快，要跑第一俺多帅”。我的老父亲瞧着娃娃们欢乐，听着奶声奶气的歌谣，激动得老泪盈眶，心窝里比吃下蜜糖还甜。

现如今，大人孩子都不时兴穿家里手工做的布鞋了，这说明生活水平提高了。但在县城一些小区里，有不少好端端的布鞋或皮靴，不时髦了或穿着稍不顺心，便扔进垃圾箱，看着真可惜。所以要倡导厉行节约反对浪费。是的，好日子好好过，决不能乱扔钱，更不能不珍惜劳动成果。还是老话说得对：丰年要当歉年过，遇到歉年不挨饿。

“福至”我家喜盈门

2012 年的 11 月 25 日，是我 74 岁生日。年年过生日这天，儿女、孙子、孙女、外甥女及女婿和孩娃们，二十七八口人欢聚一堂，说说笑笑热闹非常。然而，去年这个生日过得极不寻常，让我终生难忘。

我在北京读完大学立业成家的四女儿与丈夫，自驾新买的车，回涞源给我拜寿。下车伊始，从后备箱抱来一大堆我过生日、过春节的礼品，林林总总不下三千多元。最让我出乎意料的是喜从天降的罕见大皇历，全名叫“香港福历堂择吉通胜大皇历”。它身长 48 厘米、宽 20 厘米、厚 4 厘米，重达两千克，立戳起来比椅子还高。打开精装箱子，“福至”两个大字镶嵌在金黄的封面上。从 2013 年 1 月 1、2 日掀起，共 184 页，每页均在中间一幅传统木刻版古老年画下，讲述着中华民族福文化的来龙去脉，伴随着几千年的历史文化变迁和发展，着实让我解饥止渴。我这民俗文化爱好者，如鱼得水，为我深究和写作民俗风情如虎添翼。源远流长的福字各式讲究，淋漓尽致，真个爱不释手。我兴奋异常地对小女儿说：“这本大个皇历太好了，这不单是本大皇历，它是一本福文化大辞典，更是我有生之年探讨和写作民俗文化的精神动力。”

大皇历个太大沉重，墙上不能钉钉子挂不起，皇历册子厚、写字台上又放不下。我左瞅右看，千般无奈，只好竖戳在我的床头。让我每天，不，是每时每刻都抬头见“福”。说来凑巧，福至床头，果不其然便喜气盈门。此喜其一，我过生日那天，儿子、闺女、女婿、外男外女和孙子孙女，共计 28 口，顶数这天晚辈来得全，轮番为我敬酒祝寿，男女老少欢欢乐乐、和和谐谐、甜甜美美。此喜其二，我写的散文《吹喜》，于 2012 年底，在全国散文学会写作中心举办的 2012 年“华夏情”大赛评选中，荣获二等奖。此喜其三，今年 2 月 17 日刚上班，《保定日报》副刊编辑打电话告诉我：我腊月

26日写好寄去的散文《不忘腊月锥鞋时》在2月10日见报。2月10日啥日子？恰是一年之计在于春的大年初一，福、禄、吉、祥、寿交汇的好运时刻，为我今年创作开了好头。因此，福至床头，我每隔日便翻一页，新的“福”字来由便让我耳目一新。正是：

福至床头暖烘烘，
福如海水寿比松。
夕阳余晖多奉献，
心雄志壮笔不停。

采药奇运

临近7月，我和老伴相携回到乡下老家安度夏暑。在村头遛弯时，看见车来车往上山刨药材的后生们，将满载而归的中药材，不用晾晒加工，就地卖给药材收购站，回家数钱的欢乐情景，勾起我想起我和我表弟50年前刨药材突转奇运的往事。

1963年，“低指标瓜菜代”的生活年代，也恰逢青黄不接。我便约小我5岁的表弟，用汗珠子摔八瓣的辛苦，去冲破生活困窘。我们结伴去20里外的穆柯寨北长城梁一带去刨药材。那天清晨，我俩钻进八里外的苇地沟大峡谷，顺羊肠小路盘行个把小时，登上了雄伟壮丽的石头长城，举目南北张望，长城的伟岸身躯与大山结为一体，我顿觉浑身充满了力量，我们是大山的子孙后代，要做山一样的倔强后生，敢于向生活抗争，向命运挑战，挑起全家奔赴美好生活的重担。说来也怪，也许是心想事成吧，走下长城没几步，便在浑圆平坦的梁顶上，惊奇地发现开遍蓝色铃铛花的桔梗。那桔梗棵挨棵、片连片，让我们欣喜若狂。我凭刨药材多年直觉，这个开满蓝花花的山梁梁，密匝匝、蓝腾腾的桔梗药材，足够俺哥俩刨一整天的。我们撂下背篓，连歇也未歇，就发疯似地抡起镢头照药苗根部刨起来，边刨边拧掉桔梗秧苗，将半尺多长的桔梗屡屡扔在背篓里。约摸刨了一个多钟头，我正擦着头上的汗珠，忽听表弟“哎呦”惊叫一声说：“我的镢头咋成两节啦?”他束手无策，焦急万分。我望着满山头的桔梗秧苗，略思忖劝道：“表弟甭着急，咱俩共用一把镢头，一个人刨根，一个人拧秧儿，到后半晌，咱一人也得刨多半篓子药材回家。”他方松了口气，稍息片刻，我俩使用一把镢头刨起来。果然，随着大汗淋漓地抛洒，药材篓子渐渐装了多半下。天近午，又饥又渴，我们累得气喘吁吁不约而同地解开干粮袋，找水吃下干粮，吃饱喝足再好生刨。

打开干粮袋，边用手捏干粮吃在嘴里，边撇开目光，四下里寻找山泉水，边吃边顺山泉往前走，泉水的叮咚声把我们吸引到一个坐西朝东的山洞前，洞口写着“白光古洞”四个大字。近前入洞口，洞壁上悬挂着“有求必应”的红绸布。我们把干粮袋放在洞口，每人手捡两块石头，便小心翼翼地向洞深处摸去。此刻，我们身边的一波波袭人热浪，不知何时，早被一进洞口的清爽抵去。顿觉浑身清凉败火，爽人肺腑。愈往前行，愈是没入这无边的惬意和松爽里。表弟突然投下一块石头，石头砸进泉潭的扑通声，把俺俩吓得倒退好几步。稍定了定神，我们用手缓缓向前摸脚下，摸到水边，俺俩像两只小猪仔喝泔水一般，四肢匐地，嘴伸往潭水边，滋滋喝了个痛快淋漓。只有此时，方晓得了“解渴”二字该有多大分量。俺们出洞来吃干粮，我愣怔地发现：表弟家早已没有了下锅米面，大姑竟然煮熟两碗架豆装在干粮袋里。我俩用我带的玉米面干粮和煮架豆夹杂着吃，总算填饱了肚子。

俩人歇人不歇马，轮换抡镢头刨药材，漫山遍野尽是桔梗药苗，我们就挑选棵大苗壮的桔梗来刨，硬是刨来一棵棵根粗若大拇指、根长一尺多的上好桔梗，理顺着摆满两只背篓，稍歇片刻。夕阳渐渐叼住西山头了，我们才各自背着满篓子药材，恋恋不舍地离开浑圆的长城岭头，欢快地唱着“日落西山红霞飞，战士打靶把营归”盘起羊肠小路。我再三回头眺望，夕阳罩红的长城岭头，在熠熠发光。她像是对来自穷乡僻壤的刨药材后生们说：靠山吃山山皆宝，吃苦方能耐大劳，颗颗汗珠摔八瓣，摔来奇运尽是宝。

文举哥携我“跑荏粪”

土改后的第二年，刚刚翻身做主人的穷哥弟兄们，还天寒地冻哩，就张罗着往新分得的土地里，背粪送肥。

俺家原是扛长活的佃户，没钱养猪养牲口，单靠我和爹娘三口人拉的粪便攒肥，能积攒多点？这天晚上，我们院北屋爱讲故事的三伯母吃罢晚饭，又照例来我家热炕头上，一边盘腿围着火盆烤火，一边又摇摆着上半截身子，照例叨叨起故事来。但我因白天听爹说，土改新分给二亩半山坡梯田没有星点肥，眼瞅春节临近，地里没肥咋办？俺心里有事，三伯母的故事听不进去，心神不定，左右难安。比我大八岁的文举哥见我听故事心不在焉，便拉我出屋，走到大门洞问我究竟。我便把新分得的二亩半坡地快播种了还没丁点肥料的事，向他摊了牌。文举哥毕竟比俺大八岁懂事儿多，他稍加思忖，便拍俺肩膀说：“这事儿好办。每星期六后晌一放学，你就去东坡根接牛群，撵牛群抢着拾粪去（刚土改后，人们都焦急地里没肥）。星期天，再随我上山放牛，转山坡拾干牛粪，加上撵牛群拾鲜牛粪，一天两篓子，还愁地里没肥！”我点头称是，备好粪铲和粪篓子。

我知道文举哥是全村养牛户们信得过的好牛倌，他人憨厚，对牛殷实，天天让牛们吃得毛眼光亮肚儿圆。

冬闲季节一大早，“牛出栏喽！”嗓门洪亮、粗又壮的唤牛声，一瞬时灌满街巷，家家户户便将黑的、白花的、红黄和灰不溜秋的各色老牛、乳牛和犊崽们轰往村子当中的广场，集合齐备后，便由挎着干粮袋的文举哥边呵斥、边挥舞赶牛鞭子，将牛们归拢到道筒里，赶往东山坡，任意钻往哪条沟里，顺梯田坡脚，一台阶一台阶地往山坡觅食吃草。牛群后边，一群拾粪的孩崽们背粪筐撵着牛的屁股，叽叽喳喳尾随山里来。

真是不读哪家书，不识哪家字。拾粪这个淳朴不过的简单行当，还挺有点说道哩。牛倌看见跟牛群来拾粪的孩娃子们多，早在村口将牛头数点清，按山娃们的人数将牛平分下去，每人跟几头牛，便撵几头牛屁股拾粪，至于你篓子里拾粪多少，就看拾粪娃们的眼力和手头快慢了。开头几个礼拜，我不习惯，人家拾一篓，我仅拾半篓，后来经文举哥多次暗里指点迷津，俺拾粪撵上了别的孩娃们。其中，在牛群里拾粪乐趣多多，莫过于“跑茬粪”了。

原来，牛群放牧吃草、歇晌、饮水和撒拉也是有时辰和程序的。早饭后，赶牛群上山，一路上半个小时左右，捡粪无几。牛儿上山觅草，自然粪便更少。只有天近午，牛们吃饱肚皮，饮完山涧泉水，卧在梯田里歇息两个多小时后，起晌活动少许，才是拉撒粪便的“良辰吉时”。俺文举哥是牛倌，自然他有权限处理牛群的粪便。他为了让所有来拾粪的孩娃们都能欢欢喜喜地有所收获，不致因抢拾不公或仗大欺小打架闹泼，他便在“跑茬粪”中摸到了比较公正的门道。

全村百十条牛卧晌时，各自自然安详卧在七八块梯田里，牛们边歇息，边嘴里咀嚼着草液，格外悠闲自得。牛倌抬头望望日头偏西起晌时分，便招呼孩娃们背好粪篓集聚在最底层梯田里，让大家站齐一条起跑线上，扬起赶牛鞭“啪、啪、啪!”三声山响后，我们十几个孩娃们便从梯田两边的羊肠小道上，飞跑到每块梯田牛们跟前，围着牛们屁股抢拾粪便，有的老口乳牛鞭响后仍然不待动，拾粪娃们使用粪铲把捶打老牛屁股，轰赶片刻，便也拉下一堆粪便。这样逐地块抢拾牛粪的结果中：年岁小腿脚和手头不灵便的，自然要比较少拾些牛粪，有的撒泼小子们，抢拾牛粪竟然干脆扔掉粪铲，用两只手粪钗似地捧往粪篓子里。

牛群踩着夕阳下山回村，孩娃们各自背着沉甸甸的牛粪，高高兴兴走回家去。爹娘看见，自然是又欢喜又心痛，赶忙接过牛粪篓子，将粪倒往厕坑沤烂。娘赶忙盛来热水，将娃娃双手洗刷洁净，才让坐饭桌前吃晚饭。就这样，一连二十多个周日去拾牛粪，“跑茬粪”跑得腿脚利索、手头麻利，练好了身体。更使二亩半新分得山坡梯田饱施了粪肥，这年秋天玉米获得了大丰收。

捞鱼匿

涞水、易水二泉合流的拒马河上游，河水清澈见底，河底五彩斑斓的鹅卵石缝间，游弋着许多浑身生有棕褐斑点的麻渣小鱼。此鱼个体虽不足指粗拃长，吃着却犹如虹鳟鱼般清香鲜美。不知从何年何代沿袭至今，越是临近隆冬，越是捞鱼匿、捕获麻渣小鱼的黄金季节。

这天假日，从早晨峰巅上涂抹的玫瑰红来断定，今日是下水捞鱼匿的好天气。鱼匿，词典上说：即为小鱼们入冬后，躲在人们早已垒好的石堆堆中避风寒越冬，匿影藏形不再公开出来活动之意。由此看来，汉称飞狐、明为广昌的这边陲古战场，早有中华民族袭用古文古俗，由来已久。我心怀此念头，捞鱼匿愈加心切。

我们一行五人，背篓携筐提锹，来到村北拒马河边，找到三个星期前在河边垒好的方形鱼匿，大哥指挥分工片刻，我们搬石头、除沙土忙活起来。一向捞鱼蛮有瘾头的拴柱，早蹬高腰水靴爬上鱼匿，用手悄悄扒开匿中心几块石块，朝下摸石缝间，突然听到他"鱼匿里边有鱼!"的叫喊，更鼓足了大家"速战速决"的劲头。天暖水不凉，日暖土无冻，大伙圈匿的圈匿，屯土的屯土，不消40分钟，便将鱼匿圈堵、屯上个严严实实。随后，七手八脚地将鱼匿石头扔往圈外，用桶将匿坑水快淘干的时候，大伙就瞅见藏身匿影不住的无数条小鱼，在混水中慌乱焦躁地拍打、跳跃。此刻，哗啦啦淘水声、嘻哈哈笑声和鱼崽窜动蹦跳声，交织成一曲开心的交响乐，惬意极了。紧张战斗过后，人们满身满脸均是污斑泥点子，不由相视而笑，每人分得一锨头麻渣小鱼，盛在筐里，放进河里投几投，洗几洗，用盐拌之后，晾晒半天，半煎半炸成美味佳肴。我用煎炸小鱼吃捞小米干饭，是入冬以来的首次大餐。

贵在夜摸惊蛰鱼

今年的春天是悄悄地来的，来得早。皆因雪铺冰盖之反复，春又到得晚。晚归晚，岁数不饶人，节气不打折。到啥节气发挥啥作用。你若不信，五九六九，顺着拒马河畔看春柳，柳枝却由灰涩泛青黄。尤其临近惊蛰，拒马河水里的麻渣鱼崽们，那股钟情早春二月的痴迷劲，让你越发领会：春回大地带给一切生灵的可爱之处。

不知从何年代起，我们拒马河畔村村庄庄的祖祖辈辈，早就对拒马河畔的鱼文化传统有所考究。入冬来，垒鱼匿、挖兜岔，用河底堆石头子或河边结冰窟的土办法，诱鱼崽们取暖越冬，被人用筐篓捞起大饱口福；秋雨连绵，山洪暴发时节，壮年汉子们顺河岔垒好迂拦坝，截拦住几斤大的鱼，众人分享美餐。独有春天惊蛰节前后两三天，夜晚打灯笼顺河岔摸鱼尽是麻渣儿鱼崽，人称“惊蛰鱼”。老辈子人说，吃惊蛰鱼能祛百病。腰腿疼痛的老者，一口生吞下几条盈寸小活鱼，可祛风湿、壮筋骨。有哮喘者，用惊蛰鱼熬梨汤，痛饮数日，治愈的病例举不胜举。甭管咋说，体如圆径、头尖口方、唇有须口有牙、浑身黑花褐斑，长不过一拃，短刚刚盈寸的麻渣儿鱼，油炸油煎后食用，均是可口美味。就连仅有的脊骨一根刺，咀嚼起来也香香脆脆，亚赛当今世界名贵佳鱼——虹鳟鱼的味道，自然备受孩童们的青睐。只是，惊蛰鱼只能夜摸，不可日取。

惊蛰前后的夜晚，正值麻渣鱼群栖于河边浅水处发情受精产卵黄金季节。此几夜晚，无论雌雄浮游水中均不爱动荡，均不爱游弋，均尽享痴迷痴情中。于是，河边人们便可轻易取之。

今年春早又乍寒乍暖，鱼崽们便于夜晚提前几日聚集河边，自然照惯例招来山娃们的极大兴趣。夕阳西下，便先张罗好灯笼、蜡烛、松明，待夜幕降临山峦、星斗满天，河畔便越来越多地缀满了灯笼、火把（松明），偶尔还有贼亮贼亮的卡斯灯。大大小小的伙伴们，三一撮、俩一伙，沿“s”形的拒马河边，欢声笑语，此起彼落。痴迷在情海里的鱼崽们，似动非动，呆呆傻傻，任人去摸、去抓、去逮。大周末，我随孙孙前往，看着眼前的喜人火爆景象，也把我拽回到我的童年。

那年我刚刚十一岁。惊蛰前两天的晚上，伯父让我和弟弟推石碾轧面。俺俩经不住拒马河畔欢声笑语和灯火辉煌的诱惑，撂下碾棍儿，便偷偷溜到河边。纸糊小灯笼里点着小磕头蜡烛，一人照水面，一人伸手往河水里摸，果然摸到许多条麻渣鱼崽儿。小蜡烛点完，俺俩把几十条小鱼分藏在我们戴的毡帽头盔里，悄悄回村去，不曾想，事已败露，伯父早已生气地等候在村口。他见我二人鬼鬼祟祟的样子，抓住俺的扎根毛，一人一个大耳光，将毡帽头扇得老远，冻僵的鱼儿洒落一地。伯母好歹说情，才将鱼崽捡回洗净，挤净内脏用盐渍，晾干后，一条条架在铁丝箅子上，放在谷糠点燃的烟火中熏烤，小鱼油滋滋、金黄黄，裹在薄如纸的小米煎饼里，咬一口干巴巴、筋道道，仔细嚼来咸香味美，终生难忘。

近几年，县委政府花大气力整顿、治理拒马河源，逐渐减少或杜绝泉眼的环境污染，涞源十大泉群的水质越来越洁净、凛冽、生甜，让人饮用心里踏实，不愧有“优质饮用水”之美称。随之，源头湿地的鱼、虾、蛙类，渐由濒临灭绝，到今天的生态环境改善，又开始繁衍发展。如今，融融春意洒向千家万户，阵阵童欢响彻河畔。一张张舒展的笑脸，被灯光倒映水中，一只只摸鱼的小手，欢快地让人眼花缭乱。我目睹这一切，倍感欣慰，由衷地高兴。我心里轻轻说:“是啊，春天来得越来越早了，春天变得也越来越好了。”

龙潭沟斗鱼

首次去龙潭沟，我对龙潭沟溪流永恒的动势，照人的洁美，清冽的味甜，兴致浓浓。然而日后品味，却莫过于同鱼儿斗智较劲，最让人难以忘怀。

龙潭沟景区位于河北省西北部涞源县城东，与易县紧邻的112国道以北的西杏花村，村北百米处，就是龙潭水库。发源于山北边的大坑、二坑源泉，猛然跌落百丈崖，天造地设通天瀑，顺伏虎台、井儿谷，跳石蹦坎地流到水库来。水浅处，清澈见底；深渊处，碧清墨绿，水无公害，无污染。短短1.5公里，水中浮游生物生长繁多、水质极肥，给鱼类提供了得天独厚的原始、自然野性活饲料，使得野生野长的鱼虾自由自在游弋。鱼肥鱼壮生长快。开春，我们在勘察景点，自繁的草鱼崽才一二厘米。时隔仨月，有的竟长到半斤多，甚者七八两重。鱼儿肥壮，逍遥自在地游弋，勾起我沿溪流串大小龙潭垂钓的心劲儿。我挽起裤腿，站立潭边水浅处，放下钓竿竟有成群结队小鱼崽在我脚趾间游来戏去，好生痒痒，越发坚定了我“放长线钓大鱼”的信心。

人们说，春钓滩，夏钓潭，秋天钓鱼没个完。对钓鱼高手而言，出师无鱼自然是扫兴。对于初甩鱼竿的我来说，眼望着黑糊糊的鱼帮，在水中穿梭，却无可适从。连换几次鱼饵，鱼儿也不上钩，它们水中嬉闹玩耍，我垂钓却越发趣味横生。我从衣袋里，掏出蜡烛点着，用绣花针炙烤后，弯了几个多形状鱼钩钩，山娃们轮番去坡脚逮灰墩墩、担勾勾等蚂蚱，调换食饵。功夫不负用心人，终于鱼儿们有的经不住诱惑，叼饵上钩了。随着“战果”的辉煌，垂钓之瘾涌上心头。山娃们悄无声地聚在我身后，瞪大眼睛侦察鱼崽动向，企盼着鱼竿颤悠之后摘鱼的喜讯。此刻，山野静悄悄，望着山娃和我映在潭水中的倒影，醉在诗情画意中。

日头由东山头移往西山顶，看着钓来的一小串鱼崽，煞是高兴。山娃们簇拥着我，说着、笑着、蹦着、跳着，甭提多么惬意。兴奋之余，细思量垂钓之艰，一小串鱼崽耗费一整天时间，是我与鱼儿斗智，还是鱼儿与我智搏？我放慢脚步，沉浸在思虑中。

鹰猎小记

蓝天穹高，没有半点云遮盖；雪野广袤，耀眼明光白皑皑。我们六位打围、赶杖的馋嘴，簇拥着架鹰老手——洛志大伯，边走边拉呱儿边寻觅猎物。洛志大伯身穿一件没吊面的山羊皮袄，黄鹰聪敏、灵巧，雄赳赳地挺立在皮袄袖筒上，看它很是踌躇满志，威风凛凛。两只滴溜溜乱转的眼睛，四处张望，好似时刻都在虎视眈眈，对雪后初霁猎获“战利品”充满了信心。

顺堡子梁南行不远，便进了塔拉沟。这里除一泓泉水在白雪衬映下，黑乎乎的之外，全是一派银装素裹。走着，走着，有人发现野兔爪迹，人们渐渐有意散开，成扇子面形朝山里走去。突然，洛志大伯一声“猫！”（山里人管野兔叫猫儿），那黄鹰早展翅腾空而去。一眨眼，它俯冲前往，紧紧盯住了目标。这时看地上，只见野兔撒欢飞蹿处，一溜溜雪尘粉末划成一条条弧线，随着我们的呐喊声、鹰爪上的小铜铃哗啷声，那野兔早已被吓得魂不附体。猛然，黄鹰扑向地面，轻而易举地抓住猎物颈背，啄开了它的双眼和脑灵盖，我们一拥而上，从鹰爪下强夺下猎物。听洛志大伯讲：放鹰若填饱肚子，再发现“敌”情，它是不肯轻易出击的。

我们一行，旗开得胜，越往沟里纵深挺进越是“士气高昂”。鹰抓山鸡，要比抓兔子有趣得多。它不像抓兔那样直冲过去，速战速决，而是飞旋在空中，观看山鸡狼狈飞蹿之表演。阳光下，鹰在半空飞旋的影子，罩在雪地上，山鸡惊慌惊恐地“嘎、嘎”叫着飞去，然而慌不择路，越发笨拙、愚钝，失魂落魄，疲惫不慎时就站落地面，跑几步再起飞。按鹰的飞速在空中就能把山鸡抓住，但它不抓，仍是看着山鸡在惊恐中飞起落下，有意向败者挑逗、戏耍，山鸡实在是筋疲力尽飞跑不动时，便钻进绣线菊丛中藏了起来。然而花狸斑斑的长长尾巴却露在灌木丛外，这时黄鹰扑上去，不费吹灰之力，缚住山鸡脑袋，啄吃个够。把在惶恐中悲哀死去的山鸡拖出丛外，让主人拎起来挎在肩膀上。它又挺立在老汉臂膀上，环视原野觅寻猎物。

大雪纷飞后的第一个晴天里，我们架黄鹰转战山野十多华里，猎获野兔、山鸡十余只。凯旋路上，我们夸赞着洛志大伯驯鹰、放鹰的本事，盘算着如何加工野味下酒，看看鸡兔们凄惨下场，想到今年夏秋季节，它们糟害老乡庄稼的情景，开心极了。

孙老正小传

说起中医，大家应该不陌生。中医有着数千年的历史，是我中华民族在长期的生产与生活实践中，认识生命、维系健康、战胜疾病的宝贵经验总结，是中国传统文化的结晶。虽然时隔一百多年，人们还总是对当地神奇老中医孙老正的神奇往事念念不忘。

孙老正琐事不平常

广昌县城东乡二十里的马圈村，清同治八年出生的孙作兴，号老正。在父亲孙士美（三先生）所生五子中，排行老大。他从小攻读好学，随父亲读医书、学医术。他通读《金匮要略》《黄帝内经》、孙思邈的《千金方》等，对草药治疗伤寒等疑难杂症颇有高招。加之他受父亲性情淳朴、乐于助人、富有正义感的家教影响，人们多尊称他“老正先生”。

同治四十五年腊月三十日，全村家家户户贴春联，孙老正停下手中医疗活计，总爱倒背着手挨家走走看看，看年事准备得如何。他信步走到五弟家门口，抬头看见大门上一副对联用碗扣了十四个黑坨坨，甚是显眼醒目。孙老正冲进院内高吼：“老五，你是灭祖啦，还是绝后哇？门上贴黑坨坨，上辱老祖宗，下辱儿孙晚辈，我看明天大早谁还来给你拜年！”老五弟孙作诰闻言自知理屈，赶忙又买来大红纸请私塾先生赶写了一副吉祥喜庆春联，重新贴好在大门上。

出马圈村东不足一里地的东坡棒槌沟，沟门盛产白干渍土，供人们装饰墙壁刷墙用。离马圈村西十五里远的杜村，有位后生隔三差五地赶毛驴来偷挖干渍土，去县城倒卖。有人向爱说直理的孙老正告发。孙老正将两位乡亲叮嘱一番，乡亲们点头称是。

次日清晨，杜村后生果真又起早来东坡偷挖白干渍土，装好驮，赶毛驴淌过马圈村北拒马河，进城去卖。俩乡亲一声吆喝，将杜村偷土后生截获，孙老正与乡亲们把他扭送县衙。知县大人公堂审问案由后，示意孙老正（孙老正身为广昌县诉讼先生）质问杜村后生。“你是哪村的?”“俺是杜村的。”“杜村有大东坡吗?”……老正接着说：“马圈的坡，马圈的山，杜村后生来此为哪般?你家用点倒可以，为啥偷土当成发财的敲门砖?”老正连连逼问，杜村后生张口结舌，无言答对。最后，知县大人念其写好悔改保证书，改邪归正，免于惩罚，退下大堂。

孙老正足智多谋，办事利索，说话诙谐幽默生趣。马圈村老乡亲孙江新婚娶新娘，请孙老正带着花轿去易州二道河村娶亲。迎新亲客到开席，孙老正等席桌上，八八席面倒扣八只大饭碗，席面桌上冷冷清清。一炷香后，不见人照顾，孙老正自知：相隔数十里，风俗大不同，桌子上满菜，迎亲方未将谢礼（香烟）给厨房奉上。孙老正稍加思索，便拿起筷子大声叫道：“来，揭盖子开——吃!”众人均伸筷子将八个扣着的饭碗揭开，狼吞虎咽地吃喝起来。此刻，窗外厨师派人查看尴尬，那人扭嘴说：“没戏，没戏喽!”

西门北门挂金匾

20世纪初，走进马圈村东北村口，迎面坐南朝北、一座坐东面西的高大门楼，悬挂着镶有斗大金字的蔚蓝牌匾，着实引人眼目。北门匾系孙老正父亲“三先生”行医赢得。可叹“文革”浩劫，其匾被毁。匾上金字及来历，家人们记忆不详，实则哀哉。

西大门金匾，正中横书“资功寿世”四个斗大金字，是光绪三年，山西省一位道台大人慕名而至，看好陈年杂病，道台大人亲自将金匾挂在孙老正药房院大门上的。“文革”期间，此金匾同样未能幸免，其曾孙将其匾改为一扇门，方久存于世。

乡邻惊赞“活神仙”

乡村中医世家孙老正，精心啃读父亲留下来的《伤寒论证》《千金方》等，总结实践与理论相结合之经验，吸取沉痛教训，于三十而立之年，其医术达到炉火纯青的地步。除药房坐诊外，还常常在左手腕上挂好铜制的空心虎撑（俗称响呼拉，相传唐太宗封孙思邈为药王爷后，为给结伴老虎治愈患病口腔而特制，摇之山响有收病号卖药品作用）走庄串村，招徕患者求医。这天前半晌，孙老正走到拒马河东畔的边关重镇浮图峪西门外，巧遇一位挎筐拾粪老人，步履踉跄，便迎面招呼“老哥，你直直腰杆，我瞅瞅你老的面色。”拾粪老人一愣神，任来人观看。片刻，孙老正面对拾粪老人直言：“你老甭拾粪啦，快回家去，休息休息，让儿女们料理你的后事吧！”说罢急转身走进村来，问候戏台下晒太阳众老人可安。老中医进村来，讯息顺街筒传开。不一会，便有一愁眉苦脸后生请先生给他娘再看看，还能活几个时辰。孙老正随后生进院，进病人住房，四下静瞅，儿孙们一个个苦眉愁眼，都用求助眼神瞅先生施救。老正叫家人拽来病人手腕，款款摸脉观象，只待片刻，老正便轻声慢语说：“开几服中草药，喝喝试试，老人病体问题不太大。”说完开好药方，派家人回马圈村药房取药。浑身早已穿好装老寿衣的这位老奶奶，脱掉寿衣，果然连连服用孙老正开好的30服中草药后，病体日渐康复。那位拾粪老人拾粪归家三日后，便与世长辞，待家人给拾粪老人上五七坟时（已三十五天后），大病一场穿好寿服的老奶奶，竟然拄杖到街上晒太阳了。“奄奄一息老奶奶，经孙老正诊治，几十服草药死里逃生。正儿八经拾粪老汉，被老正瞅见步履踉跄，病入膏肓一命亡。”“这真的是活神仙临降人世啊！”浮图峪众乡邻把奇事传开，“活神仙”事迹在广昌城东乡扬言数十里，没人不知无人不晓。接连两三年，城里乡下来马圈村求老正先生瞧病者，络绎不绝，快要踢断了门槛。

小小偏方除大疑

本村的八岁顽童孙敏敏，淘气好玩。一天晚上玩耍回来，睡醒一觉，嚷着左腿磕膝盖疼。爹娘听了，以为孩子们玩耍，难免磕碰，丝毫不介意。又过两天，小敏敏越发感觉左膝盖疼痛难忍，让爹娘卷起裤腿子细瞧看。左膝盖正中突起核桃大小的一个脓包，原来恶疮化脓，哪能不疼？爹将小敏敏背上双肩，火烧火燎地跑到高门楼药房，请老正先生抢治。敏敏父子一阵喘息过后，孙老正瞅过敏敏左膝盖，小声对敏他爹说："你父子先回去，我查查古书，明天前晌再来治疗。"小敏父子无奈，只好任先生安排。

次日前半晌，小敏父子准时来治左膝盖病痛。看见外屋看病人多，孙老正便将父子拉入内屋，小声叮嘱：小敏的膝盖恶疮有救了，回家去破豆瓣磨一锅豆腐，豆腐锅水烧滚开，用已发酵酸浆水点制成豆腐脑时，豆腐锅表面有薄薄一层半透明的薄膜，稍晾凉些后，用六道木筷子（防毒）架在笊篱上，将豆腐皮膜轻轻捞出，折成四五层，捂盖在孩子膝盖恶疮疮口上，养护六七日后，孩子便会恶疮根除，下地玩耍。父子回到家，敏敏爹娘推石碾破豆瓣磨豆腐，忙活小半天，点制豆腐脑，捞出豆腐皮膜，照老正先生指点安治妥切。果然没出六七日，小敏恶疮根除，老爹老娘又惊又喜。惊的是，万万没料到，小小豆腐皮皮，能根治大病。喜的是，自家做豆腐治病，又没花上几文文钱。

苦口良药成玉帛

孙老正砖门楼斜对面，不足十步之遥，便是本家远房侄子孙勋家南门楼。皆因早年地界石发生过争执，闹过口角，至今二十年来，双方总是抬头不见低头见，张口说话害怕丢脸面。后来，孙老正在病房从患者口中得知，大侄子孙勋身患伤寒，久治不愈。多次去广昌城同仁堂求治，收效甚微。身为医生，救死扶伤是天职。乡里乡亲一点隔阂算个甚？从死亡路上救回一条人命，特值！于是，他迈出砖大门口，径直进入南大门院。主动打问孙勋病体安否。身为晚辈的侄子孙勋，听问话忐忑不安。愣神半个时辰，他才向老正叔恭恭敬敬汇报了伤寒病情。孙老正听罢，不由分说，便手拽大侄子走进高门楼药房开方抓药，就地熬药让孙勋等候喝下第一剂，再按时来服用第二剂、第三剂、第四剂……一连四十八剂中草药，孙老正亲自看火候煎熬，再帮侄子连连服用。早在服用孙老正开方的十五剂后，孙勋就日渐病轻。两个月后，孙勋病体完全康健。感动得病人家属喜出望外，硬是将五斗小米（价值五块现大洋）背往老正叔家里，答谢救命之恩。

正是：

界石过节结下仇，
迎走对面低下头。
妙手回春愈伤寒，
化戈为帛有情由。

话说老高好人缘

人缘是何物？人缘泛指人与人与事物之间发生联系的可能性。人缘好，有人缘，人缘这个词咋用咋划算。无人缘或人缘二五眼的人，自然是咋用咋不灵。那么，好人缘因何而来，请听我说说老高好人缘系列往事。

老高何其人也？老高姓孙名沛号老高。家住涞源县城东乡20华里的拒马河南畔马圈村。此人生于清末光绪十二年（1886年），卒于1959年秋。此人一米八的个头，尖下巴颏，高高双颧骨，一双炯炯有神的大眼睛，忽闪闪，像似有许多要说的话倾吐给人们似的。抗战八年，在县城东乡许多乡邻乡亲们口中，总在不断叨叨：老高人缘好，老高保平安，救人一条命，岂能仅胜七级浮屠把恩情报完？所以，乡亲们回忆起桩桩往事，无不颂扬老高一生好人缘。

买煎饼　巧遇恩人长孙泪湿衫

南离马圈村四里远的北台村，张成老汉倒背手在村口溜达。猛抬头，看见一个挎篮子卖煎饼后生走来。这后生走到近前，老汉看到后生的一双浓眉大眼好像有几分面熟，便盘问："后生是哪村的？"后生顺口说："马圈村。"老汉紧问："你认识老高吗？"后生自豪地回答："不仅认识，那是我爷爷！""你是老高的长孙，我可看见救命恩人的后代啦！"说着上前紧紧握住后生双手，两眼打转转的泪珠掉在衣衫上。老汉向晚辈学说起差点丢了性命之往事。

1943年秋，张成去朱家庄串亲戚回来，为了抄近路回家赶时间，他顺朱家庄村后大梁，撵山弦不一会便来到马圈村东南的堡梁岗楼，张成觉得岗楼新鲜，四处张望了张望，便被岗楼哨兵截获，捉进院审问，审问不出伪警们想要的话语，便扬鞭拷打，一声声皮鞭响声和张成呼爹喊娘的叫声，让人听来撕心裂肺。老高恰巧从伪队长屋出院来，他瞅张成被打得皮开肉绽，脚下有一个写有“涞源北台”的褡裢，他灵机一动，惊叫：“哎哟，这不是我那北台村的老表弟吗？快别打了，别打了。”说着，他便央求伪队长快给张成松绑。他对伪队长拍胸脯说：“这人我敢用脑袋担保，一不是游击队，二不是八路密探。”伪队长念和伪甲长孙老高的交情，便无可奈何地把北台村张成放下了山。

看看天色不早，张成老汉才想起后生卖煎饼尚未开张：“你这五十张煎饼，我买你一半，下余一半我让乡亲们来买喽，卖完你数好钱，装衣兜里，随我回俺家吃顿便饭。”张成老人给后生炒了一碗鸡蛋小米饭，吃饱喝足后，才打发孙老高的孙子回村。

人缘好　祖辈教诲代代传

早在清嘉庆十一年（1806 年）冬，孙沛的大伯父孙老忠，进城赶集，遇一乡村流医呆卧街头。他上前问及老医生，缘何卧街不起，老医生回话，一连三日无食进肚，浑身酸软无力。老医生被孙老忠救起，买些煎饼果子进餐后，便拖着身骨儿回到孙老忠家，歇息数日有了精神，才向孙老忠学说起他善看骨科疑难杂病症之事。孙老忠闻之，惊喜交加，快去把邻居王东焕找来试医。王东焕右手托着生有恶疮的左手让医生仔细瞧看。好一阵后，张医生将已配好的药面面包好，让患者遵医嘱搽抹点拨，十日后，果然毒巨疮便奇迹般日益见好。手背毒疮全部好妥后，张医生才告知王东焕恶疮正名叫：“男人手背褡背疮。久治不医命会伤”。若不根除，十有九犯，这次彻底根除毒素，不但保住了性命，还请放心干活吧。

东焕毒疮看好的喜讯传遍全村。孙老忠征得乡亲们意愿，想把张医生落户马圈村，解决山村缺医少药看病难的事，向各家族族长学说同意，便向张文斌讲说了村里乡亲们让他给大伙看病的心愿。张文斌四海为家流浪行医，此刻年老体衰不宜颠簸在外，也确实同意有个家，好生过安稳日子，就全然答应了。果然老张家娶妻生子，子子孙孙兴旺四代，人口上百。更令人高兴的是，老张家为祖宗争气，至今已有三代名医为乡亲们祛病送健康，佳话频传乡里。孙老高正是在大伯父言传身教下长大的。

建据点　偷梁换柱保抗属

涞源通往蔚县的交通要冲中庄，住下日本鬼子要建据点，朝马圈村堡梁伪军炮楼要两车盖房木料，堡梁伪队长还特强调：要拆除马圈村养羊大户孙江院给中庄送木料。身为明支敌暗支我的伪甲长孙老高着实犯了难。拆孙江房屋倒不难，难的是对不住孙江。孙江有四个儿子，其中三个儿子上完抗大后在各自岗位上抗日救国，他们救国忧民岂能无家可归？老高苦思半晌，终于想出了偷梁换柱之良策。

孙老高决计后，火速派人拆掉新盖好的村东小学堂，凑好两车木料送往中庄鬼子据点。既保住了我革命家属家园，又早早把木料送到中庄鬼子据点，在堡梁炮楼伪队长面前，保住了体面。孙江得知拆房事情真相后，深为感激老高办事识大体顾大局，鼓励在外干革命、打鬼子的三个儿子，要干好大事业，拿到立功状后再回来探家。

救好汉　美女买通伪队长

1939 年春播时间，涞源县城的日本鬼子，突然出发来马圈村捉拿共产党员。鬼子包围全村后，用机枪架在村中央大壕坑四周，将全村男女都轰往壕坑里。鬼子头目挨个指点：“你的共产党干活？还是好良民?”被指挥军刀指点的男女，无有一个不说是“好良民”的。查找不出一个共产党，鬼子们便恼羞成怒，暴跳如雷。就选长得精明的中青年男人往汽车上拽。凑够 100 名男子，便灰溜溜将两汽车人开往涞源县城大狱里拷问。100 名中青年男子坐在囚笼里，一天三顿不给水喝，不给饭吃。一连三天，有不少人已饿得昏倒在地。鬼子和伪军毫不理睬。

马圈村我农会干部商议救乡亲们早日归来，焦急地抓耳挠腮，心急如焚，毫无办法。这时，有人提议找找孙老高兴许有办法。大家闯入老高家里，伪甲长孙老高正与高个子后生孙福商量对策。老高见农会干部来家甚是高兴，就大伙凑在一起，仔细琢磨救人良策。大家七嘴八舌没有主心骨，胆大心细的中年后生孙福，一拍大脑，突然机灵地说：“我从沙河大集买百张煎饼，去探视村民送煎饼，一则让大伙填饱肚子，二则顺便打听押在囚笼的百姓们啥时能回村。”老高连说：“此法好是好，就怕乡亲们看到煎饼吃不上，弄不好连孙福你也落入虎口。”大伙说：“孙福送煎饼多加小心，别跟看监狱的伪军说逗气话，摸摸情况就回来，商量好办法再去。”

村里百名村民入狱第四天，孙福起早到沙河集市上买好100张大如锅盖似的煎饼，塞满褡裢双兜，径直往城里大狱探望众乡亲。

坐囚笼的马圈村乡亲们，看见孙福扛着满口袋大煎饼进到狱里探亲，大家热泪盈眶、喜出望外。大家连连呼叫：“孙福，啥时候救我们回去？”煎饼还没分完，看管监狱的陈队长外号陈大肚子大模大样走来，招呼几名伪军将孙福抓住捆往审问室。陈队长直逼问：“你大胆的孙福，敢给共匪村民们送煎饼，你一定是共产党。”说着用皮鞭向孙福抽去。陈队长怎么逼问，孙福总是斩钉截铁一句话：“我不是共产党。我是好心人。”陈队长看他回话毫无诚意，便被关进囚笼。一连几天逼供拷打、抽鞭子、灌辣椒水、红烙铁烙，孙福总是对自己的信念坚定不移，说：“我不是共产党，我是大好人。”

孙福年已45岁，早已于1939年加入了中国共产党，是久经考验的村农会老基干民兵。他知道党内铁的纪律。他被捕入狱消息被我一区区委领导孙老讲知道后，怕孙福经受不住折磨，承认自己是共产党，两次通知马圈村伪甲长孙老高一定设法尽快救出孙福，好为我地下党组织守住机密。

其实，孙福给乡亲们送煎饼坐牢，伪甲长孙老高早有预料。孙福受折磨五天里，孙老高就两次托关系给陈大肚子送过二斗玉米和现钱。逼问百名群众是否党员无果，陆陆续续放他们全回村，独有孙福仍在受折磨。

一天，孙老高搜寻与陈大肚子的人脉关系，突然想到城关某某村伪甲长刘某某的美貌妻子与陈队长关系暧昧。老高就设法酒肉某某村伪甲长刘某，让他将三块大洋送给他老婆和陈玩耍，玩到兴头好让他答应释放孙福。没几日果真是世上没有不吃腥的猫崽，刘美人泡软陈大肚子关节，二十天后，释放孙福回到老家。

一屋两头谈判　换回武器让方便

1942年是晋察冀边区抗日斗争中最为艰苦的一年。区小队游击组时常缺少枪支和弹药。我游击小组长王铁蛋，找到马圈村明支敌暗支我的伪甲长孙老高。让孙老高想方设法把堡梁据点的张大鲍队长请到家，商谈要点武器。孙老高点头嗯嗯着，凝神细想起前两天去堡梁据点，给伙房送冻豆腐，张大鲍子队长跟他提到要老高去跟游击组们说说，让大伙过个安生年，春节前后十来天，歇歇火别往岗楼上打枪了的事。孙老高拍着胸脯，对王铁蛋悄声说："我尽力做好工作试试看吧！"

腊七腊八，出门冻煞。又加上早清风雪交加，腊八的天特别冷。马圈堡梁据点队长张大鲍子接到孙老高通知后，早早带着俩弟兄来到孙老高家小北屋等候。老高家小北屋，三间房子两头炕。进屋门，老高亲手取下张队长和俩弟兄的手枪和步枪，存放在小西屋。把他们三人安置在小北屋西头炕上等候游击组来。此刻，冷屋子凉炕，冻得伪军们够呛。张鲍冻得打得得，两兄弟冻得直筛糠。孙老高见状，赶忙端来小火盆架好玉米葫芦点着火，让弟兄们快燎燎烤烤。隔了不一会儿，我游击小组长王铁蛋也带两弟兄走进老高家小北屋。孙老高赶忙照例让王铁蛋三人拿下武器交给了他，送往小西屋各自保存，让铁蛋三人坐北屋东头炕上。

敌我双方人已到齐。孙老高关好大门和北屋家门。咳嗽两声后用力清清沙哑嗓子，开口说："咱们两帮弟兄都到我家来过几趟，叫鬼子闹得，咱从来没敢碰在一块说过话。今天我把两帮弟兄们请来，咱们开门见山地好好讲，慢慢说，千万别红脖子涨脸，有事好商量。双方谁先谈方便？"话罢屋里一阵寂静。突然，王铁蛋先说："过春节了，双方不打枪都过个安生年，这话也是对老百姓有照顾，我举双手赞成。但春节前后停火最多不能超过十天。张大鲍子，你们也得给俺点方便呀？"张大鲍子听了，焦急问："你们还跟我们要的啥方便？"王铁蛋不慌不忙回答："我们打鬼子少枪没子弹。请你们帮忙给我们弄来20条步枪和20箱子弹。"张大鲍子听了吐舌头，仔细想想回答说："行，我可以帮凑点枪和子弹。不过你们嘴张得大了些，可是停火时间也太短了点。”说到此，孙老高立当屋，觉得插话是时机，便双双劝解：“我老高是老百姓，既不向水，也不向火，但是我离开水火还是活不成。我说句成全双方都让方便的话，张队长带一竿子人马守据点不容易，王铁蛋领一伙人打游击爬山越岭也挺辛苦。我看王铁蛋你们多给堡梁据点停火两礼拜共计春节前后十五天怎么样？”王铁蛋说：“行行行。”孙老高转身对张队长和颜悦色说：“你们帮凑王铁蛋他们少送点枪支弹药，20 条枪变成 15 条，20 箱子弹变为 15 箱，张头儿你说咋样？”张大赩子见孙老高不偏不倚，便闷声闷气回答：“就算可以吧。”此刻，孙老高正式宣布：“谈判协议给点武器让方便春节 15 天不打枪通过。今晚夜深人静时刻，张队长立马把 15 条枪和 15 箱子弹送到咱们谈判的西炕头。半夜后，王铁蛋派人来我北屋西头将武器带走。”双方在连连应声中，接过各自存放在小西屋的手枪、步枪，便各奔东西了。

时隔大半宿，王铁蛋弟兄们将 15 条步枪和 15 箱子弹如数背回南山驻地。

护粮秣　鬼子烧房我严惩密探

1939 年隆冬，日本鬼子和伪军接到马圈村农会藏起我八路军粮食的信息后，大清早就有二十多名日伪军来马圈村抓捕负责粮秣的孙普。没承想，马圈村农会干部孙普早先行一步，从伪甲长孙老高处得知被敌密探告发日伪据点的消息。大半夜里，孙老高让孙普带着农会粮秣账本，逃往南山洞里。原来，敌密探偷窥孙普住宅的事，早被孙老高派人跟踪盯梢，孙老高才让孙普带账本提前逃走的。

鬼子抓人扑了空，气急败坏，便放火烧毁孙普家五间大北房，孙普的老娘哪里肯让，扑向前去阻拦鬼子放火，孙普老娘被鬼子恶狠狠推搡倒地，孙普的老娘又再次扑向鬼子，被鬼子用刺刀照老人腰部狠狠刺中，白发苍苍老娘血流成河，疼痛地呼天喊地，哭得死去活来。其情其景，人们目不忍睹。

烧房大火腾燃半空，老娘腰伤血流成滩。鬼子们刚刚灰溜溜出村，乡亲们便赶忙把孙普的母亲抬往别人家炕上，设法抢救。

五间大北房被烧为灰烬。一天后，喜讯传来：我区小队的游击组，已在南山城安岭，将敌密探当即执行枪决后，把人头挂在石门道口示众。我游击小组又为百姓除了一害。

话说老高好人缘，讲到此暂告一段落。故事讲完后，不知你是否收获到孙老高为何好人缘的答案？

赤胆忠心历险记

在普天下欢庆抗日战争胜利七十周年的大喜日子里，马圈村街头巷尾休闲的上年岁老人们，说起八年抗战打鬼子，这胜利可真是来之不易。单咱村硬汉子孙福，几次坐木笼、出木笼、钻枪林弹雨帮子弟兵冲锋陷阵杀敌的一件件往事，真是三天三夜说叨不完。

忍辱负重苦为信仰担风险

1939 年开春，马圈村堡子梁伪军据点刚刚安好，乘伪军们脚跟没站稳，我区小队游击组便想端掉它。这天，当游击组战士们刚摸过铁丝网，就被伪军从背后包抄打了伏击。我游击组两人受伤，还白白扔了二十多发子弹。事后，有人说是常往据点干活的孙福走漏了消息。孙福被抓往山南解放区。我一区区委领导知道后，自知事情发生蹊跷，便责成马圈村明支敌暗支我的伪甲长孙老高快速调查。经调查，纯属敌密探“后院点火”。打堡梁据点那天，孙福因去甲村亲戚帮忙盖房当泥匠，三天没在家，回来后才得知我游击小组想端炮楼吃了大亏。我一区区委领导孙老讲，让孙老高快去岭南把孙福保释回来，继续从事地下交通工作。第二天一大早，孙老高带着本村孙老达速去岭南接孙福。

岭南我抗日民主县政府敌工科接到孙老讲密信看罢后，才得知险些被“借刀杀人”，毁了硬汉孙福的大好前程。身为共产党员，深深牢记党内铁的纪律，经过调查研究，让事实胜于雄辩，得以冤情昭雪。为坚持真理，忍辱负重也值当。孙福释放回来，孙老讲派人找他谈话解释，孙福说：“经受考验是好事。我回来后，更要吸取教训，提高警惕，干好我本职工作”。

救助手　八村联保得释放

一心团结，共同抗日的抗日年代初期，与硬汉子孙福一块做抗日宣传的好帮手孙尚云，会写会编又会唱。谁也没想到，他突然被三甲村警卫团汉奸曹白水抓去逼迫当团员（帮凶）。孙尚云暗想：先瞎哄几天，瞅准时机再逃脱。事也没过两天，汉奸曹白水带领他们十几个团员，去杨家庄剿“匪”，枪杀了八名无辜百姓和共产党员，激起民愤，将曹白水一伙告到我区小队游击小组，游击组即刻布下天罗地网，串村庄抓捕曹白水和那十几名团员。孙尚云也在被捕人员之内。

孙尚云的叔父孙涛听说后，焦急万分地找到伪甲长孙老高和硬汉孙福商量救人。孙老高想起事关重大，弄不好就会掉脑袋。但想起孙尚云以往宣传团结抗日，在周围十里八村有个好人缘，就和孙福决计：串连八村村农会领导联合作保，保好人孙尚云早日回家。孙福和老高兵分两路，各走马圈村村东、村西八个村，央求我村农会干部联合作保。忙活了一整天，八村保书写好签了字，交给区小队联合调查属实，孙尚云被释放回村，又与孙福搭伴干起宣传抗日、写贴标语、抛撒传单等老本行。

讨子弹　贫家小摆“鸿门宴”

我区小队游击组经常组织我村基干民兵，同心协力商量打日本鬼子除汉奸。为了让堡梁伪军据点常发生错觉，胡乱还击打枪浪费子弹。他们与孙福想了个怪招，他们爬在西坡，当每天东坡堡梁伪军酣睡至半夜时分，把鞭炮塞进白铁桶里鸣放，偶尔真对着东坡梁打几枪。炮声、枪声真真假假，响响停停，让敌伪军昏头昏脑不知所措。试探几回，我放鞭炮他打枪，让敌人浪费子弹的法儿挺灵。但毕竟，我方也搭进去不少工夫。我游击组与孙福再商量下一步怎么打法。孙福拍拍脑瓜束手无策。

一天，孙福从东坡堡梁据点送柴火回来，黄昏时分慢慢下山回家。突然山下又有人往堡垒据点打枪，孙福躲起来。枪声时疏时密，岗楼张队长朝山下大声喊道：“喂，山下伙计们，别打了，枪子不长眼，你们的孙福在这呢，别打啦！”喊声果然奏效。游击组枪声停下来，也大声回话：“俺们不打了快放孙福回家。”这样一来二去，孙福与伪军队长有了交情，他利用给据点送豆腐、送粮食、送食盐等空隙，常到伪军张队长屋嘘寒问暖。他渐渐心里产生了在家小摆“鸿门宴”，向敌方讨要小量子弹的念头。几日后，孙福悄悄与我游击组长合计，两人一拍即合。

那天上午下小雨。孙福望望天，觉得是个好时机。他先去堡梁据点，与伪军张队长约好中午喝酒时间，下山进家安排好饭菜后，又出门去南山沟找我游击组长，这般那般，做了一通汇报和安排，急忙赶回家去炒菜备酒。

人逢喜事精神爽，云宜吹散天晴朗。真巧，雨停天更爽。日头正午时分，伪军张队长带两弟兄荷枪走进孙福小院，孙福笑脸相迎，站在门口朝伪军说：“进屋内诸位先把‘烟锅子’拿出来。”伪军队长会意，将武器交给孙福另屋保存。他们刚坐定，正在喝茶兴致中，游击组长也带两位战士进院来。孙福照例在屋门要出“烟锅子”保存到另屋，领王组长三人同到酒桌前坐好。

四盘凉八碗热，酒菜上满桌。孙福站中央，给双方倒满酒杯说：“头杯酒别话不说，先各饮一杯润润嗓口”，孙福先饮而净，双方六人也随饮之。孙福先开口说：“今日请诸位来，仅以薄酒素菜相待，实在是小小寒舍草茅不够意思。不过今天来，咱不单单饮酒作乐，更重要的是，有要事相商。说的好喽莫欢喜，说的歹喽别脸红。前一阵，咱们双方照顾配合蛮好，不过游击组会放枪炮太不安生，堡梁弟兄老是打枪，太浪费子弹，又都人身不够安全。今日咱双方一起想一想，能否有两全其美办法，停停火省些子弹？”游击组王同志说：“老放枪炮，村里村外不得安生，老百姓也担惊受怕。我提出我们意见，不遇特殊情况，我们一个月内停止骚扰堡梁伪军弟兄。”伪军张队长万没想到，八路军游击队这般宽宏大量，便拍胸脯说：“答谢游击组照顾，我甘愿送游击组10箱子弹打鬼子。”众人拍手称赞。王组长连说谢谢。孙福高兴地说：“话已说透，双方满意，今晚咱就落实。过半夜，张头儿派人把10箱子弹送到我屋，天亮前游击组王组长把10箱子弹背走。从此1个月内西坡再不向东坡打枪放炮。”众人连说好、好、好，酒席在彼此信任的氛围中结束，各自从孙福手中带好各自的“烟锅子”，酒兴浓浓地走出孙福家门。

启明星闪闪亮时刻，游击组扛着意外获得的10箱子弹，大踏步向深山走去。

扛铡刀　冲刺碉堡劈铁网

1939 年 9 月 22 日中午，孙福刚撂下饭碗，伪甲长孙老高匆匆走进门，冲孙福小声说："孙福，你快出来，我给你说个通知。"他将嘴巴贴近孙福耳根，这般那般地把我一区区委领导孙老讲捎来的杨成武的命令告诉他，让他下午扛铡刀去三甲村碉堡劈铁丝网。讲完，便催促孙福穿好衣服，快去我八路军三分区二团集合地点集合。临走还再三嘱托："上战场，千万要服从领导指挥让劈哪劈哪，别粗心大意。一定要安安全全早回来。"

原来两天前，孙福接到首长命令，他就化装成拾粪老百姓，爬在东山碉堡后的沟沟里，仔细查看了几道铁丝网的部位和地形。黄昏时分，又乘敌人不注意，串到三甲村西坡头东北角，不易被鬼子发现目标的坡坎旮旯里，查看了一道道铁丝网的间隔距离和长短，将沟沟坎坎地形深深记在心底。月亮升上东山头，他才跑回拒马河北岸，抽了锅旱烟，稍歇了歇，蹚河赶回家去。

9 月 22 日黄昏时分，我三分区二团团长肖思明看见队伍集合完毕，随着杨成武司令员在烽火台指挥部电话上一声令下，肖团长即刻命令炮手照准三甲村东山坡的一座靠山邻近的碉堡猛烈开火，炸翻了那座敌人碉堡。另三座敌楼枪眼冲我冲锋连队铺天盖地喷出火舌。战士们拥着孙福一道往山坡上冲，孙福猛一个鹞子翻身，冲往碉堡外的层层铁丝网，举起大铡刀，冲铁丝网"咔嚓、咔嚓"闪电般砍下去，一连串咔嚓声，将一道铁网砍开了一个个大豁口，战士们毫不费力爬到碉堡前，将数百个手榴弹塞进碉堡内，一眨眼工夫，又在轰隆声中，一座敌人碉堡被炸开一大半拉。孙福瞅瞅，另座碉堡外，我八路军面对密密麻麻铁丝网犯愁，孙福便猛冲上去，侧身高举大铡刀，冒着枪林弹雨，噼里啪啦，狠狠砍破了十多道铁丝网。向上冲的战士们便猛劲前冲，边连连喊："砍得好！"这时又有我三发炮弹发射东山碉堡，炮弹虽没打中炮楼，但撼天动地的炮弹爆炸巨响，把鬼子们吓得纷纷跑出碉堡，我八路军战士英勇拼杀，鬼子死的死，逃的逃，一小股鬼子赶忙逃往三甲村。

9 月 23 日黄昏，八路军将三甲村敌人团团围住，一位副营长带着三个连和孙福一块包围了三甲村西山坡。副营长直接指挥孙福，用铡刀一气儿冲铁丝网，劈开好多大口子，三个连队战士冲进去，见鬼子就杀，见鬼子就拼。鬼子垂死挣扎，时间不长，死的死，伤的伤。一直到 24 日清晨，三甲村一百五十多名敌人，除被我生俘的日军和伪军外，其余全被歼灭。我战士打扫战场，拾掇武器。村里村外人们欢呼胜利。有好多青年争先恐后报名参加八路军。杨成武司令员让肖团长找到孙福，硬汉孙福咧嘴傻笑。杨成武拍拍孙福的肩膀说："硬汉子孙福，不愧是条硬汉子。你今天立了功，我们永远记住你。"孙福笑笑说："首长，俺打枪没准，砍蒺藜扎子还是有把子力气。"杨成武连连点头称好，问："孙福，你这次跟我们走吧？"孙福涨红了脸说："俺家孩子老婆人口多，又种地养家，俺走不了。"杨成武握住孙福的手安慰道："你不走，在家乡好好干也好。我们谢谢你，你是我们打好三甲村战役的有功之人。我们永远记住你，你叫孙福。"孙福双脚站在原地，聆听完首长讲话，许久没回过神来。

孙福愣怔过后，越思谋越兴奋。他赶忙赶到家中，告诉全家人：三甲村洋鬼子全部被我八路军歼灭。还有杨成武司令员亲自嘱托和叮咛，还有对我的夸赞和鼓励……

走山弦赶路的后生

秋凉了，大雁南飞时节，山里人们总爱念叨“顺口溜”：“鹰走山弦雕盘坨，越走越盘活越多。支架拉网闲不住，山弦上风光好快活。”山弦是啥？古称山弦是不等腰直角三角形的斜边。

深山老峪的涞源县，在我军民团结抗日的艰难岁月里，却偏有一位二十岁挂零的年轻后生，常爱走山弦往返解放区和敌占区传递讯息。他每次走山弦都安全、准时无误地完成任务，受到边区政府的表彰和称赞。这位年轻后生的名字叫孙仲元，是 1939 年入党的老党员。

孙仲元排行老三，1938 年经他大哥孙奎元（早于七七事变前就在县城阁院寺内秘密加入中国共产党）秘密介绍入了党。入党后，经我地下组织半年多培养考验，后生憨厚老实、言行一致、说话实在、办事牢靠，干地下交通员很适宜。

1939 年 9 月 30 日，在中央局参加组织工作会议的杨成武司令员，接到一分区情报，涞源县城敌人要兵分三路向银坊、走马驿、水堡进行大扫荡。杨司令员当即决定组织战斗，歼灭银坊一路敌人。与此同时，我驻下碾盘和银炉台的涞源抗日民主县政府，须对周围区村紧急动员，广泛发动群众全力支援前线。责成县政府速通知各村农会主要领导人来开会，部署反扫荡和支前工作。全县所有村农会主要领导已接到通知，唯有敌占区的水云乡村农会领导未能通知到位。其原因是水云乡紧邻敌伪军盘踞的涞源县城，该村村口、道口、街口，到处是鬼子和伪军的岗哨，没有敌占区发给的良民证，任何人也难以进村。

县抗日民主政府的领导们，煞费心思，才想到管辖县城东周围村农会的，我一区区委主要领导孙老讲同志有办法。委派秘密交通员找来孙老讲，交代了找一名可靠而安全的交通员潜入水云乡村，完成这一棘手任务。孙老讲对全区各村秘密交通员心知肚明，他选定一名区干部速去马圈村通知孙仲元。孙仲元咬着棒子干粮，连夜赶往往返180里远的下碾盘去接受通知任务。

仲元一身打柴汉打扮。路远人稀，他来到大北叶梁梁根，喝了几口山泉水后，便顺沟底攀上大北叶梁顶峰。月光下，他照准正南方向，顺曲里拐弯的山弦朝前攀去。半夜时分，他才汗流浃背地走完最后一段山弦，顺坡脸跑下河滩，赶到下碾盘村，找到抗日民主县政府。他向门岗说明自己姓名和住址后，便被门岗带到三间小办公室。油灯下，办公桌前一位小个子中年人站起身，上下打量了细高挑后生几眼，便问姓甚名谁，来此有何贵干？孙仲元实话实说，对答如流。那中年人递给后生一碗水，稍歇息几分钟，便对后生说："你褪下裤子。"孙仲元愣了神细想，我年纪轻轻，在灯影里褪下裤子干啥？小个子中年人不容分说，继续道："让你褪就褪吧，快解开腰带。"孙仲元羞怯怯地向四外瞅了瞅，才慢慢解下腰带，把裤腰退到膝盖上。那中年人拽住后生的裤腰，将裤腰一块补丁扯开，把一封信塞好缝结实，才让后生赶快穿好，交代好收信人家庭住址、方向部位，进村后能找到收信人的水渠小路和走法，又让后生背诵两遍无误，又格外叮咛后生要一路安全、要收信人准时收到通知，他拍拍仲元肩膀，催他马上连夜赶路。

走山弦下山坡黑古洞洞，没少跌跤。返程多上攀北梁，借月光倒看山弦轮廓很分明。遇悬崖峭壁，总少不了磕磕碰碰。做地下交通几年来，孙仲元专捡山道走，赶山道又专挑朝近的大山山弦走。他一是不转向，二是心明眼亮，穿多少山谷，专走山弦，练就了一双铁脚板，一副硬腰板，走路一阵风。攀上山弦后，俩脚像似吸铁石。遇悬崖断壁，四肢翻飞腾空。百十里路，翻上山弦一溜风就撵过了一大半。这天天刚亮，他便赶到大湾北叶子梁山跟。在小庄一间破房旮旯，背风歇息片刻，就又一路8华里，顺风跑到马圈村西老家，往嘴里拨拉了几口冷饭，又咕咚咚喝下一大碗凉水，把良民证好生揣在怀里，便径直走向水云乡村。

进入敌占区水云乡村界，孙仲元看见村四周，日本鬼子和伪警巡哨频频走动，便摸出良民证向日伪岗哨连连出示，他很快摸到村西紧挨“北海第一泉”的堤边，稍向东进村迎面就有一道由北向南流的水渠，步行50步，果然水渠又向东拐，步行20步又向东拐没几步，看见一座小石桥横跨水渠，果真有一坐北向南的大门楼挡在眼前。孙仲元上前叩开门环，向院里喊：“请开门!”随着“你是谁?”“有啥事?”的一连串问话，一个中年络腮胡汉子把门打开，领敲门后生走进院内。

院主人上下打量来的年轻后生，细高挑，眉清目秀，却身着一身破衣烂裳，双脚穿着一双张嘴的山杠子双脸鞋。急问:“你是哪的?来干啥?”仲元瞅瞅四野，推着主人说:“老哥，咱有话屋里说。”

屋内年轻后生自我介绍后，忙问：“老哥贵姓?”“本人姓郝。”“郝大哥，我给你捎来一封信。在这里。”那后生顺手拍拍裤裆。院主人老郝此刻方明白，是送通知的。难怪年轻后生说话这般小心。随手拿来剪子，赶紧让仲元解开裤腰带，用剪刀挑开内里补丁，抻出一封信，打开细看，才长吁了一口气，吃惊地说：“你这后生真胆大，你就不怕路上……”孙仲元腼腆地笑笑说：“常走山弦干这差事，路上平安无事。”老郝无不佩服地点点头说：“我今黑夜启程，神不知鬼不觉地，天亮前就到下碾盘。”说罢，他进里屋拿来一双新帮新底的双脸鞋，让年轻后生穿在脚上。仲元看见老郝送他这双山杠子鞋，穿在脚上又轻便又合脚，一阵阵热流暖上胸窝。他忙掏钱要给老郝，老郝按住孙仲元掏钱的手，深受感动地说：“后生，咱们都是一家人，你一片真心实意送讯息打鬼子，我哪还能要你的钱。”年轻的常走山弦后生甩下一句“谢谢老哥哥!”的话，便走出院门，过了水渠小石桥，大踏步往老家走去。

事隔半个多世纪，1939年入党的年轻党员孙仲元今身健在，已成为高寿九十有五的老寿翁了。他常去涞源山门底下“北海第一泉”边歇息养神。知道他底细的老伙计们，想起他当年走山弦送讯的往事，常问他：“老哥哥，你抗战八年走了多少次山弦?”他摇摇头说：“每个月都好几回，到底多少回，很难记清了。”人们又问：“山有山道，水有水路，你为啥非要攀山越岭走山弦？”孙仲元手捋胡须笑着答：“走山弦快当安全，保险碰不见日本鬼子密探汉奸。皆因他们要走山弦，怕掉下山去摔死喂了狼。”众人听了高寿老者诙谐幽默的话语，都哈哈大笑。

孙知县与花侠女

孙知县姓孙名清字鉴源。他出生于清乾隆四十一年的广昌县（即今涞源县）城东乡20华里长城脚下，拒马河南畔的马圈村。自小聪明好学，素有小神童之称。

涞源县存《广昌县志》列传中曾详曰：“孙清，字鉴源，嘉庆辛酉拔贡，任山东临缁县知县。负奇才，记诵不遗，文名早著。矫世俗，不慕纷华。辞官后，淡泊明志，服御朴素自安。惟教授生徒，讲学不辍。暇则披阅群书，至老手不释卷。”

《广昌县志》金石录曰：

新建书院碑

存拔贡孙清撰文

碑正书道光二年立

飞狐，古岩邑也。汉唐以前，记载无闻（没有文字记载）。自后晋割地界辽（归入辽界），不通中国者，四百余年，前明始入版图。然也先俺答烽火蹂躏，安问诗书（哪能顾得上探究诗书呢）？

以上择文虽寥寥数语，却言简意赅，道出明末元初，蒙游牧部落俺答汗日渐强大，往南扩张势力，侵我南临长城之地的历史背景，怎么能有读诗书的良好氛围呢？

奇才瞩目中拔贡

出生于清乾隆盛世的孙清，自小读书专心致志的好学精神，深深感动了先生和学友。一般学生背诵不过的诗歌或篇章，只要孙清过目片刻，便能从头至尾诵吟一遍，过目不忘，人们无不佩服得五体投地。一天，保定府台大人慕名赶来广昌，将少年孙清叫到县衙盘问底细。府台大人观其面：五官端正眉清目秀，两只大眼睛黑白分明，格外有精神。察其言：一口山腔口齿伶俐，对答如流。上提至天文地理，下问及华夏九州，古往今来，年少的孙清侃侃而谈。

所问所疑问不倒，无忧无虑难不住。保定府台大人越是提问，越是兴致勃勃笑逐颜开。他笑不拢口思忖许久。终于决计荐举少年乡村秀才孙清送京师国子监深造。三年后，刚刚二十岁的青年后生孙清，经考试及第为拔贡。不久，便被皇上看好是年纪轻轻出类拔萃之人才，命他赶赴临淄县衙任知县。

舞剑除霸见晴天

不知是初生牛犊不怕虎，还是新官上任三把火，刚过二十岁的孙知县自打上任来的三个月，他昼夜不得闲暇。白天微服私访冤假错案，夜夜查对形形色色案件。当地百姓早有民谣曰："东霸天，西霸山，临淄的天无晴天。有朝一日两霸不再是东西，临淄百姓有吃有花又有穿。"民谣开头说的东霸天、西霸山是谁？经几个月详查细访，方知两霸天恰是骑在百姓头上作威作福的两个头号恶霸和土豪。他们打砸抢杀，无恶不作。百姓痛恨之极告官，两霸县衙送礼，久而久之，个个案情不了了之。孙知县理清案卷，很快依法严惩，捉拿两霸就地正法。全县百姓无不拍手称快，都言传孙知县是皇上派来的"包青天"。

孙清历任知县三届，临淄百姓的安生日子一天一天好了起来。孙知县自然更是廉洁奉公，勤奋理政，不慕纷华。他在公堂墙壁下的"五不准"（一不准拿、要、贪、占。二不准收受礼品让方便。三不准吃喝浪费滥花银钱。四不准干政事有拖延。五不准碌碌无为没事干）为座右铭。闻听临淄民意顺心庆升平，济南府台大人闻讯大喜，每次来临缁大地视察，他都会是乘兴而来，满意而归。

利害相融巧联姻

济南府台大人几次来视察，体验百姓欢心喜庆升平之事，写奏折送往皇上，皇上更是喜上眉梢，连连夸赞："年轻有为，年轻有为"。孙清愈是兢兢业业干事，踏踏实实理政。可是，他历任第三届知县的第三年盛夏的一天半夜里，办完公堂政事，回寝室要披衣阅览群书。突然，有一窈窕淑女手持利剑纵窗而入，脚落地无声无息。孙清迎面见是一持剑刺客神神秘秘而来，赶忙"啊呀！"一声，便

“扑通”将身跪在刺客面前，喘着粗气说：“姑娘有话慢慢说，何必舞剑动粗?”稍隔一会儿，孙清赶忙说：“鄙人有何做得不尽人意之处，敬请告知。我有则改之，无则加勉。”那女刺客仔细端详跪地下说话者，年纪轻轻二十有余，白净净消瘦脸颊，五官端正、眉清目秀，是一条天下罕见的英俊汉子。她仔细端详孙清，耳畔又响起众百姓对孙知县的夸言赞语，她弯腰一把将俊俏男子拉起来，说：“好知县你别害怕，俺是名女刺客，但我今天来此处，并不想暗杀你。现在想来，你不仅不是我要杀的人，而是我进县城几天来，倾慕许久要爱上你、要保护上你的知情人。”女刺客说到知情人时，特意将“情人”二字说得语言加重，还带亲昵。

这天大半宿的闲聊，男女间彼此心照不宣。女刺客原来是已被正法过的二霸的两位管家花重金派来县城暗杀孙知县的。女刺客姓花名侠女，芳龄十八，她是水泊梁山一百单八将其一花荣的十二代孙女。其武艺精湛世代相袭至今，在当代女流之辈，花侠女还算了得。今进得临淄县城，方得知孙知县却是清正廉明、处事公正、无私无畏的清官，是他赴任后费了千辛万苦，才将东霸天、西霸山捉拿归案正法的。百姓恩人胜晴天，我花荣后代忠良，焉有暗杀晴天大老爷之理？孙知县钦佩花侠女慧眼金睛，再加上她那绝技武艺，岂止是一绝妙的好保镖，更是我志同道合的天作伴侣，一霎时他紧紧抓住侠女的双手，消瘦脸颊涨得火红火红。

辞官还乡办学堂

清嘉庆十九年（1814 年），孙清看到历届官场，无处不是你吹我捧，就是串通一气坑国害民，国家日渐腐败无能，百姓怨声载道。照此长期下去，难保己不沾身，同流合污。于是，他向朝廷写了辞职书，辞职还乡，在村里办学堂培育英才。

孙清携夫人花侠女还乡来办学堂的事，风传全村。适龄儿童纷纷赶来报名登记入学。花侠女帮丈夫拾掇房屋、安排桌椅、刷黑板、备教鞭，不几日便开始上课了。日复一日，年复一年，几十个寒来暑往，孙清教授的课本堆成山，写成的教学日志塞满半间屋。他所教授的数百名学子，年年乡试都有几十名品学兼优者及第秀才、举人或增生。仅他本家一连五代青年学子乡试后均为秀才、生员、增生等八人。好多交不起买书钱或给不上先生小米（报酬）的学生，被孙清知道后，自己掏腰包给贫困孩子们买书，交不上先生小米者，孙清皆免费教学。

孙先生教书育人认认真真，扎扎实实，进取功名学子日渐增多，连外村学子带干粮旁听者亦与日俱增。真是：先生办学数十载，桃李传香满天下。

攀援古榆赏榆钱

孙清辞官不坐，还乡办学堂，真才实学及第功名者日渐增多，桃李满园，誉满乡里。作为七品知县的夫人花侠女，从山东娘家嫁河北涞源山乡，每日该做什么呢？花侠女为贴近乡亲，贴近生活，着实费了一番心思。他家住在村东老榆树下，孙老先生忙在学堂谆谆教诲、循循善诱，成了乡亲们坐在大榆树底下的热门话题。花侠女背依古榆，一句不落地听着，心里暗暗笑着，尤其老汉老妇人们评价，让花侠女听来着实心地自在、舒畅。突然，一老妇人手搭凉棚在脑门，往老古榆上方张望："哟，今年榆树上的榆钱真密，真鲜灵。"人们也都随声向上张望说："此刻正值谷雨节，榆钱稠密五谷杂粮好收成。"又是那老妇人叫道："今年榆钱鲜灵，吃顿榆钱疙瘩多美。"年老体弱的老妇人说者无意，浑身武艺的花侠女听在心里。没等到老汉们一锅旱烟吸透，早有十多杈榆树枝子凌空飞往大伙眼前。"大家伙快来摘榆钱"的喊声刚出口，人们定睛细瞅，花侠女早已飞速跳下古榆树，站定在众人面前：她纵身上下古榆，竟然面不改色心不跳。这水泊梁山后代来的孙知县保镖武艺可真个了得。

巧缚母猪解忧患

孙老先生和夫人在村东自家庄园，种了二亩玉米。夫妇精耕细作，施足粪肥后，庄稼见风儿长。时值扬花吐穗时节，却有人赶来一只母猪领着一群小猪崽来玉米地里啃青。乡里乡亲看见不好说，想轰赶又不好轰赶，动手轰打伤了猪崽更难堪。猪群啃进玉米地，人去轰赶它跑远，人走出玉米地，它们又往地里钻。这可咋办？花侠女寻思半晌，终于想出两全其美的办法。

花侠女这天钻进玉米地，脚步轻轻片刻，她一个老鹰抓鸡式，一手将母猪双耳擒在手，另只手拧好草绳，死死缚住母猪嘴头。而后转身倒拽母猪一只后腿，拽往地塄沟坎处，将四条猪腿分两组捆绑结实，让母猪跌倒沟坎里，干出粗气，不得有半点挣扎。十一头小猪崽在玉米地找不见“娘”，自然掬在一起，不敢瞎碰乱撞。花侠女趁势，瞅机会将小崽们全都一一绑好嘴头和蹄腿，扔到沟坎母猪那里。

大阳压山了，猪主人曹四亥不见母猪领群崽归来。曹四亥，人称外号“朝死害”，皆因他一贯尽干损人利己事而来。猪不回家，日落天黑，曹四亥越找越心焦似火。猛抬头瞅见玉米地外站着花侠女，心里暗暗羞愧得低下脑壳。花侠女直说：“曹四亥，我知道你找啥，我现在告诉你，你的母猪和那群小猪崽都已保存在玉米地东塄坎。”曹四亥闻听，赶忙上前去看究竟。此刻，他看见一群猪安然无恙，一下子明白了许多。心里说，往后再也不能干缺德的事了。

百岁奶奶传承家训琐记

古人云，山中常有千年树，世上难逢百岁人。可巧，我们村的张中华老三奶奶，今年九十九岁，近日与世长辞。细心人算起来，加上闰年闰月，百岁还挂零呢。

老三奶奶走了，她一辈子好心肠，好人缘，走得潇洒，走得坦然。临诀别时，老人家喝了罐牛奶，嘴里含下一块糖，面带欣慰的笑容向人们“拜拜”。街头巷尾人们议论道：好人当好报，慈善终生传承古老家训，堪属俺村世世代代百岁第一人。

想老奶奶，念老奶奶，老奶奶传承仁、义、礼、智、信的文明琐事讲不够说不完，为一代代人生底色涂下照人光彩。

执仗正义痛斥鬼混混

1935 年，十八岁的张中华嫁到马圈村与孙琛喜结良缘。男的赶牲口驮脚赚钱，女的与乡邻和睦相处，打里照外，济困助贫，常用老父亲给她多次叨念的“仁、义、礼、智、信”五常之道，向一代代后人教诲、传递，给后人们留下了极佳印象。

民国初年闹灾荒，从易县良岗逃荒要饭到俺村西大戏台上安锅灶，立家业的赵珍一家人，男的白天去扛活，女的在古戏台上哄孩子做饭。讯息传开，村里常有几个游手好闲的鬼混混，到戏台上调戏、玩弄女人。住在附近的张中华听说后，常去戏台上探望、安慰逃荒来的外地女人。这天，在戏台下，张中华与鬼混混们狭路相逢，吓得赵家媳妇向后台躲藏，张中华大声喊叫：“甭躲也别藏，看他们能把一个女人怎么样。”接着，她略微喘息片刻，便和声细语地转向混混们：“你们谁家没有姊和妹？大大后生欺侮女人最无能。照你们这样调戏女流胡折腾，名声传扬出去，小心后半辈子打光棍！兄弟们好生记住，善事多做，恶事莫为。”真是：听人招呼听人劝，那几个鬼混后生再也不绕戏台转了。

夫妻和谐奶奶乐呵

让人难忘的“低指标、瓜菜代”国家经济困难时期，家家做饭犯琢磨。好不容易，用汗珠子摔八瓣换来的几升高粱米，让全家老小吃上几顿饱饭。没承想，一顿高粱米饭吃了个精光，孙明明家两口子敬老让幼，老小吃饱了，两口子弄个俩半饥不饱。孙明明肚子受委屈，心窝无名火，手涮瓢盆叮咣响。明明媳妇追问为啥摔打家什，两人都气愤愤地争吵起来，明明便按捺不住心头之火，举起手来朝媳妇肩膀打去。恰巧，听见吵闹声，老三奶奶咯噔小脚跑进屋里来，攥住明明的手腕说：“明明长出息了，会打人了?”“你媳妇少言寡语的多贤惠，我看你敢再动她一指头。”明明想老三奶奶都看不下去了，打打闹闹又何苦哩。他火气消下一大半，连连向三奶奶赔礼道歉。经过三奶奶的劝解和导化，明明小两口再也没有吵过架。

奶奶祛病手到擒来

治丧那天，我给老三奶奶写奠礼礼账。突然，从人群中挤进一位中年后生，他冲我焦急地说:“来,先给俺上奠礼壹佰元。从小儿三奶奶就给我治眼病,这个恩情可不能忘。”后生一提三奶奶治眼病,勾起我患眼疼,三奶奶三番五次给俺眼疼祛病手到擒来的往事。六十年前初秋,我在山上刨药材,眼睛发红疼痛难忍。三奶奶听说后,赶忙跑来给俺拨治,临了她告诉我偏方:明天大早去林南谷子地里,用谷叶尖上的大露水珠滴在眼里,连滴三个大早,眼疼便好。我试之,果然露珠犹如甘霖,三日后眼疾病除,此事撞击我灵感,当晚写好短诗《生活的乐趣》登在《保定日报》上。让我更久久难忘的是,三奶奶用凉爽爽的舌尖,掰开我的左眼眼皮,将风粘在我眼皮上还没韭菜叶宽的什物,轻轻舔去,使我的左眼瞬时变清亮。村里人们都说老三奶奶最会拨去打的“蹦”,亲身体验,诚然不假。在缺医少药的20世纪五六十年代,三奶奶用祖传的土偏方、土办法、刮刮扎扎、搓搓揉揉,或打火罐,或用人们不经意的招数医治好病患老小不计其数。

看哄子孙疼爱有加

20世纪80年代，责任田分包到户，我在外下乡，老伴除去操持家务，大部分时间要泡在地里侍弄庄稼。我那还没炕沿高的小孙子，常常偎依在三奶奶怀里，由她看哄，由她教养。小孙子自幼好学，像“养不教，父之过。教不严，师之惰。玉不琢，不成器，人不学，不知义”和“读书要用心，一字知千金”等弟子规顺口溜，还是从他太奶奶嘴里掏出来背熟了的呢。正耪苗时节，有天天已过晌，小孙子在老太奶奶家吃饱饭后，让他跑到地块去叫他奶奶早回早休息，累火了更得不偿失。老伴恰恰为赶完活计，下午不再来地里，硬是将地耪完，孙子拉着奶奶疲惫的手，慢慢走回家去。听了三奶奶的心疼嗔怪，甚是连连产生对老人家的感谢和敬意。至今，孙子长大成人，事业有成。工作期间，总是抽空儿回村里探望老奶奶，俺三奶奶握住小孙子的手热泪盈眶，久久难放。

心地好手艺巧誉满山村

在山村，谁家遇上为难着窄之事，都愿向大辈子三奶奶说道求教。三奶奶从来笑脸相迎，直话直说不打结子。尤其逢年过节，或6月13日羊倌节，来求三奶奶捏发面娃娃、发面吉祥物品的孩子、女

图右一是三奶奶（摄于1983年）

人络绎不绝。尤其6月13日谁家娃娃怀抱发面胖娃娃，到街面上显摆，那便是三奶奶的杰作。赶上婚丧嫁娶，在门脸上、花轿上、迎亲酒坛子上的各种花样剪纸，全都是三奶奶亲手做的花样剪纸佳作。难怪人们都说：三奶奶是个好人，又是巧人，撑家过日子，处处离不了。

五、山汉之歌

春　歌

春风哼着歌谣，
耧铃荡着胳膊，
犁尖融开千里冰封，
让希望撒入一垄垄欢笑。
春风摆柳飞絮，
春雨洒花含苞，
惠农心田心花怒放，
家家都把热腾腾的春景绘描。
笑语琅琅对口，
车水马龙大道，
种粮补贴交口称赞，
今春更比往年种粮势头火爆。

众志成城颂

十指连心心连筋，
汶川地震揪人心。
炎黄子孙十三亿，
真情年代情更真。
党中央号召力千钧，
领导人临阵感民深。
一方有难八方援，
众志成城定乾坤。

北京“奥运人家”

四合砖院石榴红，
葫芦架下满宾朋。
品茶文化谈不够，
吃瓜友谊情更浓。
奥运搭桥铺锦程，
心心相印铸和平。
最是大娘外语妙。
友人“OK”不住声。

豪 气 歌

欲与天公试比高?
开天辟地头一遭。
神七健儿漫太空,
尖端科技争分秒。
扬眉吐气十三亿,
神州处处传捷报。
最是九霄飘红旗,
唯我国人情自豪!

写 春 联

鹤发童颜耳目聪,
挥毫献爱誉乡邻。
行云流水唱春歌,
飞龙舞蛇抒心声。
曲曲歌唱改革好,
声声颂扬国昌盛。
非是老朽不思索,
妙语连珠自胸中。

守　岁

除夕饭罢忙守岁，
合家团聚看春晚。
娃娃乖巧不哭闹，
香糖瓜果塞口内。
最是爷爷精神抖，
热泪频拭笑咧嘴。
春钟敲响心沸腾，
新年画新图更美。

绿　中　缘

大山铺满眷念的松涛，
小溪偷唱邂逅的奥妙。
天上——
只要有颗闪亮的星星，
那便是你含情的一笑。
此刻，
我多想扯片白云，
把圆实实的松子包好：
播在咱合欢的唢呐声里，
让爱的颜色长青不老。
我知道，
你在山脚的果园里奔忙，
奔忙里恰把甜蜜酿造。

你知道，
我在深山的林场里操劳，
操劳里恰把真诚寻找。
纵然团聚是幸福阶梯，
那么——
我们的每一次分手，
都正是在把幸福阶梯铸造。

你若真不相信，
请往我身上瞧：
我穿着你用情丝织成的绒衣，
三九天护林海胜穿老羊皮袄。
你若再不相信，
请往我胸窝瞧：
满腔赤诚换来遍山滴翠，
正好与你爱的霓虹相照。
我们心心相印在祖国的春天，
并蒂花儿能不在春天含苞？

山地耧

春雨织成记忆的网，
撒在山里人的心头。
绵绵乡情里我捕捞到，
行进在山地里的那张耧。

耧铃叮咚，
情思悠悠。
希望，应着铃声，
从籽眼飞遍每一条垄沟。
耧脚穿着古老的铁鞋，
向前走去大大方方，
多像山里高腿大脚的女流。
俊鸟般美丽的山姑，
“十八变”前，
都是这个女人的丫头。
她们为啥爱叫金凤、银凤？
我从这里找到了缘由。

春雨织成记忆的网，
网住山地这张耧，
耧箱是山里人美的浓缩，
山里人的美浓缩在耧箱里头。

烽 火 台

烽火台，四方方，
千秋万代立山冈。
守着山，护着水，
祖国河山比画美。

山庄来客

嘀嘀嘀，声连声，
村口尘土像龙腾，
龙儿飞到槐树下，
全村人围个不透风，
车门走下老伯伯，
满头白发笑吟吟。
奶奶说：
他是当年老首长。
伯伯说：
奶奶是抗日老房东。

幸福水

高高水塔站山头，
掌管山下泉水流，
流进果园姐姐笑，
花开满树果子稠，
流进麦田爸爸乐，
年年夺来大丰收，
流进菜园爷爷喜，
千年辘辘退了休，
流进东坑蛤蟆叫，
鱼儿成群游呀游，
流进千家和万户，
幸福日子乐开头。

算盘声声

算盘声声清脆动听，
她们的手指那样敏捷，
牵引着改革信息的神经。
串串算珠那样晶亮，
青春在珠算上辉映。
滚圆的字码瞬息万变，
生活充满富裕的弹性。
一卷磁带源源流泻，
时代从贫困奔向丰盈。

大山特色

我生在大山的摇篮里，
听奶奶
讲过许多大山的传说。
我走在大山的情弦上，
让爷爷
教过我许多许多山歌。
我在记忆犹新的童年里，
说不准大山的特色。

我长大了，
整天在山里劳碌奔波，
我捕捞大山的风采，
我精琢大山的巍峨。
我终于
在金秋十月里，
认准大山的特色，
是民族腾飞的气魄。

大山的年轮

投一块红色的石子，
激起艰辛岁月的波纹。
你从第一首童谣唱起，
拨动山里人的心韵。

小鸟听见了，
你在汗渍的源头，
让倔强伸向地底，
变成抗争的根须。
于是你把童心的追求，
荡成一泓翠湖花影，
让大山调出十二色，
抹亮山庄柴扉的早晨。

难怪种子的顾盼，
比溪水还纯情。
那年轮已生成翅膀，
把大山的沸腾生活，
衔入柳烟飘柔的黄昏。

给园丁

从你鱼尾纹的苍老里，
我看见一根，
斫砍成光干的枝木。
你深深扎进泥土里，
用草绳绑于芸芸树苗，
甘当绿色希望的支柱。

于是在你支撑的希冀里，
她生长春的嫩黄，
夏的浓绿，
秋的金红，
冬的娇素。
几经风的摇撼浪的拍打，
才在你生命泯没的时刻，
她充满年轮，
长成一棵参天大树。

农民的话

蜂凭花蕊花凭露，
鱼凭水跃鸟凭树。
人凭大志创大业，
志凭精神展抱负。
庄户人日子过得火爆，
全凭富民政策来久住。
社会主义大厦根基牢，
凭得是：
四项基本原则顶梁柱！

扶贫的早晨

声声鸡啼鸣三县，
幽幽古道锁边关。
峰峦叠嶂云雾罩，
家家为啥亮灯盏？
笑语琅琅夸扶贫，
春羔咩咩叫声甜。
专业村里收羔忙，
春寒料峭春不寒。

爷爷笑

车铃儿响，
喜鹊儿叫，
邮递员叔叔来送报。
我给爷爷拿在手，
爷爷捋着胡子笑。
笑啥哩，
我知道——
他养牛致富登了报。

山顶红星

天上星星多又多，
最爱山顶那一颗。
它高高站在铁塔尖，
专把电视节目播。
又讲故事又画画，
又跳舞来又唱歌。
山顶星星本领大，
叫我们玩得真快活。

蟋蟀告诉你

蟋蟀蟋蟀告诉你，
以后别唱“洗洗洗”。
我家买来洗衣机，
电钮一开没脏衣！

石头富了千万家

绿如翠，
白如玉，
山里的石头真美丽。
建大厦，
砌高楼，
雕人雕马雕石榴。
汽车运，
火车拉，
石头富了千万家。

叮咚泉

泉叮咚，叮咚泉，
又弹又唱曲儿甜。
唱发电，唱磨面，
又映电影又摇扇。
唱麦地，唱稻田，
唱得禾苗往上蹿。
叮咚蹦进鱼塘里，
鱼跃龙门更好看。

乡　情

每当看到祖国的版图，
我总爱在上面寻觅故乡。
故乡虽是个无名山村，
却似珍珠镶嵌在巍巍太行。

找到曲折的长城图例，
耳畔便传来松涛山响。
随手点出故乡的所在，
似望见长城护卫的石屋、山冈。

长城的传说多似繁星，
每一颗都在我童心里闪光；
长城的故事美似甘露，
听一遍，
如饱尝乳浆的醇香。

山里人都有石头般的信念，
生在长城脚下，信念更是坚强。
即使走到天涯海角，
心头总有长城崛起的形象。

黄土岭石窟[1]

在山里人的记忆里，
都有个美好的珍藏。
有的珍藏着少年的喜趣，
有的珍藏着青春的乐章。
老支书说他心里珍藏着一座石窟，
石窟里矗立着杨成武将军的形象。
他引我攀上当年秘密的石径，
来在一夫当关万夫莫开的地方。
这里有将军深深的脚步，
这里有将军小憩的石炕。
这里有将军运筹帷幄的石桌，
这里是将军指挥战役的宝帐。
我伫立石窟门前仔细听呵，
听见了八路军冲锋号声嘹亮；
我静静地俯身朝下望呵，
望见了阿部规秀葬身的地方。
来过这里的炎黄子孙啊，
无不在心底摄下石窟的形象。

[1] 涞源黄土岭系杨成武当年指挥八路军消灭日寇“名将之花”阿部规秀的临时指挥部。

长城情思

崖壁那晶莹灿亮磷的颗粒，
闪烁着长矛的光束？
崖壁那赤褐色彩的棱刃，
显示着铁簇的威武？
崖缝里的点点殷红，
是祖先飞洒在疆场的血珠？
崖畔上的依稀墨迹，
是狼烟楷书下的千古战书？
血中有铁，铁中有血，
祖先用血把拓宽的疆域浇筑；
骨中有磷，磷中有骨，
无数壮士用忠魂撮起中华疆土。
于是宝藏塞满大山的怀抱，放心地让万里长城守护……

牧　鸭

风摆柳丝儿把水扫，
浪随风势把柳丝叼。
扑下坝来“康贝尔”，
压得池塘涨春潮。

山路追来摩托车，
小伙衣着花哨哨。
海誓山盟来求爱，
姑娘心烦打水漂，
鸭群引吭“假、假、假!”，
小伙脸红臊跑了。

风摆柳丝儿把水扫，
浪随风势把柳丝儿叼。
姑娘爱上养鸭业，
志同道合选好了。

芬芳的记忆

念芬芳，盼芬芳，
归乡恰遇李花香。
蜂声闹，彩蝶舞，
山路疲惫全撵光。
花香飘满石头院，
花香溢过石头墙。
拂衣灌袖沁肺腑，
扑鼻入口胜琼浆。
游桂林，逛苏杭，
比不上故土李花香。
春摇花瓣撒心头，
香在我和娘头上。
娘的乌丝染成霜，
根深枝茂靠乳浆。
莫道儿女情常在，
芬芳的记忆永芬芳。

黎鸡的歌

年少爱掏黎鸡窝，
不解黎鸡唱啥歌。
长大爱听黎鸡唱，
唱醒昨日梦许多。
夜行茫茫黎鸡唱，
心坎升起星一颗。
祛邪除恶壮胆量，
征程通途无坎坷。
睡梦甜甜黎鸡唱，
我迎曙光去拼搏。
太阳问我一声早，
荒芜岁月里敢开拓。
苦思冥想黎鸡唱，
灵感心头挥笔墨。
声声黎歌阵阵情，
诗情画意著山河。
雨洒清晨黎鸡唱，
甘霖涤绿新生活。
俯身山径敢登攀，
留下建功的脚窝。
同志哥若不相信，
请你侧耳细听着，
黎鸡歌喉荡心弦，
声声让你费思索！

拜年歌

残冬与初春交接时刻，
从没有过一秒钟的拖赘。
一挂挂响鞭一串串梅，
早让红黄蓝萦绕世界腾飞。
于是，
沸腾了的山庄人们，
心窝窝全溢满了甜美。
春联映欢的花团锦簇们，
抢着给爷爷奶奶磕头，
好让钢镚儿在衣袋里压岁。
石头院里拥出一帮帮小伙，
争相串门团拜祝福，
天伦乐颠了鹤发童颜的长辈。
山里时髦的流行色，
把姑娘们装扮得身条健美。
你拉我拽品赏窗花的笑语，
夸不够心灵手巧的姐妹。
"恭喜发财"的朋友弟兄，
彼此散发着清香的酒味。
满面红光预示百花盛开，
未来的向往早把心扉陶醉。

欢 欣

石崖嶙峋如肋骨，边墙逶迤似脊梁。飞雪迎春银须冉冉，太行翁返老还童，变得年轻。瞧：绿遍山野的松涛，雄浑、淳厚、潇洒，让枯槁也散发出一阵阵清芬。随即，从富日子里奔来的牛群、羊群、骡帮，把山谷间的单调、沉寂，点缀成一派喧腾。

焦愁变成欢喜，困乏化作精神。荒芜的期待生根发芽含苞，爱的季节向深山老林里走来。此刻，就是嚼一口压在松针上的冰柱或雪坨，也顿觉甘霖入肺沁心。如今，山里人们的每个夜晚，不再害怕噩梦了。政策对了路，心儿顺气，事儿遂心，谁个嘴角上不挂着自信和欢欣？抬起你春心波荡的眼睛，看一看被盘古遗忘的偏山僻峪，爱的种子在这样的黑土地里，更痴心，更钟情。十一届三中全会带来的火爆年月，给山汉山姑们打开了一千道文明富裕的大门！

我爱山泉

山里有掘不尽的矿藏，
泉眼才喷涌矿藏的乳浆。
这乳浆哺育着山里人，
山里人们才身板如铁志如钢。
山上有采不尽的药材，
泉水才饱和着百草的营养。
这营养滋补山里人，
山里人们才祛邪扶正胆气壮。
山泉是山里人们的命脉，
不是乳浆胜似乳浆。
山里人们啊，
生在山里长在山，
山山都有母亲的形象。

问

金豆伴合着耧铃声，
欢蹦乱跳进田垅。
一夜春雨咧嘴笑，
弯腰弓背破土层。
一串串“?”拱出来，
歪脖扬颏问连声：
“春光更比去年好，
今年丰收增几成?”

生活乐趣

学农技的小伙子，
责任田里肯用功。
夜晚看书学习，
熬红了一双眼睛。
清晨起来，
娘看见心痛。
四奶奶献上个偏方，
撵他到山冈五谷飘香的田垄。
把双眼点几滴高粱叶上的露珠，
小伙子一眨巴眼眼亮心明，
呵，丰收年又鲜又甜的露珠哟，
比仙丹妙药还灵。

老　文　委

鬓发斑白精墩墩眉，
络腮短胡须墨样黑。
走路蹬蹬赛擂鼓，
说话山响像打雷。
干活性急如猛虎，
办事干巴利索脆。
一把秫秸做标尺，
测山量水不知累。
大渠穿山对头凿，
洞里洞外心操碎。
眼观标记耳贴地，
细听调查对不对，
大渠开闸放了水，
锣鼓喧天彩霞飞。
乡亲们劝他歇歇脚，
他抬头望远豪言脆：
“山区实现水利化，
这才是第一个里程碑！”

土　才

爷爷种地好“土才”，
年年庄稼顶出色，
却装不够，
扇车下那
东家的一行毛口袋。
脚蹬坷垃一辈子，
哪天不捋紧裤腰带？
临死哟，
落下个没处埋。
年轻人有志回乡来，
生产全有好“土才”。
掌握新技术，
学习老经验，
密植的谷子搭肩膀，
混种的豆子扑人怀。
奶奶可逢人便说道：
“不是孩子们‘土才’好，
是孩子们生在好时代。”

拨 刺

头抵着头，
手拉着手，
四只眼盯着扎肉的刺，
心贴心儿叙不够。
两双手的骨节一样硬，
四只手的茧巴都变厚。
“你再不是细皮白！”
“你再不是粉红肉！”
劳动的熔炉炼身炼心，
扛锄挑担肩宽胸厚。
并驾齐驱广阔天地，
幸福的花儿永不凋朽。

我是小羊倌

头戴“蘑菇帽”，
脚穿“踢死牛”，
迈步回头瞅，
羊群拥身后。
阳光煦煦照，
风吹草低头，
口哨嘶嘶响，
羊儿拥我山上游。
皮鞭啪啪响，
羊儿抬起头，
“乖乖”莫贪玩，
前边山河更锦绣。
轰轰又赶赶，
引引又逗逗，
天天耍不厌，
俺和羊儿情谊厚。
一群增两群，
只只膘流油。
支书夸我“活财神”，
我说俺还太年幼。

神 仙 洞

——纪念抗战胜利70周年

1942年冬天，我八路军某部在涞源、唐县、阜平搭界的神仙山，阻击日本鬼子大扫荡，使驻黄柏寺山庄养伤的十几名八路军战士和一百余名乡亲免遭劫难……

神仙山，神仙山，
紫雾缭绕矗云天。
飞瀑高垂溅香魂，
神仙洞中幽思远。
神仙洞里住神仙，
天庭传说满人间。
百姓虔诚刻洞壁，
年年兵慌马又乱。
扳着指头仔细算，
难忘五十三年前：
鬼子搜山大扫荡，
“三光”劫难神仙山。
神仙山里藏庙观，
观里久住伤病员。
来了民兵担架队，
子弟兵转移山那边。
明星眨眼天闪亮，
山风嗖嗖透骨寒，
连长和小张任掩护，
诱敌深入巧周旋。
老乡远去化险为夷，
连长近撤担来风险，

只身攀崖躲进仙人洞，
招来鬼子涌洞前。
洞口高眺射击难，
洞体曲拐难投弹，
指挥官挥刀嗷嗷叫，
怒逼汉奸爬洞沿。
汉奸扒洞吓破胆，
战战兢兢竭力喊：
“八路的投降皇军不杀，
归顺共荣回头是岸。”
汉奸话落脑浆溅，
鬼子进洞一大串。
敌人在明我在暗，
鬼子横尸倒一片。
指挥官暴跳急红眼，
抓住老乡进洞探险，
两个鬼子身后紧跟，
把老乡当做掩体推在前面。
太行山里革命摇篮，
军民情深大海一般。
三人一行步步逼近，
是人是鬼心底了然。
亲人进洞双手欢迎，
敌人进洞有来无还。
鬼子逼乡亲脱下棉衣，
扔进洞口用柴草点燃。
浓烟滚滚钻进洞里，
忧虑阵阵扰心间：
“连长你们是天兵天将，
神仙保你们平安。”
“啪！啪！”两声枪响，

指挥官脑壳被子弹击穿。
鬼子挨揍晕头转向，
乡亲们顺梁奔往山巅。
山巅上连长瞄准射击，
洞口下敌人难防暗箭。
鬼子哪里晓得神仙洞里，
通往山巅有石梯天眼。
军民山巅大联欢，
鬼子死尸扔洞前。
神仙洞军民显神通，
史诗颂诵遍人间。
神仙洞，破颜仙山，
神话传说上百千，
独有抗日新篇章，
天庭刮目传万年。

大　娘

——纪念抗战胜利70周年

夜茫茫，
雪纷纷，
北风呼啸时大时小，
犬吠阵阵搅山村。

石头屋，
油灯盏，
大娘挑灯心惶惶，
儿送饭未归挂娘心。

地皮颤，
脚沉沉，
大娘侧耳仔细听，
越听脚步越临近。

猛然间，
推开门，
“扑通”栽倒门槛上，
血迹模糊是何人？

举油灯，
照血人，
大娘一见心内惊，
原是一位八路军。

此时情，

此时景，
大娘用力扶伤兵，
揩抹血迹掩衣襟。

掸掸雪，
关紧门，
母亲被窝心意厚，
热炕头温暖子弟兵。

狗狂吠，
鸡飞腾，
门外喳喳乱吼叫，
尾随追来鬼子兵。

突然间，
撞破门，
刺刀闪闪逼大娘，
大娘压怒泪纷纷。

“心病重，
昏沉沉，
俺不晓七路八路，
娘们全是好良民！”

心未宁，
话落音，
门外推进一条山里后生，
额角鲜血淌衣襟。

鬼子吼，
催她认，
大娘望着亲生儿，

强打精神站稳脚跟。

泣无泪，
语无声，
她咬住嘴唇摇摇头，
胜似刀绞娘的心。

望望炕头，
看看母亲，
山里后生眼睛闪亮：
“走，不再连累众乡亲！”

人抓走，
风雪紧，
一声枪响后生倒，
大娘依门热泪滚……

天渐亮，
人渐醒，
大娘守护子弟兵，
子弟兵心里暖三春。

嘴对嘴，
唇挨唇，
大娘嚼馍又喂药，
战士伤好要动身。

不是娘，
胜娘亲，
谢天谢地谢娘恩，
等儿杀敌报佳音。

后 记

盘古至今，人们遵循“水有源，树有根”这个道理，将事业一代代传承发展，做大做强，才得以有祖国的繁荣昌盛，人们才能有安居乐业的好生活。遵循习近平主席关于文学艺术工作者深入生活、深入基层、多接地气等一系列指示精神，我躬身于民间，采访于民间，得到了大大的心理实惠和精神安慰。回想《涞源风情》一书的创作，正是在父老乡亲们的呵护下进行的。俗话说，合家过日子，家有一老便是一宝。家有持家训、照家规的长者，照管教育呵护子孙，子孙们的人格素质一定要高于从小无教养人家子女。我们写人写事，也必须先是做真正的人，干实实在在的事，才会赢得群众信赖和爱戴，才会融于群众的真情实爱中，得到意想不到的好素材、好题材，尤其应有一些知情老人与你做朋友。写到此，回想起十五年前，我写完《凉城的传说》出版发行时，我去白石山下风凉沟山庄，给大我十多岁的老人闫如林去赠书，进山庄惊悉老哥刚刚与世长辞，我站在大门外呆若木鸡。闫如林老人是活着的白石山通，问起白石山天上飞的、地上跑的、山上长的、水里游的、老人无所不知，老人讲起白石山的种种如数家珍。我伤心得好半天才醒过神来。近日，我又惊悉故乡九十多岁、久经战场考验的转退老军人孙裕与世长辞，他将多少乡邻的往情往事，带入了另个世界！哀哉、哀哉！皆此，我深情呼吁：有责任感、勇于担当的领导们，尽快抓紧抓好知情老人们精神和文化财富的抢救，让他们在有生之年将心中之宝留于世上，得以传承发展。借此机会，向所有给予我大力帮助和支持的领导、朋友们，表示衷心感谢。最后，敬请广大读者朋友，对本书多多批评指正。谢谢！

作　者

2016年3月

作者简介

孙晓福，笔名夏野，河北省民间文艺家协会会员。退休前曾任河北省涞源县委宣传部报道组长，县旅游局副局长。

作者1939年出生于群山环绕、拒马萦流的长城脚下涞源，自幼酷爱文学，20世纪60年代涞源师范学校毕业后开始文学创作，踏遍涞源山山水水、村村落落，采访调研山村和景区景点民俗风情、人文景观，致力于散文和民间文学创作，并已创作出版了《邓百万创业传》和《凉城的传说》等著作。退休后利用充沛时间，在中央、省、地方报刊发表诗歌200多首，散文170多篇。继续发挥余热，传播积极正能量，为涞源的发展增添一份力量。